你不需要知道我有多喜欢你。
我喜欢你。
我.喜欢.你。
指的是单方面的我喜欢你。
我喜欢你，与你无关
我可以一直等你，等你喜欢上我
到那个时候，我一定会将我多年对你的
喜欢全盘托出
到那个时候，希望你能多喜欢我一点

沈筆春

大鱼

有爱的青春陪伴者

可是你没有

沈逢春 著

江苏凤凰文艺出版社

图书在版编目（CIP）数据

可是你没有 / 沈逢春著. -- 南京：江苏凤凰文艺出版社, 2024.3
ISBN 978-7-5594-8119-1

Ⅰ.①可… Ⅱ.①沈… Ⅲ.①长篇小说-中国-当代 Ⅳ.①I247.5

中国国家版本馆CIP数据核字(2023)第229822号

可是你没有

沈逢春 著

责任编辑	王昕宁
特约编辑	张　磊
出版发行	江苏凤凰文艺出版社
	南京市中央路165号，邮编：210009
网　　址	http://www.jswenyi.com
印　　刷	长沙鸿发印务实业有限公司
开　　本	880mm×1230mm　1/32
印　　张	9
字　　数	225千字
版　　次	2024年3月第1版
印　　次	2024年3月第1次印刷
书　　号	ISBN 978-7-5594-8119-1
定　　价	45.80元

江苏凤凰文艺版图书凡印刷、装订错误，可向出版社调换，联系电话025-83280257

目/录

第一章 · 001
小心翼翼的目光

第二章 · 027
暗恋是漫长的心事

第三章 · 050
一个人的独角戏

第四章 · 074
去有他的城市

第五章 · 104
我喜欢你，你不知道

第六章 · 126
多希望你也能喜欢我

第七章 · 144
思念是一种病

目录

第八章·168
抓不住的光

第九章·199
是我输了,输得彻底

第十章·231
再见,陈淮予

番外一·256
夏天的蝉和记忆中的男孩

番外二·262
她青春的见证者

番外三·270
给月亮的两封邮件

后记·279

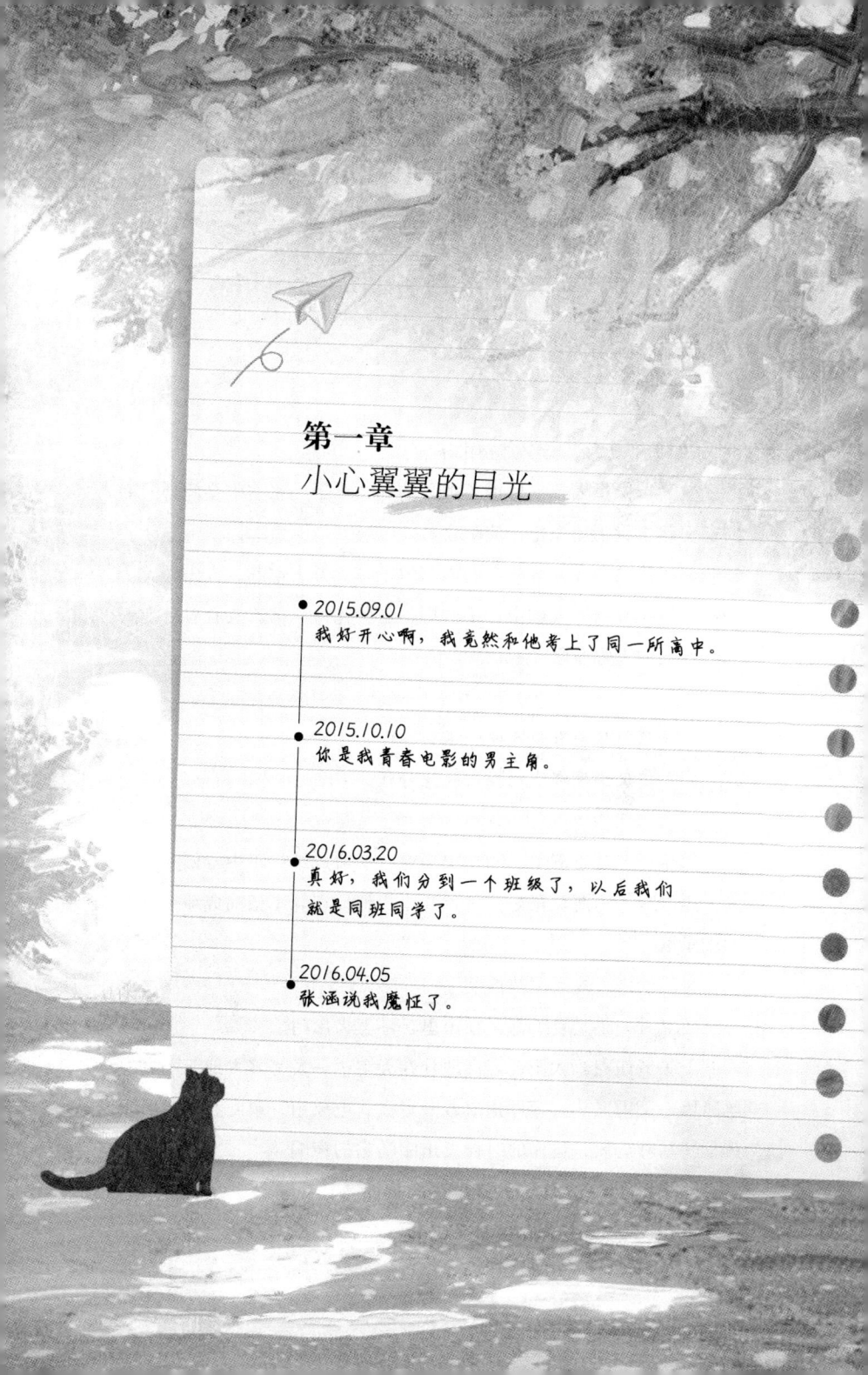

第一章
小心翼翼的目光

● 2015.09.01
我好开心啊,我竟然和他考上了同一所高中。

● 2015.10.10
你是我青春电影的男主角。

● 2016.03.20
真好,我们分到一个班级了,以后我们就是同班同学了。

● 2016.04.05
张涵说我魔怔了。

可是你没有

2015年夏天，杨夕月初中毕业。

她瞒着家里人，拿着攒了很久的钱，买了一张演唱会门票，和朋友一起去看了周杰伦的演唱会。

那场演唱会在北城最大的体育馆举办，万人空巷，人山人海。杨夕月挤在沸腾的人群中，手中挥动着荧光棒，仰着头看着台上。

台上的人唱着歌——

　　从前从前有个人爱你很久，
　　但偏偏风渐渐把距离吹得好远。

那年杨夕月十五岁，刚初中毕业，学习成绩处于中游偏上的水平，她没有考上海城最好的重点高中，但以还算不错的成绩被海城七中录取。

海城傍海，夏天闷热湿润。

杨夕月一整个夏天都窝在家里，不怎么出门。

下午三四点，太阳还高高地挂在天空中，炙烤着大地，不见一丝凉风，又闷又热。客厅摆放着一台立式电风扇，扇叶有些老旧发黄，转动着出风，运作的时候发出嗡嗡嗡的声响。

电视机里，67台每年夏天都会播放《还珠格格》，这是杨夕月每年暑假必看的电视剧。

她穿着清凉的短袖短裤,窝在沙发里,手里捧着半个西瓜,一边看着电视,一边用勺子挖着西瓜往嘴里塞。

电视机里,小燕子说:"一言既出,八马难追,再加九个香炉!"

杨夕月被逗笑,捧着西瓜仰头靠在沙发上。

窗外传来张涵的声音,她的大嗓门儿穿透力特别强——

"月亮,出来玩啊!"

杨夕月放下手中吃了一半的西瓜,将电视机关上,趴在窗边看下去。

阳光刺眼,她抬手放在额头上半遮着光,眯着眼,正好看见张涵站在楼下。张涵穿着前几天新买的碎花裙子,手中拿着个透明塑料袋,里面装着两根雪糕,正朝她招手。

"等一下,我马上下来!"

杨夕月和张涵玩了一整个暑假。

在八月底的时候,高中开学了。

七中是寄宿制学校,分大小休,两周一个大休,可以回家一次。如果家里离学校很近,可以申请走读。

杨夕月家离学校很远,学校晚自习要到九点四十分才结束,这个时候海城的公交车已经停了,她父母工作忙,一直接送她上下学实在是不大方便。于是,她成了七中的寄宿生。

杨夕月没能和张涵考上同一所学校,张涵考上了三中。不过也还好,七中和三中距离不算很远,坐公交车大概三四站。

七中的位置不似三中那样安静,七中附近有公园和居民区,有超市和夜市。从学校门口一直到学校侧面的院墙外,栽种着一排排的树。树很高,有些年岁了,这个时候树叶还是绿色的,枝叶繁茂,整个学校好像隐藏在参天绿树之中。

开学那一天,天气闷热,没有一丝风。父母将杨夕月送去了学校,她拖着笨重的行李箱,额头的碎发被汗水浸湿,凌乱地贴在额头上。

杨夕月站在公告栏前,从左往右看,很快就找到了自己的名字。

杨夕月,高一(3)班。

再往右一点儿,她看见了一个非常熟悉的名字。

是一个她已经看过无数遍、绝对不会认错的名字。

她惊讶地皱着眉,忍不住多看了几眼,一个字接着一个字,就好像是在用眼神一笔一画地临摹那个名字。她眼中有太多的情绪浮现,起起伏伏,交杂在一起。

但她又觉得大概是重名了吧。

怎么会呢?

开学之后会有一个为期七天的简单军训,军训结束之后才开始正式上课。

军训不算很累,只有基本的站军姿、练队列等训练。

太阳有些大,站在操场上,阳光刺眼,杨夕月有些睁不开眼睛。她鼻子上总是出汗,上面架着的眼镜也因为出汗而向下滑。她时不时地要抬手扶一下眼镜,防止它滑下去。

耳朵里嗡嗡作响,思绪早已经不清晰,隐约间还能听见树上的鸟鸣声和阵阵蝉鸣声。

好不容易坚持到休息,杨夕月突然感觉身后有人拍了拍她,动作很轻。

她转头,看到一个短头发的女孩子。

女孩子眼睛大大的,很清亮,看向杨夕月的时候,笑眯眯的。

明明刚刚才经历炎热天气下的军训,她却完全没有疲惫的模样。

"给你。"

她递给杨夕月一张纸巾。

"谢谢。"杨夕月接过纸巾向她道谢。

中间休息,两个人坐在一起,仅仅只是因为一张纸巾,便拉近了两个人之间的关系。

女孩子说:"我叫刘静雨,你可以叫我'小雨'。你叫什么名字?"

两个人坐在树荫下,抱着各自的水杯喝水,聊天。

"杨夕月。"她回答,顿了一下,紧接着补充道,"你也可以喊我'月亮'。"

刘静雨侧头看了一眼杨夕月:"你的名字好好听,月亮。"

十几岁的年纪,没吃过什么苦、受过什么累,再加上天气炎热,即使只是站军姿、练队列,七天的训练也已经将他们折腾得不轻了。

最后一天结束军训后,杨夕月和刘静雨走在操场的小路上,旁边是篮球场,下午的露天篮球场上没有人打球,只有一些同样结束军训的学生从那边经过。

天气太热,甚至连呼吸的空气都是热的,走在路上身上一直在出汗。

杨夕月头上戴着帽子,半遮着阳,微微低着头,神色恹恹,无精打采。

"陈哥!快点儿啊!"

"知道了。"

"你快点儿走啊。"

"催什么催。"

隐隐约约地,从旁边的篮球场传来说话的声音,声音不大,很模糊,却很熟悉。

那道熟悉的声音,语调很低,带着些许的疲惫,以及一丝丝不耐烦,却没有达到生气的地步。

杨夕月捏着水杯的手骤然收紧,手指因用力而稍微泛白,心脏也像是这收紧的手一样,突然紧绷起来,逐渐失去了原有的跳动频率。

她缓慢地转头,动作有一丝僵硬和不自然。

她掩饰性地整理了一下头发,尽力让人看着像是不经意间转头一样。

然后看见了从篮球场那边走过来的人——

他穿着军训服,上身是纯白色短袖,下身是迷彩裤,脚踩一双黑色的运动鞋。

明明是再普通不过的打扮,但她在人群中只一眼便看见了他。

他脊背挺得很直,站在几个男生中间,即使不看脸,光看背影都足以脱颖而出。

因为几天的军训,他整个人黑了不少。

顺着他短袖的袖口向下,可以看见他劲瘦的手臂。他的手很好看,青筋微凸,骨节分明,手里拎着一顶帽子。

他的头发剪短了,很像张涵之前喜欢过的一个男明星。

这天下午的阳光实在是太耀眼,洒在他的身上,他逆着光。

杨夕月近视,眼睛畏光。她迎着阳光去看他,视线有些模糊,眼睛也酸得睁不开。

她没有想到会在七中遇见他。

他们初中是一个学校的,两个人是隔壁班,他不认识她,但她已经认识他很久了。

原本以为,以他的成绩应该会考上一所重点高中。

有的时候不得不感叹,真的是太巧了。

"月亮,你想什么呢?"刘静雨的声音拉回了杨夕月出走的思绪。

"没什么。"杨夕月回过神来,猛地转过头,笑了笑,不再去看他。

但她的余光还是紧紧地跟随着他,看着他走出了篮球场,身影逐渐远去。

她突然发现,这么多年来,只有站在他身后时,她才可以安心地、平静地看着他,而不是小心翼翼偷偷地打量。

"小雨。"

"嗯?"

"我好开心。"

"我也开心啊,终于结束军训了。"

杨夕月笑了笑,没有接话。

2015年的夏天,有67台的《还珠格格》,有炙热的太阳,有阵阵蝉鸣声,有凉爽的冰西瓜,有牛奶雪糕的味道……

还有从她身边经过的他。

杨夕月最喜欢的,就是2015年的夏天了。

高一的第一次月考结束。

课间休息,教室里声音嘈杂,各科课代表穿梭在教室的各个角落,分发着试卷。

教室的窗外有一棵很高的树,枝叶几乎遮挡住了教室窗户的一大半。窗外蝉鸣阵阵,学校广播站放着歌,隐隐约约,听得并不是太清楚。

杨夕月这次月考成绩平平，没有什么太大的亮点。

七中的学习压力比重点高中要小一些，竞争也并不是很大，但是大家都有在认真学习，向着心中那个适合自己的目标努力。

杨夕月不满意自己的成绩。尤其是数学，分数实在是惨不忍睹。

因为月考成绩不理想，她一整个下午都闷闷不乐。

刘静雨向来神经大条，对什么事情都不是很上心，但杨夕月的情绪直接表现在了脸上，连她都看出来了杨夕月的不开心。

她从桌洞里掏出一根棒棒糖，递到杨夕月面前。

"给你。"

是一根草莓味儿的棒棒糖。

"放宽心，就是一次月考而已，大不了下次好好考。你这么聪明，下次一定能考得很好。

"你看你语文分数那么高，作文分是我们班最高的了。"

杨夕月成绩最差的一科是数学，最好的一科是语文，尤其是作文，分数是三班最高的。

见杨夕月还在愣神没有接过那根棒棒糖，刘静雨便帮她撕开了包装纸，递到她的嘴边。

"我最喜欢吃草莓味儿的了，你尝尝。"

杨夕月低头看了一眼被撕开包装的棒棒糖，抬手接过来。

见她接了棒棒糖，刘静雨问道："草莓味儿的是不是很好吃？"

嘴里满是草莓和牛奶的味道，甜甜腻腻的，杨夕月点了点头："好吃。"

"是吧。"

见杨夕月说好吃，刘静雨又从桌洞里掏出一根放在她的桌子上。

"多吃甜的，心情好。"

下午最后一节课。

课前,教室外面的走廊里传来一阵吵闹声,片刻便看见乌压压的一群人从三班门口经过,勾肩搭背,有说有笑。

刘静雨:"他们班是上体育课吗?"

现在还没有到放学时间,能让他们这么一群人开心地往外面走,大概也只有体育课了。

杨夕月:"应该是吧。"

在一群人之中,杨夕月看见了一个熟悉的身影。他和一个男生并肩走着,他微微侧头,眉眼柔和,像是和旁边的人说到了什么开心的事情。

仅仅几秒钟,她还没来得及仔细看,他的身影便已远去消失了。

"月亮,月亮。"刘静雨拍了拍杨夕月的肩膀。

"怎么了?"杨夕月回头看她。

"我妈说放学给我送衣服和零食,你陪我一起去校门口拿吧。她说给我带了好多零食,我们一起吃。"

"好。"

最后一节课的下课铃声一响,同学们便一窝蜂地拥出教室。

杨夕月将试卷整理好后,就被刘静雨拉着去校门口拿东西。

她们现在是高一,教室在教学楼的第一层。

走出教学楼大门口,阳光依旧刺眼。猛地从阴暗处走到光亮处,杨夕月有些不习惯地抬手遮了遮头顶的阳光,稍微适应之后才将手放下来。

两个人挽着手,一边说着话,一边朝学校南门走去。

刘静雨提议:"月亮,我妈还没来,咱们先去小卖部买根雪糕吃,然后再去拿东西吧。"

天气依旧很热，走着走着，杨夕月鼻尖便出了汗。

她点头："好啊。"

经过操场时，从篮球场那边走过来一行人。

杨夕月下意识地看过去，目光越过一个一个的人，看见了走在中间的他。

他仍旧是简单的一身运动装，左手抱着一个红色的篮球。额头上都是汗，应该是刚刚下体育课。

他喜欢打篮球，这个她很早就知道。他在初中的时候，也喜欢在学校那个小篮球场打球，而她也总是从那边经过，有意或者无意。

一行人从她身边走过，后知后觉的杨夕月猛地别开视线，挽着刘静雨的手快步向前。

刚刚看着他走神了，竟然没有注意到他已经走了过来，杨夕月有些心虚，浑身不自在，怕自己看向他的眼神被他发现。

正是放学休息的时间，小卖部里的人有些多。

刘静雨本是准备在店门口的冰柜里拿两根雪糕就付钱走人的，但没有想到杨夕月走进了小卖部。

她想杨夕月可能是有什么东西需要买，就没跟着进去，结账之后便站在门口等。她低着头，脚下蹭着台阶的边缘，一边吃着雪糕一边等着。

过了一会儿，杨夕月从小卖部里走出来，拿着一小包纸巾。纸巾是淡淡的绿色包装，被她握在手心。

"哎，我还以为你进去要买什么呢，原来是纸巾。你买纸巾做什么？"刘静雨有些好奇。

"没什么，顺手就买了。"杨夕月后知后觉地对于自己的行为有些哭笑不得，仅仅只是看着他下了体育课额头上都是汗，就下意识地买了纸巾。

她掩饰般地随手将纸巾塞进裤子口袋里，拉着刘静雨朝校门口走去。

傍晚，太阳慢慢下了山。抬头，远处是高楼和渺远的天空，橙红色的晚霞落在篮球场上，落在路边繁茂的绿树上，透过枝叶，洒了一地细碎的光。

广播站里播放着歌——

> 我们的开始，
> 是很长的电影，
> 放映了三年，
> 我票都还留着。

那天大休。

杨夕月收拾好要带回家的东西。行李箱虽小，却装满了东西，提着它对她来说有些困难。

还好在学校门口停靠的43路公交车会经过她家附近，下车后步行五分钟便可到家，很方便。

公交站点人不是很多，杨夕月提前从背包的夹层里拿出一枚硬币。

她其实心里想过可能会遇见他，但是等到他真的出现在视线中时，她却慌了神。

初中时，她不懂这是什么情感，就只是喜欢偷偷看他，看见他就会很开心。她向来内向，很多时候不愿意去表达自己的想法，对于这种朦胧的感觉，只是觉得以后上了高中见不到他了，也会随之消失。

可是高中又和他一个学校。

她不知道应该怎么办，一直以来面对他的事她总是不知所措。

她怕被人发现。

所以当他慢慢走近的时候，她匆忙从背包中拿出一顶鸭舌帽，戴在头上，又将帽檐压低，微微低着头。

像是掩耳盗铃一样，她以为只要遮住了自己的视线，就可以隐藏一切。

她能感觉到他站在她的身边。

她目光微微侧视，看见了他的鞋子。

是一双白色的运动鞋，很干净。

他穿的是短袜，露出了一小截脚踝。她可以看见他脚踝处那微微凸起的骨头。

杨夕月不自觉地就笑了，隐藏在帽檐下，笑容很浅。即使知道他看不见帽子下自己的表情，但她还是极度克制，生怕被人看见一丝一毫。

公交车来了。

在这个站点坐43路公交车的好像就只有他和她两个人。

她在他的后面上了车。

喜欢一个人，不会让他看自己的背影，因为看背影的，总是先喜欢的那个人。

她不能走在他的前面，她要走在他的后面。

车里空座位不多，明明是他先上的车，他却没有选择坐下，只是静静地站在后门的位置，单手扶着栏杆。

杨夕月坐到了靠近后门的位置，旁边是一个阿姨。

一路上，陆续上来了很多人，车里越来越拥挤。

有的人上来，有的人下去。

但是他们两个人，始终还在车上。

她头上戴着鸭舌帽，又将帽檐压得很低，却总是在不经意间微微抬头，那双躲在帽檐下的眼睛，小心翼翼地打量着他。

她紧张到放在腿上的右手都微微收紧，力道不算大，但是那微微有些长了的指甲，慢慢地陷进手心的肉里。从手心里传来的细微的疼痛感，让她清醒，让她还能够继续安静地坐在这里。

窗外阳光耀眼，透过公交车车窗的玻璃照进车厢内，洒在他的身上。

车行驶在路上，突然一阵强光闪过，车也跟着停下，到站了。

或许是因为心不在焉，又或许是因为刚刚的光太过强烈刺眼，她左手握着行李箱拉杆的力道有些放松，以至于车停下的时候，手脱了力，没握住。

行李箱猛地向前滑去。

眼看着行李箱就要撞到他的身上，视线中突然出现了一只手，扶住了那个向前滑动的行李箱。

一只不算很白，手指很长，骨节分明的手。

他帮她扶住了即将滑走的行李箱。

"谢谢。"杨夕月低着头，伸手拉过行李箱，向他道谢。

她没有抬头看他，所以理所当然地也没有看见他脸上的表情。

他没说话，但是又好像从嗓子眼里轻轻地发出了什么声音。这些杨夕月都听不见，因为心脏剧烈跳动的声音，早就已经盖住了其他的任何声音。

他侧身对着她，眼神落在车外。

他们之间，仅仅隔着不到一米的距离，他的所有行为在她这里都无法隐藏。

因为她的目光始终追随着他。

杨夕月突然想哭。

因为她看见——

原本站在门左边的他此时此刻却站在了右边，右脚微微向后撤了一步，用膝盖和小腿抵靠在她的行李箱上，防止行李箱再次向前滑动。

看似是一个不经意的动作。

有的时候心动不过是一瞬间的事情。

其实她已经不记得了，初中第一次注意到他是什么时候，好像只是那天在操场，偶然听见有人在喊他的名字，那声音很大，所以她好奇地回了头，看见了站在阳光下的他。

她是近视眼，在阳光下看远处会有些畏光和模糊，但是那天她就是看见了他，看见了模糊的他。

又或许是初中他站在演讲台上侃侃而谈的时候，高中结束军训他拎着帽子从她身边经过的时候，又或许是，他在公交车上一个细微的举动。

他比她早一站下车，上车时又比她晚一站。

所以，每次都是她看着他上车，又看着他下车。

他没有行李箱，只有一个稍微大一点儿的单肩运动背包，装着满满的东西。他单肩挎着，包的肩带在他的肩膀上压出一个浅浅的压痕。

这天的阳光真的是太好了，看着他的背影，好像所有的阳光都打在了他的身上。

七中在高一的下学期便开始分文理班。

文理分科意向表分发到每一位同学的手中的时候，大家都在热烈地讨论，讨论着自己究竟是适合理科还是适合文科。

选文还是选理，这对于现在的他们来说，算是一件大事了。

整个班级里十分吵闹，班主任默默地走出了班级，给他们留出了空间，任由他们对此进行讨论。

前桌庞翰文转头看着杨夕月和刘静雨，微微侧着身子，右手肘抵靠在刘静雨的桌子边缘。

"哎，你俩是选文还是选理？"

"当然是选文了。我最讨厌的就是物理和生物了，我根本就看不懂，简直就和看天书一样。"

刘静雨手中拿着圆珠笔，不停地按压着笔帽，发出咔咔咔的声响。

刘静雨："我选文，然后我要考上一所传媒大学，学新闻，以后当记者。"

"就你，还当记者？"庞翰文见刘静雨张牙舞爪、伶牙俐齿的样子，倒是适合当律师。

他眼神不经意间瞥见了被刘静雨压在语文课本下面的言情小说，薄薄的一本。

"传媒大学分数可高了，你想考传媒大学，那就赶快把你藏在课本下面的言情小说给收收吧。你把你看小说这个劲头放在学习上，什么传媒大学都能考上。"

"我爱看什么看什么，关你什么事，我就要当记者。"

刘静雨白了庞翰文一眼，将小说拿出来，塞进桌洞里面，不再搭理他。然后她侧头看向自己身边的杨夕月，问："月亮，你是选文还是选理？"

"我还没想好。"杨夕月笑了笑。

她似乎是有选择困难症。一直以来无论有什么关于选择的事情，她总是会纠结很久，除非有一个人促使或者逼迫她做出某一个决定，要不然她绝对会被这个事情搞得焦头烂额。

父母平时也不怎么管她，遇到什么需要做决定的事情，总是让她自己一个人做选择。

那张文理分科意向表一直被她放在书包里，她还没有在文科或理科那里打上任何一个对号。

时间截止到下周一上课之前，杨夕月觉得自己还需要再考虑考虑。

周四那天，杨夕月在下课之后，帮语文老师将作业本拿去办公室。或许是她之前的语文成绩给语文老师留下了比较深刻的印象，所以语文老师经常喜欢喊她去办公室拿东西，差不多是拿杨夕月当课代表来对待的。

课间的办公室里有很多人。

杨夕月跟在语文老师的身后，穿过人群，刚进门便看见了站在角落位置办公桌前的他。

他笔直地站着，头微低，和老师说着话。

他面前坐着的是六班的物理老师，如果她没记错的话，对方也是六班的班主任。

语文老师的办公桌在六班班主任的旁边，中间隔着一个过道。杨夕月和他背对背站着，距离隔得不远，所以她能够很清楚地听见他们谈话的内容。

"不是说准备选理科的吗，怎么又变成文科了？"

"我觉得还是文科适合我。"

"你可得想好了，选完了，这个表交上去就不能改了……还没到截止的时间，你再好好想想。"

"我想好了，我选文科。"

"行。"六班班主任将表收了起来，看了他一眼，"你这小子脑袋灵光，聪明，学什么都能行。"

"谢谢老师。"

"行了，没事就回教室吧，快上课了。"

"嗯。"

杨夕月并没有看见他和老师说话时的样子，但是他的语气很轻松，没有任何的犹豫，很笃定。就像是老师说的，他无论是学什么，都游刃有余。

他就是这样的一个人。

杨夕月将作业本放到语文老师的办公桌上。

刚刚准备离开，她突然听见了班主任王老师的声音："哎，杨夕月，你的文理分科表是不是也没交？"

"还没交。"

"你还没想好选什么？"

"想好了。"

"那抓紧时间交给我，咱班同学都交了。"

"好。"

走出办公室的那一刻，杨夕月突然觉得前所未有的放松。

心中一直纠结的事情终于有了结果，有一种尘埃落定的感觉。

她其实并不知道他选择文科的原因，但他是她选择文科的理由。

其实也并不算是，或许是她早就有了想要选择文科的想法，而他，便是让她真正下定决心的那个人。

阳光穿过栏杆斜射进走廊和教室，和阴影交错。不知道什么时候起风了，她额间的碎发被微风吹起，身边不停地有人经过，他们说笑着、打闹着。

在当天下午，杨夕月交上了文理分科表。

她选择的是文科。

统计好学生的意向之后，分班名单很快便分发下来，班主任王老师将名单贴在黑板上。

刘静雨拉着杨夕月走上讲台，站在名单底下看分班情况。

对刘静雨来说，她可能只是好奇，没有什么目的性。但是对杨夕月来说是不一样的，她很认真地在看，一个名字接着一个名字。

她在找人。

和他分到一个班的概率其实不大，但她依旧还是抱着侥幸的心态。

她在名单中间的位置看见了他的名字——

陈淮予。

耳东陈，淮水的淮，给予的予。

很快，便到了正式分班的时候。杨夕月的班级并没有变，她还是在三班。三班被分成文科班，三班原本选文科的学生不变，与从其他班分进来一些学生组成一个新的班级。

那天下午，教室里声音嘈杂，杨夕月坐在班里，看着不停地有人从教室的前门和后门进来，一个接着一个。

杨夕月的座位在中间靠后一点儿的位置，她有些紧张地坐着，看着门口。其实大家都在看着从门外进来的人，刘静雨就坦坦荡荡地托着下巴打量着进进出出的人。倒是显得她有些唯唯诺诺，有些不自然，不过她隐藏得很好，没有人发现。

正前方的黑板上贴着一张名单。

那张被她无数次经过讲台，看过无数次的名单。

她甚至不需要再看一遍，脑海中就能够浮现出他的名字在哪个位置。

她知道的，知道他会来，一定会来。

她在等着他。

他单肩背着书包，手中抱着一大摞书，从前门走进来。

原来三班的同学还是坐在原来的位置，新来的同学先随便找位置坐下，等全部到齐之后再重新分配座位。

陈淮予坐在了教室第一排临窗的位置，他来的时候同学差不多已经到齐了，只剩下了前面的位置，他也没得选。

和他一起进来的是一个男生，杨夕月之前经常看见他们两个人并肩走路，他们坐在了一起。

陈淮予坐下后便开始整理东西，微微弯着腰，将书往桌洞里面塞。

在杨夕月的位置，可以清楚地看见他的侧脸，可以看见他高耸的鼻子，温柔的阳光打在他的身上。

打量了几眼，杨夕月便低下头，不再去看他，假装收拾桌面上的东西。

坐在杨夕月前面的是一个长发女孩子，乌黑浓密的长发垂至腰间，杨夕月坐在她的后面，总是会被她的头发吸引。

刘静雨向来外向，很快便和前面的女孩子混熟了，连带着杨夕月也和新同学熟悉起来。

新同学叫沈佳，是从五班分过来的。人长得很漂亮，性格开朗大方，和别人说话的时候总是笑着。

这种女孩子，在人群中，总是脱颖而出。

杨夕月有些羡慕她，羡慕她长得漂亮、皮肤好，羡慕她性格开朗，落落大方，和谁都能聊得来。

人或多或少地羡慕过别人，羡慕别人拥有那些自己所没有的东西。

但是,也仅仅只是羡慕罢了。

分班后的第一节课,或许是班里多了一些或陌生或熟悉的面孔,大家心情都有些激动,杨夕月也一直无法静下心来听课。

随着下课铃声响起,老师拿着东西出去,教室里瞬间沸腾起来。班上有一大半的学生是别的班级分进来的,大家都不怎么熟悉,所以个个交头接耳地说着话,聊着天,向对方介绍着自己。

在各种嘈杂的声音之中,杨夕月忍不住微微抬眸,看向侧前方第一排的位置。

她一抬头就能看见陈淮予,他好像总能在无形之中吸引她的视线,怎么避都避不开。

可是她对他来说,却是一个陌生人,情况再好一些,也不过是之前同一所初中的校友,现在是同一个班级的同学。

大多数时候,人与人之间的关系,实在是太难拉近。

她看见他坐在那里,他后排的男生拍了拍他的肩膀,和他说话。他转过身,身体微微前倾,不知道说了些什么,他扬了扬嘴角,说完便转过了身,随后不知道和同桌说了些什么,他和他的同桌一起出去了。

杨夕月的桌子上放着厚厚的两摞书,她微微弯着腰、低着头的时候,可以将半张脸隐藏在书的后面。

刘静雨桌子上放一堆书是为了躲避老师的视线,以便她在书后面做些小动作。而杨夕月桌子上放了一堆书,只是为了方便看他。

"月亮。"刘静雨拿起放在桌子上的水杯站起来。

"嗯?"杨夕月没转头,眼神追随着他的身影出去。

"去接水吗?"刘静雨问她。

"去。"

庞翰文转头看向她俩:"哎,你俩连接水都要一起啊?"他实在是不大懂女生这种接水和上厕所都要一起的行为。

"关你什么事。"刘静雨瞪了他一眼,见前面的沈佳也转过了头,她问道,"沈佳你要去接水吗?我们一起?"

"我不去了,我水杯里的水还是满的。"沈佳将透明的水杯拿起来,水杯里面的水确实是满的。

"行,那我们俩去了。"说着刘静雨便拉着杨夕月的手朝着外面走去。

走廊尽头是热水房。

很多人下课之后喜欢聚集在热水房或者是洗手间的位置,三三两两地凑在一起说话。

两个人拿着水杯走过去的时候,正好看见了热水房门口的人。

陈淮予穿着一件黑色连帽衫,或许是没有注意到,帽子的抽绳被掖在了领子里。他倚靠着墙,整个人懒洋洋的,像是没什么骨头似的,说笑间捶了一下身边人的肩膀。

他和一个男生站在一起,不知道他说了什么,只见那个男生笑着递给了陈淮予一个东西。

杨夕月没有看清楚,只是匆匆一眼,便被刘静雨拉进了热水房。

她心不在焉地接着热水,眼神不自觉就朝着门口瞥过去。可她站的位置看不见外面发生了什么,连他什么时候离开的,都不知道。

只是等她接完热水出来的时候,他已经不在门口了。

下一节课是数学课。

数学老师平日里最喜欢上课提问,然后随便点人回答。

这不,刚刚写了一道题到黑板上,还没过五分钟,他就准备喊人起来回答。

数学老师眼镜下的那双眼睛缓慢地从左至右扫视了一圈坐在教室里面的同学,最终锁定了目标,伸手指了指:"就你了,靠窗这边,第一排这个穿黑衣服的同学。"

靠窗,第一排,黑衣服。

显而易见。

是陈淮予。

他数学成绩一直以来都很好,这个杨夕月是知道的。

他只是简单浏览了一遍题目,很快便回答完毕。

数学老师对于陈淮予的回答很满意,似乎是很久都没有见到过回答问题这么干脆准确的学生了,一连点了几下头。

"很好。

"你叫什么?"

数学老师一边问着他的名字,一边低头在座位表上寻找着,很快便找到了他的名字,"你叫陈淮予啊。"

"嗯。"

然后数学老师自顾自地点了点头:"我还没有课代表,你就当我的课代表吧。"终于逮着了一个自己喜欢的学生,自然是要将课代表的工作交给他来做。

下课的时候,陈淮予帮数学老师将之前的试卷分发下来。

杨夕月双手手肘撑在桌面上,手掌托着脸颊,视线时不时地从他的身上扫过,状似不经意地看着他在教室里面穿梭。

试卷是他和他的同桌一起发的,两个人发得并不算快,所以等到他发到她的时候,她已经等他很久了。

他刚到这个班级没多久,一边看着讲台上的座位表,一边分发着试卷,很麻烦,所以很慢。

当看着他直直地从讲台上下来,朝着后面走过来的时候,她就是有那么一种奇怪的预感,预感此时此刻他手中的那份卷子是要来给她的。

他走到她的身边,站定。

"杨夕月?"他不确定地喊着她的名字。

"是我。"她伸手接过试卷,轻轻地点了点头。

她没有抬头看他,也看不见他脸上是什么表情。而且,就算是他们两个人面对着面平视,她也不一定会直视他。

犹记得张涵曾经说过:你这个人真的是很奇怪,有的时候情绪隐藏得很好,根本就看不出来你的心里在想些什么,但是有的时候一眼就能看出来。

他从她的身边经过,这是他们两个人第一次距离这么近,她可以轻而易举地闻到他身上的味道。

很淡很淡,是一种很舒服的香味儿。

她猜测,应该是某种洗衣液的味道。

大休的时候杨夕月和张涵去超市买零食。

她们小区附近就只有一个大型超市,杨夕月和张涵几乎每次大休都会到这里买一大包零食,等周一的时候拿去学校。

平时进超市她们第一时间都是奔着零食区去的,但是这次杨夕月难得地拉着张涵先去了洗护专区。

"你要买什么?"张涵推着购物车,问。

货架很高,产品种类很多,琳琅满目。

杨夕月一会儿弯着腰,一会儿蹲下,一会儿踮着脚,将货架上的每一个产品都拿着凑近鼻尖闻了闻。每闻一次,她不是轻轻摇摇头,就是微微皱皱眉头。

张涵搞不懂杨夕月在做什么，就只是安静地跟在她的身边，看着她这种有些奇怪的行为，直到实在是忍不住了，才开口问道："哎，你干什么呢，奇奇怪怪的？"

等到杨夕月将这一整排货架上的产品全都看了一遍后，才似是自言自语地开口："没有。"

"没有什么？"张涵问。

"没有那个味道。"杨夕月皱着眉头回答。

"什么啊？你怎么搞得像是魔怔了似的。"

正如张涵所言，那段时间的杨夕月几乎像是魔怔了，执着地找着一种洗衣液。张涵问她究竟是什么牌子的洗衣液，或者是什么味道的，可以和她一起找。

杨夕月是想要描述出来的，但是每每这个时候，她又不知道应该怎么去形容。

她从来不喷香水，班级里不乏爱美的女生，经过她们身边的时候总是会闻到一股香味儿，她可以确定，那是香水的味道。

但是他身上的不是。

她实在是无法形容，就是一种很好闻的味道，他身上的味道。

所以直到后来很长很长的时间里，她都没有忘记这个味道。

依旧不放弃的杨夕月，那天拉着张涵坐了很久的公交车，去了很远的一家超市。这家超市是目前海城最大的，物品种类最齐全，还有很多进口商品。

超市很大，张涵并不知道杨夕月口中的那个味道是一个什么味道，所以只能由杨夕月自己一个人去寻找。

"哎，你很不对劲儿哎。"张涵双手抱胸看着正蹲着寻找的杨夕月。

"涵涵。"她蹲在地上，手中还拿着一瓶洗衣液。

"嗯?"张涵见杨夕月难得严肃的样子,松开手中的购物车,蹲在杨夕月的面前,听她说话。

"我们班上有一个数学很厉害的男生。"

"有多厉害?"张涵并没有问那个人是谁,只是问她,对方是一个什么样的人。

"数学老师点名让他回答问题,他看一遍题目就会了。"

"而且他善良,乐于助人,学习好,长得也好看。"心中有好多词语描述他,但杨夕月还是选择了最简单的来形容。她没有告诉张涵那个人叫什么名字,她现在还没有勇气。

多年好友,彼此很了解,像杨夕月这样的性子,和不熟悉的人说一句话都难得,更不会与她谈论一个陌生的男同学。看到杨夕月脸上的神情,张涵立马懂了。

她没有再追问,无声守护住了好友隐秘的心事。

杨夕月也没再说话,只是浅浅地笑了笑。

那天,杨夕月找了很久,甚至经过的顾客都用一种奇怪的目光打量着她,但是她完全不在意,只是执拗地做着这件事情。

而张涵,就站在她的身边,像是保驾护航一般,当别人投来异样的目光的时候,帮着她瞪回去。

终于,在货架的第三层,中间偏左边的位置,她找到了。

那是一瓶蓝白相间的洗衣液。

牌子她并不认识,是个英文名。

这个牌子的洗衣液还有别的味道,但是杨夕月确定,他身上的味道,是原味的。

她找到了。

她坐着公交车跑了这么远,费了这么大的力气,终于找到了他身上的那个味道。

　　从这里回家,需要坐十几站公交车,杨夕月坐在车后排,靠着窗,手中拎着一个超市的购物袋,里面就只装了一瓶洗衣液。
　　窗外,阳光明媚。
　　不知道是怎么回事,她突然笑了。
　　她总觉得自己像是一个偷窥狂,偷窥着他的一点一滴。
　　后来,那瓶洗衣液被杨夕月放到了房间的柜子最深处,一直没有拿出来。
　　这个世界上就是有这么一种人,小心翼翼地做着自己所能做的一切,却丝毫不敢表露出来,甚至是连和他用同一种洗衣液都不敢,生怕被他发现。
　　少女的喜欢,始终藏在心里。
　　九曲回肠的心思,最后汇集成了汪洋大海。

第二章
暗恋是漫长的心事

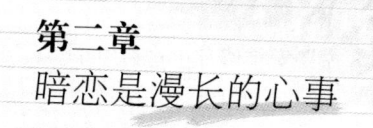

- 2016.04.22
  今天他无意中又帮了我，我知道，我们只是普通同学关系。

- 2016.05.10
  原来他喜欢喝汽水，比赛加油！

- 2016.06.06
  原来他喜欢吃辣。

- 2016.10.28
  狗尾巴草的花语是暗恋。

可是你没有

班里除了每天需要安排值日生打扫卫生，也需要安排人轮流擦黑板。

上一节是数学课，黑板上写得密密麻麻的全是做题步骤，数学一向是杨夕月的短板，她怎么都搞不明白，此时正低着头研究老师讲的这道题。

这时，英语老师拿着课本走进来。

高跟鞋的声音响彻在教室的每一个角落，但依旧没有打断杨夕月的思绪。

英语老师一进教室，就看见了黑板上满满的数学题，脸色顿时不怎么好看。

"今天你们班谁负责擦黑板？这是数学没上够？要不要我把数学老师叫回来再给你们上一课？"她拿着课本，卷成圆柱状，不紧不慢地敲了敲讲台。

整个教室里鸦雀无声。

杨夕月还埋着头，直到刘静雨推了推她，小声说道："月亮，今天是不是你来擦黑板？"她记得昨天是庞翰文，算下来今天应该轮到杨夕月了。

这个时候，杨夕月才反应过来。

她抬头看向黑板，上面是密密麻麻的数字。

全班的同学都看着黑板的方向。

杨夕月头皮一阵发麻,脸也开始发红。她仿佛能够想象到,她站在讲台上擦黑板,所有人的目光都投射在她身上的样子。

全班同学都沉默地等待着。

杨夕月深吸一口气,拉开椅子准备起身。

但她还没来得及站起来,就听见了一阵更大的椅子摩擦地面的声音。

椅子腿和地面摩擦发出刺耳的声音,在鸦雀无声的教室里,放大,再放大,所有人的视线全都转移到了一个人的身上。

她顺着声音看过去,只见陈淮予直接走上讲台,拿起放在讲台上的黑板擦,抬起手臂擦着黑板,没有说一个字。

杨夕月呆愣地坐在座位上,看着台上的陈淮予沉默的背影。

像是之前无数次那样,在他的身后,看着他的背影。

但是这次和之前无数次都不一样。

他像是一座沉默的高山,挡在她的前面,抵挡住了所有风雨。

她心里知道,陈淮予或许和班里绝大部分人一样,其实并不知道今天轮到谁擦黑板。

只是久久没有人起身,所以他站起来了。

虽然如此,但是她这个心啊,还是不知不觉地就软了下来。

黑板上的板书密密麻麻,他擦了很久,她也看了他很久。

因为自己的疏忽感到羞耻,却又有一丝庆幸。她脸皮极薄,胆子也不大,对于别人看向她的眼神特别敏感,这种情况下上讲台是完全抬不起头的,他帮了她,但是在这之后,扑面而来的却是更多的羞耻感。

英语老师上课后第一件事便是将 PPT 打开,让同学们看着 PPT 背单词和句子,一整页的内容,只给十分钟的时间。

时间紧迫，所有人立马背了起来，大家都不想被点名之后回答不上来。

身边的刘静雨边背单词边还有心思想别的，拽着杨夕月的衣角和她说话。周围的声音很大，完全可以盖过她们两个人说话的声音。

"月亮，刚刚那谁帮你擦黑板了！他还蛮帅的！"

看多了偶像剧，刘静雨对于这种桥段真的是百看不厌，看着陈淮予的眼睛里面全都是彩虹泡泡。

"他应该是见没有人去擦黑板，觉得耽误时间吧。"杨夕月看着屏幕上的英文单词，笑了笑，没有自作多情。

"听说他好像是和你一个初中的，那你们之前不认识？"

"我从来没有和他一个班级。"杨夕月并没有正面回答刘静雨的问题，只是淡淡地说。

刘静雨似乎没有听出杨夕月话中隐藏的意思，点了点头，没有再说什么。

分班后的第一次月考之后，班上重新排了一次座位。

班主任说是要根据这次考试成绩来排，但其实改动不大，只是将各个同学按高矮分到了不同的区域。

陈淮予的位置在靠窗的第五排。他长得高，安排在靠窗的位置，即使是有些靠前，也不会挡住后面同学的视线。

杨夕月在中间第六排左边的位置。

他在她的斜前方。

杨夕月的前面是沈佳，同桌还是刘静雨，刘静雨的后面变成了庞翰文。

周围的人坐在一起便开始打招呼，而这一块最热情的莫过于陈淮予的同桌，名字叫林同，之前是和陈淮予一个班级的。

"哎，你们好啊，我叫林同，你们应该知道我的名字吧？"他上课多次被老师叫起来回答问题，经常回答不出来，大家对于他印象深刻。

"杨夕月，刘静雨，沈佳，庞翰文。"他的眼神扫过，准确无误地喊出了他们的名字，"我叫得没错吧，对上号了是不？"

"厉害啊。"庞翰文没想到自从分班以来一直没有与他们说过话的人，竟然记住了他们每一个人的名字。

"那当然了，咱们毕竟是一个班的。

"就那座位表，我看了好多遍。"

前段时间他和陈淮予坐在第一排，分发试卷和作业的活儿经常落到他们身上，所以对于班上同学差不多也认全了。

"他叫陈淮予，我好哥们儿。"林同拍了拍陈淮予的肩膀。

陈淮予随着林同的声音转头，杨夕月猝不及防间和他对视。

以往几乎每一个瞬间，她都是隔着遥远的距离去看他。看他的背影，偶尔是他的侧脸。只有一次他上台演讲，她坐在报告厅后排的位置，看到了他模糊的正脸。

像这样距离如此近地直视他，还是第一次。

他的眉眼不是很锋利，鼻子高耸，嘴唇有些薄。

都说嘴唇薄的人薄情，不知道他是不是也这样。

或许是因为经常在露天篮球场打篮球，他的皮肤略微有些黑。

他转头看过来的时候，不像林同那么热情，眼神淡淡的，礼貌又疏离。不过在捕捉到他们看过去的眼神时，他还是友好地轻轻扯了扯嘴角，微微笑了笑。

杨夕月向来不怎么会处理人际关系，朋友少之又少。

她在班级里算得上是一个比较透明的人物，只和刘静雨以及周围几个同学比较熟悉。

所以在很长的一段时间里,她和陈淮予甚至连一句话都没有说过。两人之间的关系,仅仅就只是再普通不过的同班同学罢了。

学校每年都会举办春季运动会。

距离运动会还有一个多月的时间,每个班级就已经开始准备报名的事情了。

班主任老王向来不怎么关注这些事情,只是告诉了体育委员林同,让他组织学生主动报名参加。

因为这件事,林同整天在课间的时候满教室乱窜,撺掇着别人报名。

他们三班的报名积极性并不是很高。报名的人数少,报上去的项目就少。看着别的班级所有项目都报满了,林同一直在那儿干着急,但是他也没有办法,又不能逼着人家报名。

别的同学不吃他那一套,但陈淮予是他的好兄弟,肯定会帮他的。

这不,在课间的时候,他就撺掇陈淮予报了个一千五百米。

庞翰文微微靠着椅背:"陈哥加油啊,到时候哥几个给你买几瓶红牛,争取跑个第一。"

"去你的,咱陈哥喜欢喝汽水!整几瓶雪碧、可乐还差不多。"林同笑着回应。

陈淮予没说话,几个人勾肩搭背地走出了教室。

那段时间,林同一直在忙活这件事情,用了不少的时间,终于勉强凑够了人数,将大部分的项目给报上了。

老王让会写加油稿的同学多写一些加油稿,到时候以班级为单位统一交上去,被征用了的加油稿可以给所在的班级加分,为班级争光。

很多同学跃跃欲试。

杨夕月的写作水平在班级里还算不错，没等她自己说，身边的刘静雨便替她想好了，要她多写几篇。

临近运动会的那几天，杨夕月写了好几篇加油稿，她反复斟酌着用词和句子，总觉得差点儿什么，并不是很满意。

说是给参加运动会的同学加油的稿子，其实只有她自己一个人知道，她的这份稿子，只是为了一个人写的。

她不想为别人加油，只想要为他加油。

每次写稿子的时候，她脑海中总是会想起很多关于他的场景。

他是一个很认真的人，一旦答应了要做什么事情，他一定会尽自己最大的努力去做到最好。

之前的体育课，他每次都会打篮球，但是自从答应了林同参加一千五百米比赛，体育课的大部分时间都能看到他在操场上跑步的身影。

想着他在操场上奋力奔跑的样子，杨夕月低着头，微微笑着，缓缓地在笔记本上写下了一段话。

运动会前一天，班级里面就已经开始沸腾了。长时间闷着头只顾着学习做题，很少有什么娱乐活动，好不容易有这么一个一连两天的运动会，而且还是周四和周五，这让同学们更加兴奋了。

一直盼望着的运动会终于要来了。

三班的位置在看台的前面几排，隔操场的跑道比较近，能够清楚地看见跑道上的场景。

杨夕月坐在第二排的位置，身边是刘静雨和沈佳。

今天晴空万里，太阳高悬在天空，遮阳伞遮挡住了部分的阳光，但是光线依旧刺眼。

一开始大家还比较兴奋地看着操场上的各种项目，声音沸腾。但坐在看台上，四面都无遮挡，太阳直射下来，照得人晕晕乎乎的，大部分人立马蔫了下来，心思完全不在比赛上。三三两两的人百无聊赖地聊着天，完全打不起精神。

陈淮予参加的一千五百米项目在第一天下午开始。

他很早就开始准备了。

杨夕月听着广播里面宣布检录的声音，看着他从看台上走下去。

由近及远。

阳光依旧灼目，但这是他的比赛项目，她已经期待很久了。杨夕月打起精神来，聚精会神地盯着跑道上那道身影。

他穿着一身运动装，金色的阳光打在他的身上，他全身上下仿佛镀了一层光。

她突然想起了那篇交上去的加油稿。

那张加油稿，她只写了班级，没有写自己的名字。

她不知道自己的加油稿是否会被读出来，不过无论征用与否，她也算为他加过油了。

下午三点多的时候，太阳正盛。

杨夕月的视线一直没有挪动，直到信号枪响起，她才回过了神。

此时此刻他已经跑远了。

旁边看台上坐着的是二班的同学，杨夕月听见了她们说话的声音——

"哎，那个三跑道的男生是哪个班的，长得真帅！而且还是第一。"

"应该是三班的吧，我看见他原来坐在三班那里。"

不知道什么时候，广播里主持人开始朗读加油稿。

杨夕月的关注点一直在赛道上,没怎么去注意广播里的内容。

"高尔基曾经说过,胜者靠的是勇气而不是力量,而今天的我想对你说:胜者靠的不仅仅是勇气,还有努力。陈淮予,我相信你,加油!

"——来自一五级三班一位未署名的同学。"

杨夕月听见了自己的加油稿。

听刘静雨说,主持人就是随便拿起一张加油稿,觉得合适就读,没有什么规律和概率,都是运气。

杨夕月觉得自己是幸运的,她的稿子能够在那么厚一摞的加油稿中被人选出来并朗读。

陈淮予,你听见了吗?是我在为你加油。

操场上的声音非常嘈杂,其实很多人都没有注意到,也没有听清楚,或者说根本不在意。但这个稿子,一字一句,全都传进了杨夕月的耳朵里面。

她心里十分清楚,现在正在跑道上比赛的他应该是不会注意到的,因为他现在最专注的,就是比赛。

还剩最后一圈,赛道上所有人的体力都已经不行了,全靠意志在支撑着。

对于常年在教室里坐着学习、不怎么运动的学生来说,跑一千五百米真的很不容易了。

"陈淮予,加油!"

突然,人群中爆发出一个声音,几乎吸引了附近看台上所有人的目光。杨夕月转头便看见坐在后排的林同站了起来,是他在为陈淮予加油。

林同的声音像是一个引爆剂,全班同学都跟着喊了起来。

"陈淮予!加油!"

"加油！陈淮予！"

"加油！"

耳边响起嗡嗡嗡的声音，就连杨夕月身边的刘静雨都跟着大喊着。

为他加油。

看着赛道上那抹白色的身影，杨夕月突然眼眶一酸，嘴巴张张合合，嗓子就好像是被什么哽住了一般，怎么都说不出话来。

她在心中喊过无数遍他的名字，但是真正让她喊出来的时候，她却开不了口。

只剩下半圈了，陈淮予身后的那个人眼看着就要超过他，杨夕月脑海中突然有一根弦断了似的。

"陈淮予！"

她几乎用尽了全身上下所有的力气，大声喊着他的名字。

"加油！陈淮予！"

她口中喊着他的名字，眼睛看着他冲过终点。

骄阳烈日，一丝微风从脸颊拂过。

在这一刻，好像带走了所有的沉闷和燥热，她所有的注意力全都集中在了他的身上。

只见他冲过终点之后，转头看向三班的位置，明明体力已经透支了，却依旧脊背挺拔，站得笔直。

微风渐起，阳光包裹着他，他穿着的白色运动短袖在阳光的映照下有些反光刺眼。

鬓角早就已经被汗水浸湿，他看着看台的位置，眼中带着光。他右手微微抬起，迎着光，食指和中指微微收紧靠在一起，在太阳穴的位置轻点两下，然后指向看台。

原本沉闷的气氛，因为他的一个举动，瞬间被点燃。

不仅仅是因为他的动作,还因为他是冠军。

林同早已疯狂地冲下了看台,远远地,可以看见他被人簇拥着从跑道离开。

隔着很远的距离,她清楚地看见了,他在笑。

那天上体育课。

大家原本对于这节体育课是不抱任何希望的,上次体育老师就说了下堂课留给英语老师,所以下课之后也没有人往外面走。但是没有想到的是,林同突然说体育课又要上了。

一瞬间,教室里低沉的气氛瞬间沸腾了起来,大家纷纷从椅子上起来,走出教室,生怕老师又临时反悔,把他们留在班里。

每周大家最期待的就是体育课,只有这个时候他们可以走出教室,到操场上去放松一下。

体育老师领着做了准备活动之后,便宣布解散,让大家自由地在操场上活动。

大部分女生都是找个地方坐下来聊天,或者是站在篮球场边上,看男生打篮球。虽然没有什么娱乐项目,只是单纯地绕着操场散散步,聊聊天,但是对于他们来说,已经是一周之中最放松的时候了。

杨夕月、刘静雨和沈佳三个人坐在距离篮球场不远的台阶上,远远看着班里的几个男生打篮球。

大概是以为今天不会上体育课,所以陈淮予今天没有提前穿他的篮球鞋,而是穿了一双普通的白色板鞋。

或许是穿着这双鞋子不怎么方便打篮球,他只上场打了一会儿便下来了,站在场边和林同说话。

"哎,你们去不去卫生间?"沈佳突然开口。

"我不去。"刘静雨摇了摇头。

"那月亮你陪我去吧?"

"好。"

两个人从台阶上起身,手挽着手朝着操场外面走去。

卫生间在操场旁边的那栋教学楼里面,去那需要经过篮球场。

逐渐逼近陈淮予站的位置,杨夕月的眼神也逐渐不受控制,总是若有似无地朝着他看过去。

直到越走越远,他的身影变成一个模糊的小点。

中午的时候在食堂偶然遇见他。杨夕月在第三个窗口买饭,他在第四个窗口,两人端着餐盘不经意间擦身而过,她看见了他吃的全都是加辣的菜。

原来,他喜欢吃辣。

这个学期很快便结束了,大家一直盼望着的暑假即将来临。

期末考试成绩导致了全班的压抑情绪,却很快被即将到来的暑假给冲淡了,只剩下对假期的期待。

临近期末的时候,数学老师家里有事,只准备了几张试卷,剩下的以电子版的形式发给每个人,自己将试卷打印出来做完。

暑假没多久,杨夕月和张涵去滨海广场看烟花秀的时候弄丢了手机,一直没能找回来,等买了个新手机,重新登上QQ的时候,里面老师发的试卷文档已经过期了。

问刘静雨要,刘静雨没回消息。

杨夕月是个急性子,要做什么就要立马做,所以她马上便联系了数学老师。

陈淮予是数学课代表,她本来是想找他要的,但是她没有他的联系方式。

其实她有太多的方式来得到数学作业，但是她都没有尝试，而是选择了最麻烦的一种。

数学老师很快便回复了她：资料在电脑里，现在电脑不在身边，我让数学课代表发给你。

数学老师的回答完全在杨夕月的意料之内。

那一个下午的时间，杨夕月一直盯着QQ，几乎每隔几分钟就要打开看一眼收没收到陈淮予的验证消息。

等待的时间里，她坐立难安，不停地打开手机，然后关上，反复打开，再关上，如此好几遍。

母亲杨女士这几天休假在家，看着杨夕月拿着手机进进出出的样子，很疑惑："你这是怎么了？"

"没什么。"杨夕月拿着手机朝着房间走去。

"明天张涵是不是要来？"杨女士喊住了即将回房间的杨夕月。

"是啊。"明天张涵要来找她玩。

"明天我要上班，我今天去超市买了些水果，明天你俩在家把这些水果洗洗吃了。"

"知道了。"

直到傍晚的时候，QQ联系人上方的新朋友那里突然出现了一个红色的阿拉伯数字"1"。

手忙脚乱之间，杨夕月不小心将QQ退了出去，然后她回过神来，马上重新打开。

新朋友的好友通知里出现了一个人。

头像是一张NBA球星投篮时的侧身照，光影明暗交错，照片有些模糊，但是红色的篮球依旧显眼。

名字很简单：Chen。

是他姓氏的拼音。

对方留言：我是陈淮予。

想都没有想，杨夕月直接点了通过好友申请。

她通过了之后又有些后悔，觉得不应该这么快点了同意，应该等一等的，这样好像显得比较自然点儿，没有那么迫不及待。

她没有给他备注，头像旁边显示的就是他的昵称。

她想，他在她这里是不需要备注的，因为无论什么时候，关于他的任何东西，她都能第一时间捕捉到，记住并反应过来。

通过好友验证，她收到了他的消息：我是陈淮予。

她回复：嗯，我知道。

Chen：数学老师让我给你发资料。

没等她回答，他已经将资料发了过来。

她一直等着他的消息，所以在他发过来的第一时间便点开，下载了下来。

他发完资料便没了消息。

两个人的对话戛然而止。

她想和他说话，但是又不知道说什么。

有些紧张，有些不知所措，心跳有些快。此时此刻的杨夕月心里复杂情感交织的同时，还有一丝庆幸，庆幸自己现在待在一个没人的地方，不会有任何人看见她现在脸上的表情、紧张的动作。

她不停地在对话框里打字，打完之后很快又一个字一个字地删掉。

最后只剩下两个字：谢谢。

他没有立马回复，而是在五分钟之后才发了消息。

Chen：客气了。

她与他虽然初中在同一所学校，但并不是一个班级，所以根本就没有任何交集,她的朋友也不多,两人完全没有任何认识的机会。

所以这一次,是她第一次得到他的联系方式。

很激动,很开心。

像是一个拾荒好久的人,终于在某一天,拥有了一把能够打开宝箱的钥匙。

他们之间关系的任何一点点靠近,都足以让她兴奋不已。

那天傍晚的夕阳绚丽动人,小卧室里的窗半开着,窗外的风和阳光全部涌进来,微风吹动窗帘,阳光洒了一地。

杨夕月坐在书桌前,桌子上凌乱地摆放着很多书和试卷。

她手中拿着手机,盯着他的头像和名字,看了好久。

少女的心事很难猜,却又很简单,有的时候开心就只是因为一件小事。

最重要的是,让我们开心的那个人。

那天晚上,出于好奇,杨夕月点开了他的QQ空间。

他的空间很简单,背景图片是系统自带的,空间里面全都是关于篮球的说说,不多,但是依旧可以通过这些,看出他对于篮球的喜欢。

他会为了喜欢的球队赢得比赛而开心,也会因为喜欢的球队失误输掉了比赛而感到生气。

通过他并不是很多的说说,可以看出他的情绪,看出他的喜好。

她一直没有退出他空间的界面,因为退出去了又要重新打开,太频繁他会起疑。

深夜,杨夕月购买了一个月的QQ黄钻,因为黄钻有个功能,可以隐藏自己在别人空间里面的访问记录,有了这个,她便可以没有顾虑地去看他的QQ空间,在任何时候。

这一开,便是好多年。

暑假总是千篇一律，杨夕月不是和张涵出去玩，就是待在家里看电视剧，夏天太热，大部分的时间她还是喜欢待在家里。

最后一周疯狂地补完了作业，很快便要开学了。

开学那天的天气很热，太阳炙烤着大地，仿佛能够闻到马路沥青因为高温而散发出的奇怪味道。偶尔有一阵凉风吹过，却也丝毫不起作用，整个人都好像被热气包裹着。

杨夕月早早地准备好了东西，一个人拎着行李箱走出家门，坐公交车去学校。

她坐在公交车中间的单人座位。身边放着她的小行李箱，行李箱上放着个纸袋子，装着一些零碎的杂物。

她头上戴着白色的鸭舌帽，微微侧着头看着窗外。车窗外的阳光明媚刺眼，她的帽檐压得有些低，遮挡住了些许的阳光。

所以才没有看见从前门上车的人。

直到眼前出现了一双白色的运动鞋，鞋被主人刷得一尘不染，她听见了从头顶传来的那道声音——

"杨夕月？"

他的声音很干净，喊她名字的时候，语气中带着些许的疑惑。

杨夕月抬头，看见了站在自己面前的陈淮予。

"好巧。"她笑着朝他打招呼。

本以为今天是第一天开学，天气这么热，他爸妈应该会送他去学校，没想到还是在公交车上遇见了他。

"是啊，你也坐这路公交车？"在陈淮予的印象中，好像没见过她几次。

"我经常坐。"她微微抬头看着他下巴的位置，目光所及之处还能够看见他消瘦的下颌角，脖颈处微微凸起的喉结，以及喉结旁边，那颗很小的痣。

"我也是。"似乎是意料之外的巧合。

人生中有太多的巧合，会发生在任何地方，任何时候，让人措手不及，仓皇忙乱，抑或是让人无可奈何，只能硬着头皮去面对。面对这些巧合，有的人游刃有余，有的人手忙脚乱，有的人心平气和，有的人心跳失衡。

就好像是他和她。

公交车里剩下的座位并不多，除了后排的几个，就是杨夕月身后的那个座位。

他没有朝后面走，而是直接坐在了她的身后。

或许他是嫌去后面坐太麻烦了，坐在前面比较方便，抑或是其他的什么原因。

这些杨夕月都不知道。

她坐在他的前面，背对着他，僵直了脊背，连呼吸都有些困难。她很紧张，甚至觉得自己呼吸再加重一些，他都能够听见似的。

杨夕月本能地控制住呼吸的频率。

一路上二十多分钟的时间，她几乎一动不动，生怕自己的什么行为引起了他的注意，但是，又生怕他看不见自己，无视自己。

想要他注意到自己，又不想要他注意到自己。

直到公交车到站，学校到了。

她下意识地等待，想着等他先下去，然后她再下去。

但是他没有。

他起身，身上背着个大行李包，站在她的身边："不下去？"他以为她忘记了下车。

"下的。"她起身站起来，慌忙地拎着行李箱下了车。

公交车停靠在路边，刚好有个台阶。杨夕月拿着行李箱十分不方便，下车的时候台阶和行李箱发生了轻微的碰撞，虽然力道不大，但是架不住行李箱太重，她没有拿稳，被行李箱带着，不小心踉跄了一下。

幸好身后的陈淮予眼疾手快地扶了一下，将她那即将被台阶绊倒的行李箱扶住，顺势稳住了她，没让她摔倒。

"谢谢。"她没有转头，而是余光看见了他的动作，微微垂眸，似是笑了一下。

"不用。"

她记得，上一次也是在公交车上，差不多也是同样的情况。

他或许不记得了，又或许根本就没有在意，那次公交车上他的随手帮忙，对于他来说根本就不值得一提。

但是对于她来说却很不一样。

那是一件能让她记很久的事情。

两个人下了公交车之后，便分开了。

陈淮予直接朝着学校门口走过去，而杨夕月却朝着旁边的小超市走过去。

刘静雨让杨夕月到了学校之后先别进来，先去帮她在学校旁边的小超市买几本新一期的小说杂志。她是被父母送过来的，没来得及去超市买，进了学校就不能出去了。

"呜呜呜！一个假期不见！好想你！"杨夕月走进教室，刚刚把书包放下，迎面便是刘静雨的拥抱。

她瞬间有些窒息的感觉。

刘静雨的拥抱太紧了，力气太大，看样子应该是真的想她了。

"我们不是上周才见过面的？"

"你难道没听说过：一日不见如隔三秋吗？按照这样来算，咱俩得有多少年没有见面了？"

无论杨夕月说什么，刘静雨都有话来回答。

她哭笑不得。

"快快快！月亮你把你的英语作业拿出来给我看看。"刘静雨说着顺便拍了拍前面沈佳的肩膀，"佳佳你把你的数学作业给我看看。"

拿到了沈佳的数学作业，见杨夕月还没拿出英语作业，她催促道："快点儿月亮，你的英语比较好，我用一下你的试卷。"

合着这不是想她，想的是她的英语作业。

杨夕月笑着将书包里面的英语作业拿出来给刘静雨。

"这些作业，就英语和数学选择题多，她今天开学来得格外早，就等着你俩呢！"后面的庞翰文伸头打小报告。

"庞翰文，你怎么这么烦？"庞翰文总是拆她的台，特别讨厌。

前面的沈佳笑着转头："行了你们，赶快写吧，在他们收作业之前赶快补完。"

开学第一天，每科的课代表只需要在下晚自习之前将作业收齐，交到老师办公室就可以。

杨夕月低头收拾着书包里的东西，看了眼正埋头补作业的刘静雨，笑了笑，将从学校外面帮刘静雨带的小说杂志拿出来，没和她打招呼，直接放进了她的桌洞里面。

"哎，月亮你给我买啦！"

都说一心不能二用，杨夕月倒是觉得，刘静雨能做到，而且算得上是用到了极致。

"行了，先别看了，抓紧时间把作业补完。"杨夕月拦住了刘静雨准备伸进桌洞里的手，看她的样子，这个作业，一时半会儿是补不完的。

说话间杨夕月不经意抬头，看见了从门口走进来的陈淮予。

他明明比她早进学校，却比她晚进到班里。

他经过讲台的时候，阳光从他的脸上掠过，留下一道金黄色的痕迹，却又因为他的经过，光线很快从他的脸上消失了，不留一丝痕迹。

"月亮月亮，这个英语选择题太多了，我都看混了，你来看看这题是不是选 A？"

杨夕月将眼神从陈淮予的身上收了回来，拿起试卷，开始给刘静雨看题目。

新学期开学第一周，学校照例要在小广场上举行升旗仪式，并要求所有的学生都穿着校服。

七中的校服红白相间，右胸口处印着学校的 Logo（标志），千篇一律的设计和配色，实在让人喜欢不起来。

但是杨夕月却很喜欢。

并不是喜欢这身校服，而是每周一穿这身校服的时候，她和他穿的是同样的衣服。

大家都穿着校服在班级里，杨夕月总觉得刘静雨的校服好像和其他人的有些不一样，但是又看不出是哪里不一样。

在连续看了几眼之后，她终于发现了。

"你校服的裤腿怎么是收起来的？"其他人校服的裤腿都是散着的，微微阔腿的感觉。

"我妈会点儿裁缝，我让她给我把裤腿改小了。"像是炫耀一般，刘静雨将自己的裤腿展现在杨夕月的面前，"怎么样，是不是比原来的好看多了？"

"嗯，好看多了。"原本的裤腿随意散着，看着比较邋遢，但是经过刘静雨的这个改变之后，显得整个人利索多了。

"好看的话，等周末我让我妈也给你改改。"

"好。"

在小广场上升旗的时候，每个班级站成两队。大家都心照不宣，男生一队女生一队。文科班男生的数量本来就比女生少，所以很多女生自动站到了男生的后面。

杨夕月站在刘静雨的身后，站在沈佳的前面。右侧方，前面隔着几个人的距离，陈淮予站在那里。

他站得笔直，身后的林同时不时地和他说着话，见他没有反应，还伸手推了推他的后背，引来的是他更加冷淡的无视。

她看着他的背影，不知道怎么的，突然就笑了，微微低头，嘴角的笑意怎么也隐藏不住。

数学课，数学老师发了卷子。

"这套试卷我简单看了一下，问题比较集中，我就先把问题比较多的几个题讲一下。"

平时数学课，一张试卷老师能讲一节课，很枯燥，但杨夕月还是坚持抬头看着黑板。至于身边的刘静雨，正低着头，将自己隐藏在一摞书的后面，看小说杂志。

数学老师平时上课就是在讲台上讲题，几乎不怎么下来溜达，所以这就让刘静雨更加肆无忌惮。

杨夕月平时也看小说，但是没有刘静雨那么痴迷，晚自习写完作业的时候偶尔会借刘静雨的小说看一看。

下课之后刘静雨拉着杨夕月说着自己上课看的那个小说。

"看小说真的长了很多的知识。比如说向日葵的花语是入目无他人，四下皆是你；桔梗花是永恒不变的爱；薰衣草是等待爱情。

"还有一个很特别的,狗尾巴草,是暗恋。"

这个简单的对话,或许刘静雨转眼便忘记了,但是杨夕月不一样,对于很小的一件事,她能记得很久很久。

那次体育课依旧还是自由活动。

杨夕月在操场闲逛,在操场旁院墙边上的杂草丛中,看见了一根狗尾巴草。

院墙边的这些杂草学校都会定时清理,平时她根本就不会在意,这是她第一次注意到。

那根狗尾巴草就在其中,和其他的杂草并没有什么特别大的区别。

她突然想起,有次学校让他们在大课间休息的时候到操场上去拔草,在老师的指挥下,墙边所有的草都要被拔掉。

连同狗尾巴草一起。

在所有人的印象之中,狗尾巴草是杂草的一种,丝毫不起眼,完全不值得多看一眼。

狗尾巴草开花的时候,顶部会长出圆锥形的花序,和叶片融为一体,不太起眼。就好像是暗恋一样,只有自己一个人知道,隐藏在最隐秘的角落,不见天日。

杨夕月是上完体育课第一个回教室的人,她坐在座位上,拿出下节课需要的课本,等着刘静雨和沈佳回来。

看着前门和后门一个接着一个的人走进来,杨夕月低下头,假装是在学习。

她听见了他们说话的声音——

"哎,陈哥,谁往你桌子上丢了一根破草。"

"不知道。"

"那我给你丢了啊。"

"嗯。"

破草,是啊,在所有人的眼里,那只是一根破草而已。

第三章
一个人的独角戏

● 2016.12.22
下雪了,你穿得有些少,不知道你冷不冷。

● 2017.04.25
我想给你送瓶水,但是我退缩了。

● 2017.06.04
很可惜,这封信,我没有送出去;很可惜,你没有看见这封我写给你的信。

● 2017.07.25
他换了个头像,我不明白是什么意思,看了好久。

可是你没有

这一年初雪下得很早,早上从宿舍出来,便看见了从天而降的雪花,飘飘扬扬地从空中落下。

雪不大,没有风,乍一看有种温柔的浪漫感。抬头看,天空乌云密布,像是即将迎来一场大雪,而此刻是狂风急雪之前的平静。

果不其然,上课不过十多分钟,外面便飘起了大雪。

风声夹杂着老师讲课的声音,不断地进入耳朵里。随着风声越来越大,逐渐吸引了更多同学的注意力,时不时就有人转头朝着窗外看过去。

"月亮你看!雪下大了。"刘静雨推了推杨夕月的手臂,示意她朝窗外看。

杨夕月顺着刘静雨的目光看向窗外——

风裹挟着雪,不断地朝着玻璃上吹来,有的雪落在窗户上,因为室内开着暖气,冷热交替,融化在玻璃上,留下细微的水渍;有的顺着风落下,落在外面的窗台上;有的飘荡在空中,最后落地。

迷蒙的雪,像给整个空间罩上了一层半透明灰白色的布。

雪被风裹挟着,在空中打着转儿落下。

正应了杜甫的那一句:"乱云低薄暮,急雪舞回风。"

"砰砰砰!"

语文老师敲打了几下讲台的桌面。

"都认真点儿,你们是几百年没有见到过雪吗?

"都给我转过头来好好听课!"

大家恋恋不舍地将视线从窗外的大雪中转移回来,重新看向黑板。

大课间之后的下一节课是体育课,外面下雪,自然是不能上了。

还不到一个上午的时间,雪已经很厚了,通过窗边积雪的厚度,可想而知外面是什么样子的情况。

海城冬天经常下雪,雪下了之后要及时清扫,不然积雪厚了,不仅会不好清扫,而且对于出行还会造成一定的影响。

这个时候各个班级就会组织学生出去扫雪,上课的时候只听见外面唰唰唰的扫雪声,让人心痒痒。

刘静雨将自己放在书包里面的手套拿了出来,分给了杨夕月一只。外面很冷,拿着扫帚扫雪时肯定会被冻得通红,戴一只也比什么都没有要好。

即使现在外面下着雪,天气很冷,大家依旧兴致勃勃。

三班负责清扫升旗小广场上的雪,老王给每一批人都划分了区域,男生先扫,女生在男生的后面,清扫男生遗留下来的雪。

大家穿着厚重的棉衣,将帽子扣在头上,嘴里呼出来的气很快在空中凝结成雾。

俗话说,人多力量大。

大家将清理的雪全都堆积在一个地方,很快,小广场边上就形成了一个很大的雪堆。

扫着扫着,就开始玩了起来。

将地上的雪攒成一个雪球,趁着不注意,扔向对方。原本井然有序扫雪的局面突然变了,不知道是谁扔的雪球,也不知道扔的雪球砸到了谁的身上。

所有人都陷入了混战之中。

林同躲在雪堆旁，试图躲过雪球的追击，却没想到被身后突然出现的庞翰文推了一把，猝不及防，一头栽进了面前的雪堆之中，大半个身子都陷了进去，糊了一脸雪。

他挣扎着爬出来，抹了一把脸上的雪："谁把我推进去的？"

他的眼神立马锁定了隔自己几步远的庞翰文，看着他幸灾乐祸的样子："有本事你过来啊！"

林同说着便追着跑过去，两个人扭在一起，谁都不让着谁，不知道被什么给绊倒，最后两个人双双倒进了雪堆里。

大家玩得很开心，老王站在边上，看着小广场上打闹着的学生，浅笑着，并没有去阻止和干扰。

风已经停了，没过一会儿，雪突然又下得大了起来，雪花垂直落下，落到了帽子上，肩膀处。杨夕月微微抬头，雪落到了她的脸颊上，因为脸颊温热的温度，很快便融化掉，甚至还有些雪花落在了她微微颤抖着的眼睫毛上，忽闪忽闪。

杨夕月被刘静雨和沈佳拉着远离了战场，躲在一边防止被别人的雪球砸到。

隔着漫天飞舞的雪，杨夕月看见不远处的陈淮予，他正弯腰将躺在雪堆里面的林同和庞翰文拉出来。庞翰文和林同的体重实在是不轻，而且两个人就这样躺在雪堆里，丝毫不用力，完全等着陈淮予一个人将他们两个人拉出来。

陈淮予一只手拉着一个人，反作用的力将他一下带进了雪堆里。

他们挣扎着从雪堆里面出来的时候，身上都沾满了雪，浑身都是白的。

别人都穿着厚重的长款羽绒服，但是陈淮予穿的却是一件短款的、看着比较单薄的羽绒服。

他没有戴帽子,也没有戴手套。

她不知道他冷不冷。

结束之后,大家返回教室。雪天路滑,拿着扫帚很不方便,容易摔倒,老王让男生帮女生一下。一个班级,互相帮助是应该的。

前面的几个男生已经帮身边的女生拿了工具。

杨夕月走在最后面,没有人注意到她,而且,拿着这个工具对于她来说也并不是太困难。

"我帮你拿吧。"身边突然传来一道声音。

杨夕月转头看向来人,有些迷茫,像是完全没有想到陈淮予竟然会帮她拿工具似的。地上有雪,有些滑,但是此时此刻,她的脚却格外沉重,像是鞋底和路面上的雪粘在了一起,结了冰,完全挪动不了。

"给我吧。"他没有注意到她的表情,直接从她的手中接过工具。

没等杨夕月反应过来,他就快步跟上了前面的林同和庞翰文,同他们一起走回班级。

留下杨夕月呆愣地站在原地,看着逐渐走远的陈淮予。

她还没来得及和他说谢谢。

雪迷了眼,他的身影在她的眼前逐渐模糊,直到完全消失。

后知后觉般地,她低头看向自己的手,那只没有戴手套的手冻得通红,像是失去了知觉似的,变得僵硬麻木。

杨夕月缓慢地将手放进口袋里,手很快便暖和了过来。

手心一片温热。

那年冬天,张涵告诉杨夕月她认识了一个男生,是隔壁理科班的,学习很好,长得也很帅。

杨夕月见过张涵喜欢过的男明星,大多长相十分不错。杨夕月不知道那个叫林一帆的男生究竟是长成什么样子,才能让张涵这个十足的颜控给出这么高的评价。

直到张涵给杨夕月看了一张她偷拍的照片,是一张侧面的照片,照片中的男生似乎是在看书,微微低着头,完全没有注意到自己被人偷拍了。

照片中的男生确实像杨夕月料想的那样,长相清秀,眉眼都不算特别出色,但是组合在一起,却难得的帅气。不过相比起之前张涵向她描述的那个样子,还是相差甚远。

大概只是稍稍地沾了一点边儿。

杨夕月感到很好奇,她向张涵表达了自己的疑惑。

张涵并没有吃惊,像是早就已经想好了应该怎么回答杨夕月的问题似的。

她说——

"喜欢这种东西,哪里有什么固定的样子,之前没有明确喜欢过一个人,幻想过未来的那个人所有的样子,将自己一切喜欢的,全都往他的身上堆砌。但是等到真正遇到了那个人的时候,才发现,那个人与所幻想中的那个他,相差甚远。

"即使是这个样子,你也可以确定,确定他就是那个人。

"遇到了那个人之后,你所有的要求都会被他打破。

"你会发现,你喜欢这个人,他的样子就是你喜欢的样子。

"你是先喜欢这个人,然后才喜欢他的样子,而不是你喜欢他的样子,才喜欢他的人。"

张涵是一个喜欢分享的人,尤其是在杨夕月面前,她从来都是想到什么说什么。

张涵说:"他是个学习特别好的学生,家长、老师对他也很看重,所以我等着高考结束之后再正式告诉他。"

张涵也问过杨夕月,关于她最好的朋友喜欢的那个人的事情。

杨夕月每次都支支吾吾,模棱两可。

张涵深知杨夕月的性子,也没追问,只是和她说——

"喜欢一个人这件事不能藏着掖着,你得先让他知道你的心意。"

这句话杨夕月确实听进了心里。

那个寒假,她将自己关在房间里面,坐在书桌前,在夜晚的台灯下,给他写了很多封信,写了很多遍,写得不满意就换一张信纸重新写。

一张信纸接着一张信纸,整整一个寒假,杨夕月一心只想着,这封给陈淮予的信,究竟应该怎么写。

记得王小波写给他的妻子李银河的信,开头的第一句就是"你好哇,李银河"。

你好哇,陈淮予。

每每第一句话都是这个样子的,但是想来想去,后面都不知道应该如何写下去。

磕磕绊绊,竟然整整写了一个假期才写出来。

你好哇,陈淮予。
我是你的同班同学,杨夕月。
请允许我用写信这种方式来表达我内心的想法。其实我有想过是否要约你出来当面说,但是约你的话在心里想了好久,还是没能鼓起勇气发出去。所以我想，要不就写下来，以文字的方式让你看见。这样你看不见我的表情，看不见我的窘迫和无措，唯一能看见的，就只有这一封表达我心意的信。因为我清楚地知道，如果当着你的面，我一句话都说不出来，甚至会落荒而逃。

你这么聪明，应该知道我想说什么。

不知道从什么时候开始，我注意到你。你站在台上演讲的时候，意气风发；你在篮球场上打球时，尽情挥洒汗水；你开心时，会低头垂眸浅笑。

请原谅我突然的来信，我只是想让你知晓我对你的心意，你不需要有任何的心理负担。

人生路漫漫，漫长的路上需要有一个太阳，我以为我不需要太阳，殊不知，你就是我的太阳。

高二那年春天，学校举办校内篮球赛，林同作为体育委员带领着班级里面的男生参加比赛。

篮球赛分组进行，实行一对一淘汰制。班级里面的大部分男生都喜欢打篮球，比赛完全不缺人报名。

老王平时也比较喜欢篮球，所以对于这次的篮球比赛很重视。

参赛的男生们几乎将自己最好的装备拿了出来。

其他同学则自发组成了啦啦队和后援队。

虽然说他们文科班的男生比较少，但是班级里面的几个男生打篮球都很厉害，论起实力，完全不输理科班。

三班屡战屡胜，大家都很激动，很开心。

那天是和五班的比赛，两个班算得上是势均力敌，若真要提前预测一下哪一个班会赢的话，这还真的不好说。

参加比赛的男生们统一穿着黑白色系的篮球服，脚上都穿上了自己最好的篮球鞋。

别看他们平时看着吊儿郎当的，但是真正到了这样的时候，还是能拿出认真的态度来。

杨夕月随着班级里面的其他人站在场边，将目光投放在陈淮予的身上——

他也穿着一件黑白色的篮球服，手中拿着一个红色的篮球，脚上是一双同色系的篮球鞋，她之前从来都没有看见他穿过，应该是新的。

他微微侧头朝着人群的方向看过去，他的眼神没有任何的落脚点，似乎是在漫不经心地寻找着什么。

杨夕月站在人群中，看着篮球场上的陈淮予，恍惚间，好像是回到了初中的那一年，他也像现在这样，手中拿着个篮球，站在篮球场的中间，阳光落在他的身上。

杨夕月依稀记得，那个时候的自己从篮球场旁边经过，听见有人在喊他，不经意间一眼就看见了站在篮球场中间的他。

心脏突然怦怦怦地跳了起来，像是完全不受自己控制似的。

比赛很快开始，两个球队实力不相上下。

杨夕月站在场边看着比赛，周围各种嘈杂的声音不绝于耳。有场上砰砰砰运球的声音，有篮球鞋和地面产生摩擦的声音，有场下同学加油呐喊的声音，有风声，有鸟叫声，还有自己强烈的心跳声。

正是下午最热的时候，她头上戴着个帽子，但也只能稍微遮挡住一些阳光，微微抬头看向比赛场上的时候，阳光依旧刺眼。渐渐地，原本站着看球赛的大多数人，都在靠近篮球场边的位置坐下。

杨夕月依旧站着，关注着场上所有的变化，她的视线不经意间落在陈淮予身上。

他投中了三分球之后全场呐喊,他转头和队友击掌,他进球之后嘴角扬起的笑容……

这些全都在杨夕月的眼睛里。

杨夕月不懂篮球,之前也不怎么看篮球比赛,甚至怎么样算是犯规都不清楚。但是她知道陈淮予喜欢打篮球,喜欢看篮球比赛,有自己很喜欢的篮球明星。

后来,她偶尔也会关注各种篮球比赛,不知不觉地也懂得了一些简单的篮球规则,甚至也跟着陈淮予喜欢上了那位篮球明星。

其余同学都在场外为自己的班级加油。

两个班级的同学各站一边,谁都不让着谁,好像在这儿比哪个加油呐喊的声音比较大似的,五班甚至不知道从哪里弄来了一个大喇叭,举着喇叭加油,声音响彻全场。

混乱的现场,杨夕月什么都看不见,眼中就只有篮球场上的陈淮予。

她看见了他被汗水浸湿了的后背,看着他鬓角落下的汗水,看着他手中一直护着的篮球,看着他持球上篮一条龙,看着他抢断,看着他坚定的眼神,看着他……

杨夕月眼神下意识地看向旁边班长的位置,班长身边的水已经快要喝完了。比赛开始之前从小卖部买了一提矿泉水,没想到比赛还没完,水已经快要喝完了。

现在太阳正盛,阳光强烈,场边的人不是戴着帽子就是打着遮阳伞,就只有在场上比赛的同学,穿着篮球服,在场上挥洒着汗水,并没有因为天气而感到疲累,一心就只想为班级赢得比赛。

中场休息,几个队员围在一起说着些什么。

杨夕月低着头看了一眼自己手中的那瓶矿泉水,一直被她拿在手中，还没有被拧开喝过。

在不知不觉中，她手中加大了力气。站在他的身后，看着他那早就已经被汗水浸透了的后背，她缓缓地抬脚上前，刚刚迈出了不到十厘米的距离，就像被按下了暂停键，又缓慢地将脚收了回来，站在原地，安静地看着他的背影。

周围的声音很嘈杂，但是杨夕月就好像是单独处于一个真空的空间，她甚至能够听到自己心跳的回音。

她不敢上前，甚至连迈出一步都不敢。

她身边站着的是沈佳。

"沈佳。"

"嗯？"沈佳转头看向杨夕月。

"我们班的水是不是快要喝完了。"杨夕月好像是在问沈佳，但是语气中，却是肯定的意思。

"是啊，他们说不用去买了，等水买回来了比赛也差不多要结束了。"刚刚班长也已经注意到了，也和场上的同学说过了。

"我这里还有一瓶没喝过的水。"杨夕月说这句话的时候，甚至都没有经过大脑的思考，本能地就从嘴中说了出来。

"那你去给他们吧。"沈佳明白了杨夕月的意思，也没有多想。

杨夕月摇了摇头，神色平静，好像完全没有什么波澜起伏。但是，所有人都不知道的是，她的心里早就已经掀起了万丈波澜。

她懊恼自己为什么这么突然就说出了这句话，担心被沈佳看出来自己内心想的是什么，后悔又担忧，内心惴惴不安。

"有什么的，给我吧，我去给你送。"沈佳不明白杨夕月为什么这么磨磨叽叽，她看了眼场上的人，"一瓶水，给谁？"

"随便给谁都行。"

随着沈佳抬脚朝着场上走过去的动作，杨夕月缓慢地抬眼。

她看见沈佳走到了那边正在中场休息的几个男生身边,将那瓶水递给了他们。接过水的是陈淮予,他好像说了句什么,杨夕月听不见,也无法从口型中分辨出来。

沈佳和那几个男生说了几句话,然后转身回来。

那几个男生将那瓶水分着喝掉了。

她看见陈淮予仰头喝水时,汗珠从他的鬓角处滑下,越过下颌角,顺着脖颈向下,最后消失在领口处。

沈佳做任何的事情都游刃有余,从容不迫,她可以当着这么多人的面坦坦荡荡地给男生送水,可以从容地和他们说笑。

可是杨夕月连给自己喜欢的人送一瓶水的勇气都没有。

天气入夏,海城早早地就迎来了第一场大雨。

夏天的暴雨,混杂着泥土的气息。

大雨过后出了彩虹,浅浅的一道悬挂在天空中。不少学生聚集在窗边,惊呼、尖叫着。

在繁重的学业之中,在大雨过后,能看见彩虹真的是一件特别开心和幸运的事情。

杨夕月也被刘静雨拉到窗边,她望着天上那道绚丽的彩虹,默默在心中许愿,希望彩虹能带给她幸运和勇气。

勇敢是什么,是知道你做的这个事情,可能不会得到自己想要的结果,但还是去做了。

我们每一个人都不可能知道之后会发生什么事情,会发生什么变故,我们没有预知能力,也没有猜测人心的能力,我们唯一能做的,就是勇敢地去表达。

明知不可为而为之,这是杨夕月能够做的、最勇敢的事情。

三班最近赢了篮球比赛,陈淮予这几天的心情看着都很好。杨夕月想,他的心情好,那么她这几天就将那封信给他吧。

趁着他心情还好。

天气越来越热了,午休之后的第一节课,大家都无精打采。后面的庞翰文,一边听着课,一边打着瞌睡,头不停地往下垂,一下一下,看得身边的人心惊胆战,生怕他一下子磕下去。

杨夕月身边的刘静雨也在睡觉,她喜欢在桌子上摞着很高的一堆书,将自己隐藏在书堆之后,这样她在后面干什么老师都看不见。

她右手撑着脸,微微低着头,就好像是在安静地看着卷子,完全看不出来她已经睡着了。

老师在讲台上面讲题,下面大部分的同学都在低头看着试卷。

下课铃声响起,有的同学上课一直浑浑噩噩,下课的时候终于清醒了过来;有的同学上课的时候一直强打着精神,下课的时候终于撑不住趴了下去。

一直昏睡的刘静雨也醒了过来。她已经睡到完全不记得时间了,迷迷糊糊地看向自己身边的杨夕月:"下课了吗?"

杨夕月转头看她,只见她脸上压出了一大块红印子。

"下课了。"

下一节课是体育课,杨夕月坐在座位上,看着一个接着一个的同学从班级里面走出去。她一直静静地看着,没有什么动作。她的左手放在腿上,微微收紧,似乎有些紧张,又像是在等待。

刘静雨往自己的口袋里面装了几颗糖,转头看了一眼依旧还坐在椅子上的杨夕月:"月亮,我们走吧。"

"你先走吧,我等会儿去找你。"杨夕月没有站起来。

"行,那我到操场集合的地方等你,你快点儿来。"刘静雨也没问杨夕月原因,朝着杨夕月摆了摆手就出去了。

"好。"

空荡荡的教室，杨夕月看着同学一个接着一个地走出去，最后只剩下了她一个人。教室里安静到甚至能听见后面挂着的钟表指针转动的声音，以及自己浅浅的呼吸声。

她小心地从桌洞里抽出一个信封。她并没有完全拿出来，只是微微露出了一个角。手指在信封上轻轻地摩挲着，像在犹豫着什么。

是一个简单的牛皮纸颜色的信封，信封的封口处被她用洋桔梗花的贴纸封上。干净又简洁，完全不像是刘静雨那样，喜欢那些花里胡哨的，浮夸的颜色和花纹。杨夕月更加喜欢简约清爽的风格。

她想要将这封信送出去，想要将这封信给陈淮予。

这封信已经在她这里待了太久太久了，她想，如果这次不送出去的话，以后她就更加无法拿出勇气来做这件事情了。

她想，她应该拿出勇气。

窗户大开着，外面阳光明媚，窗外的阳光大片大片地透过玻璃照进来。外面起了风，风吹起了窗帘，窗帘飞舞着，书页被吹起，发出"沙沙沙"的声响。

杨夕月在座位上坐了好一会儿。

做好心理建设之后，她将放在桌洞里面的那封信拿出来，从椅子上起身，不过是几步的距离，就走到了陈淮予的座位旁边。

明明班级里面除了她一个人都没有，但她总是莫名其妙地感觉到，门口有人在看着她。当她转头看过去的时候，却什么人都没有。

心虚，人在心虚的时候，经常会有这样的反应和错觉。

喜欢他是她自己一个人的事情，她不想让别人知道或者是看见。

杨夕月小心翼翼地将那封信放进了他的桌洞里。

他的桌洞和他同桌的完全不一样，里面的书摆放得很整齐，完全不像林同，乱七八糟的书都快要从桌洞里掉出来了。

杨夕月将信放进去的时候，生怕将他的桌洞给弄乱，动作都小心翼翼的。

放进去了之后，她又立马转过头去看门口的位置，看一看外面有没有什么人经过。

这个时间外面的走廊已经没有什么人了。

杨夕月不自在地离开他的座位，就好像什么都没有发生过一样，无视了内心的波涛汹涌，整理好了自己脸上的表情，便走出了教室。

她刚刚走到操场上，上课铃声便响了起来。

体育课先跑一圈，做完准备活动之后就可以自由活动。

队列里，杨夕月站在刘静雨旁边，沈佳在她的旁边。队伍整体都跑得很慢，很轻松。

刘静雨在杨夕月的身边慢跑着："月亮你刚刚干什么去了，怎么打上课铃的时候你才过来？"

"有点儿事情，去了一趟办公室。"

杨夕月不怎么会说谎，为数不多的几次撒谎，都是因为陈淮予。

但是想一想，和陈淮予又有什么关系呢？他什么都不知道，所有的一切，都是她自己一个人的独角戏，她撒谎，也仅仅只是为了隐藏她喜欢一个人的事实。

这是她第一次，觉得自己的撒谎是正确的。

准备活动做完之后，全班便开始自由活动。

男生在打篮球，女生隔着不远的距离看着他们打篮球。

体育课上到一半的时候，沈佳被老王给叫走了，说是有事情找她，想来应该是关于上次月考。

没多久，刘静雨也被叫走了。

沈佳被叫走还有可能是因为学习成绩进步或者是其他什么原因，但是刘静雨被叫走，那肯定不是什么好事情。杨夕月还记得，刘静雨上次月考成绩简直是惨不忍睹，老王这次趁着体育课的时间喊刘静雨过去，应该是关于她月考成绩下降的这件事情。

杨夕月这次的成绩算得上是中规中矩，所以没有被叫到办公室。

坐在篮球场旁边的台阶上，看着场上的几个男生打球，这是她体育课，必须做的一件事情。

他打完篮球下场，身边跟着林同和庞翰文几个人，像是完全没有看见她，从她的身边经过，他们几个人说着话。

隐隐约约，杨夕月听见了他们说话的声音。

林同问陈淮予喜欢什么样子的女孩子。

"哎，陈哥，你喜欢什么样的女孩子？"

想来大部分男生之间都讨论过这个问题，但没有想到的是，让她给碰上了。她下意识地竖起耳朵来听，想要听一听他口中的回答。

他向前走的脚步并没有停下，依旧不紧不慢，手中拿着个篮球，漫不经心地转着，他回答——

"长头发的。"

林同似乎对于陈淮予的回答并不感到惊讶，那个时候的男生大多对于温柔可爱的女孩子比较喜欢。

"原来我们陈哥也喜欢温柔的。"

"当然了，咱陈哥也不过是一个普通人。"庞翰文觉得像陈淮予这样沉默寡言的人，其实和他们都一样，"不光陈哥喜欢长发美女，我也喜欢长发美女。"

他们说着话从她的身边经过，身影越来越远，声音也越来越小，逐渐听不清楚。

杨夕月转头看着他们的背影，看着他们朝着器材室那边走过去，逐渐远去。

她大脑一片空白，下意识地伸手摸向自己的头发。她的头发不算长，刚刚到肩膀的位置，这也是她留了好久忍住没剪才留起来的头发。

班里很多女生都留着一头长发，虽然高中的学业比较繁重，长头发洗头需要花费很长的时间，但是她们还是保留着那一头长发，不舍得剪掉。

他们男生都喜欢长发的女孩子吗？

在杨夕月还沉浸在自己不是长发的情绪之中时，脑海中突然有一道光闪过去，猛地想起来什么。她整个人像是顿住了似的，思绪烦乱，根本就理不清楚。

脑海中就好像是有两个小人儿在打架，彼此谁都不愿意退让，究竟是要怎么样选择？

不过，仅仅只是几秒钟的时间，她便做出了自己的选择。

杨夕月立马从台阶上站起来，去和体育老师请了假，说自己肚子不舒服，想要回班级里面去休息。

体育老师很好说话，同意了杨夕月回班级里面休息的请求。

杨夕月一直走到体育老师视线所触及不到的地方时，脚步才开始加快。像是被什么驱赶着，十分着急似的，着急回到教室里面，最后竟然小跑了起来。

回到班里面的时候，里面还是一个人都没有。

她十分庆幸，四处看了几眼，外面没有人经过，她连忙走到陈淮予的座位边，将已经放进他桌洞里面的那封信拿了出来。

她将那封信拿出来的动作很快，和之前放进去的时候完全不一样。那个时候是犹犹豫豫，小心翼翼，这次却是决绝而果断的。

杨夕月捏着信回到自己的座位，将信重新放进了书包最深处的夹层里面。就像是她放进最深处夹层里带来时那样，又重新放回了原位。

她坐在座位上，控制不住地将胳膊靠在桌面上，整个人趴了下去，将脸埋进手臂间。她双手微微颤抖着，甚至连呼吸都改变了原有的频率。

她脑海中不停地浮现着陈淮予说的那句话："喜欢长头发的。"

那一瞬间，像是被人强行戳破的气球，又像是自然破散的泡泡，像听到了梦想破灭的声音，"啪"的一下，什么都没有了。

杨夕月甚至想要自己的头发瞬间变长，那样她或许还可以幻想，幻想着哪怕只是有那么万分之一的可能，哪怕只是有一点点儿的希望也可以。

只要她也是长头发，那么也不算是完全否定了她。

可是没有，什么都没有。

杨夕月清楚地明白，自己和他喜欢的类型，相差甚远。

"爱情就是穿越一片稻田，去摘一株最大最金黄的麦穗回来，但是有个规则，不能走回头路，而且只能摘一次。"

杨夕月并不会因为陈淮予喜欢的是长头发的女孩子而从此不再喜欢他，这是肯定的。如果喜欢这么容易就可以放弃，那么也不能称之为喜欢了。

她的喜欢是沉默的，执着的，安静的。

杨夕月那段时间情绪不怎么好，不说话，也不笑了，整个人变得很沉闷。刘静雨感觉到杨夕月的心情不好，但是杨夕月平日里也这样，她只能在平时的时候多关注杨夕月一些。

课间，在第一节课昏昏欲睡的同学大部分已经逐渐清醒了过来。

"哎哎哎，上周末语文老师让我们回去重新写的那篇作文你们写完了吗？"庞翰文推了推前面刘静雨的椅子。

上次周测的作文，班级里面的同学大都没有审清楚题目的要求，都写偏了题，语文老师要求他们在周末的时候回家去重新写，周一上课之前就要收上来。

"写了啊。"刘静雨回头看了一眼庞翰文，"你不会没写吧？"看着庞翰文的表情，她语气逐渐笃定，还带着些幸灾乐祸，"你竟然敢不写语文作业，我看你是不想活了。"

"我这不是忘了嘛。"庞翰文抓耳挠腮，语文老师看着表面上和和气气的，但说起话来阴阳怪气，他可受不了。

杨夕月回头看了眼刘静雨和庞翰文，笑了笑："没关系，语文老师和我说让我今天下午放学之前给她送过去，你还有时间写。"

庞翰文闻言，顿时松了一口气："那就行那就行，吓死我了，我还以为我又要被叫去办公室冷嘲热讽了。"

"我倒是觉得你应该被喊去办公室冷嘲热讽一下，让你长长记性，竟然敢把语文作业给忘了。"刘静雨依旧幸灾乐祸。

下午最后一节课之前，杨夕月需要收齐作文给语文老师送过去。

一下午的时间，有的人走过来将作文放在她的桌子上，有的人让同学传过来，杨夕月差不多已经收齐了。

最后一节的数学课和体育课换了时间，大家纷纷准备收拾着东西去上体育课。

杨夕月数了数作文的数量，发现还少了两个人的。完全不需要去询问，抑或是对照着名字去找，杨夕月可以确定，是陈淮予和林同没有交作文。

如果陈淮予交了作文,她是一定会记得的。

看着前面正拿着篮球准备出去的陈淮予,杨夕月张了张嘴:"陈淮予——"

她的声音不算是很大,轻轻柔柔的。

幸好陈淮予的座位距离杨夕月的很近,所以他听见了她喊他名字的声音。

他回头来看她,连带着林同也朝着后面看过来。

"你们两个人的作文还没交。"杨夕月扬了扬手中的那一沓作文纸,补充道,"语文老师说下午放学之前就要送给她,你们写完了吗?"

"写完了写完了,忙着去上体育课忘记给你了。"

林同翻找着桌子上的那一摞书,从一本语文练习册里面找出来了那张作文纸。

林同接过陈淮予递过来的那一张,走过来,一起放在了杨夕月的桌子上。

杨夕月接过作文,下意识地看向作文上的名字,第一张是林同的作文,字迹并不怎么好看。她只是匆匆瞥过,便将下面的那一张作文拿到上面来,陈淮予的字很好看,笔锋和力道拿捏得恰到好处,整篇作文看上去显得非常赏心悦目。

她没有在作文纸上看见他的名字。

看着即将走出教室门口的陈淮予和林同,她急急地喊道:"陈淮予,你名字还没写——"

站在门口的他回头看她,他一身运动装,手中拿着一个红色的篮球,细碎的阳光打在他的身上。

"你帮我写上吧。"

等到他们走出门口之后,杨夕月低头写上他的名字,将他和她的作文放在了一起。

第二天作文再次发下来,她听见了林同的说话声——

"杨夕月这字写得真不错啊。

"陈、淮、予,这三个字写得工工整整的。"

杨夕月低头,看向自己的作文纸,她的字实在是算不上好看,从小到大,从来都没有人说她写的字好看。

只不过他的名字她在日记本上写过太多遍,已经写习惯了,习惯了将他的名字认认真真地写,习惯了他名字的一笔一画。

写过无数遍的名字,对于她来说,已经算得上是游刃有余了。

高二结束,即将开始高三的那年夏天,杨夕月独自一个人坐着公交车去市中心的新华书店买书。

那天的天气很热,太阳很晒,杨夕月戴着帽子,低着头,坐在前面的座位上,整个人昏昏欲睡。

脑海中还浮现着临走的时候杨女士让她回家时买瓶酱油和醋回来的要求,什么牌子的?杨夕月在脑海中重复了一遍杨女士的要求,提醒着自己不要忘记。

所以她才没有发现,同样上了这辆公交车的陈淮予。

他坐在最后一排,戴着有线耳机,低头看着手机。她坐在前面,戴着帽子,低着头昏昏欲睡。

他们都没有发现彼此。

两个人就好像天生没有任何缘分似的,像两条没有交叉点的平行线,永远都不会和对方相接触,他们两个人之间的关系会一直停留在同班同学关系上,永远都不可能会有进一步的可能。

等车就快要到站了的时候,杨夕月从座位上起身,没有想到的是她刚刚转头,便看见了坐在最后一排的陈淮予。

他微微低着头,看着手中的手机。

他没有看见她。

每次先看见对方的,总是她,也只有她。

在这一刻,原本站起来的杨夕月却突然坐下了,她僵直着身子,背对着他,将帽子压低。

车里人并不是很多,眼看着就快要到站了,杨夕月听见了身后传来的声音,她肯定,那是陈淮予的。

她在陈淮予下车之后才下了车。

下车的公交站点在文化宫附近,想要去文化宫旁边的书店,需要步行一段时间。

她就跟在他的身后,隔着不远的距离,他的脚步变慢了,她也会稍稍放慢自己的脚步;他的脚步加快了,她也会加快自己的脚步。

她尽量与他保持在一个合适的距离,能跟在他的身后,并且不会让他发现。

他去的也是书店。

这点是杨夕月没有想到的。

她跟着他进了书店的大门,他上扶梯去了二楼。

二楼是专门卖和高考有关的书籍、资料的地方,她来这里也是为了来买学习资料。

地方就那么大点儿,为了不让他发现她,她躲到了一个书架的后面,挪开摆放好的几本书,露出了一个缝隙,她看见了正在挑选资料的陈淮予。

她轻轻扶着书架的边缘,小心翼翼,像是生怕一用力发出了什么声响,让他发现了躲在书架后面偷窥的她。

不知道是因为她太过小心谨慎,还是什么别的原因,陈淮予从始至终都没有发现他身后的她,而她也终于如愿以偿地看见了他买的是什么学习资料。

在他去楼下付款的时候,杨夕月走过去拿了和他一样的那几本资料。

等她走出书店的时候,已经看不见他的身影了。

拎着手中的几本学习资料回了家,杨女士正好从厨房里面出来,身上围着个围裙,看了一眼换好鞋走进来的杨夕月:"我让你买的东西你买了吗?"

"啊?"

杨夕月低头看向自己的手,手上只拎着从书店买的学习资料,除了这个,再无其他。

"我忘了。"杨夕月将手中拎着的资料放在鞋柜上,"我再下去给你买。"说着拿着钥匙出了门。

关上门的瞬间,她还能听见屋子里面杨女士抱怨的声音:"做什么事情都丢三落四的。"

杨夕月快步下楼,走得有些急,整个楼道都没有人,只有她一个人走路的声音,声音十分清晰。

她一边下楼一边笑,无奈,又似乎是自嘲。

那年暑假的一个晚上,十分闷热,即使开着窗,也完全没有风。风扇坏了,房间里没有安空调,杨夕月热到睡不着觉,凌晨起来看手机,随便看着各种App,时不时点进陈淮予的QQ空间去看一看。

在点进去又退出来的时候,杨夕月突然发现,好像有什么东西变得不一样了,仔细看一看,是陈淮予换了一个头像。

并不是之前那个模糊篮球明星的侧脸,换了一张很普通的、草原落日的风景照。

杨夕月第一时间发现了。

她并不知道陈淮予为什么要换这个照片。

　　她盯着他的头像看了好久,将他的头像点开放大,反反复复,像是想要从这张照片中寻找出来任何的蛛丝马迹,从而来窥探他的生活。

　　但是她什么也看不出来。

　　那天不知不觉中,她竟然盯着那张照片到了半夜。

第四章
去有他的城市

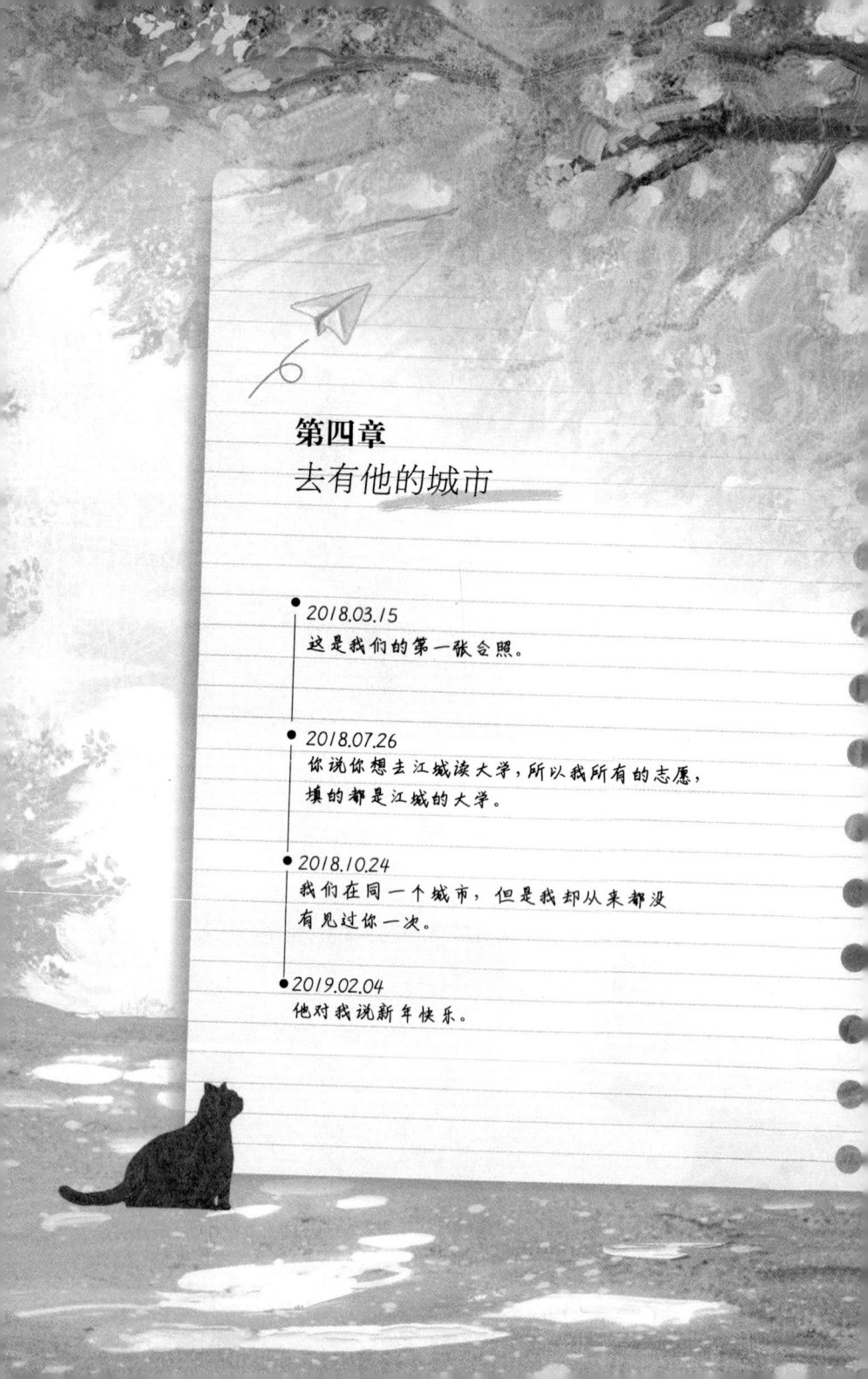

- 2018.03.15
  这是我们的第一张合照。

- 2018.07.26
  你说你想去江城读大学,所以我所有的志愿,填的都是江城的大学。

- 2018.10.24
  我们在同一个城市,但是我却从来都没有见过你一次。

- 2019.02.04
  他对我说新年快乐。

可是你没有

那年秋天，进入高三。那个在后来的太多太多年里，被大家所怀念的一年。每每提起，烦躁痛苦之余，更多的还是怀念，怀念那年正值青春的我们。

那一年有繁重的学业，有做不完的试卷，有老师的恨铁不成钢，有通宵刷题留下的黑眼圈，有睡不够的觉，还有留不住的人……

大家都很忙碌，就好像是前两年都在虚度时光，等真正到了这一年的时候，大家又都开始努力起来，发愤图强，想考上自己心仪的大学。

杨夕月偏科比较严重，数学已经成了她所有科目中最难处理的一科，所以那年暑假大部分的时间，她都在学习数学。

不停地整理知识点，做题，找老师辅导。

那段时间杨夕月情绪起伏特别大，甚至有的时候吃不下饭，睡不好觉，经常做梦，上火，脸上也长了痘。没有人能和她说说话，只是在晚上的时候给张涵打个电话，这个时候的杨夕月，心情才能有片刻的平静。

她总是想着，陈淮予学习成绩那么好，她想要和他考上同一所大学，如果不能考上同一所大学，考在同一个城市也是很好的。

那个时候她没有想自己以后要学什么，做什么，一心只想提高成绩。

或许是一整个暑假的努力终于有了成效，杨夕月在高三刚开学的第一次月考中，数学成绩有了很大的提升。

高三那年，杨夕月印象最深刻的，就是做不完的试卷，考不完的试。

后来再次想起这年的时光，想起陈淮予，对于高三最大的感受就是充实和忙碌，而对于陈淮予，杨夕月其实想要和他说一声谢谢，因为他，她才想要变成更好的自己。

有一次数学考试之后，杨夕月对试卷上有几道题实在是弄不明白。

她并不是一个擅长与别人沟通的人，只是和自己熟悉的人说话比较多，和班级里面的很多同学甚至连话都没说过几句。

班级里面数学比较好的陈淮予算一个，他的座位和杨夕月的也比较近，这样看来，问他问题是比较合适的选择。

虽然在所有人的眼里，陈淮予和杨夕月只不过是没说过几句话的同班同学，一个班的同学，问一下数学题是一件很正常的事情。

但是对于杨夕月来说，却是不一样的。

陈淮予对于她来说，不仅仅只是同班同学那么简单的关系。

她平时排队站在他的身边，或者是看他一眼，都生怕被他发现，小心翼翼不敢靠近。去找他讲题，对她来说，是一件太难太难的事情。

杨夕月坐在座位上，她的眼睛像是没有什么焦距似的盯着试卷，看的却并不是错了的那些题目。她的大脑中好像有一团被扯乱了的毛线团，根本就理不清楚，不知是因为题目，还是因为他。

林同和庞翰文打闹着从杨夕月的身边经过。

他们不小心撞到了杨夕月的桌子，这个时候杨夕月身边的刘静雨正在看小说，两个人的桌子紧紧地贴在一起，一张桌子晃动的时候，另一张桌子也会跟着晃动。

完全没有给正在看书的刘静雨防备，吓得她立马抬头。

经常偷看小说，对于周围环境比较敏感，有的时候坐在座位上看小说，教室门被轻轻推开，她都会下意识地抬头去看，看看是不是老师进来了。

这次刘静雨实在是看得太入迷，以至于没有注意到正在嬉笑打闹的林同和庞翰文。

"你俩有病啊，吓死我了。"

"对不住对不住，动作有点儿大。"

林同眼神不经意间瞥见了杨夕月手中的试卷，他也没想太多，说："你这些题可以让陈哥给你讲讲，他都会。"

突然被人搭话的杨夕月迷茫地抬头，不过仅仅只是两秒钟的时间，大脑便瞬间清醒过来，同时也清楚地听见了林同的话。

她下意识地看向侧前方的陈淮予。

陈淮予似乎也听见了林同说话的声音，转头去看他们。

和他的眼神相触不过一秒的时间，她立马就移开了视线。

但是在下一秒，杨夕月听见了陈淮予的声音，两个人隔着不远的距离，所以她非常清晰地听见了他说的话，他说——

"可以。"

他说可以。

陈淮予可以给杨夕月讲题。

或许是觉得女孩子的脸皮比较薄，不怎么好意思麻烦别人，更何况杨夕月本身就是这样一个人，林同拉着陈淮予到了杨夕月的面前，让陈淮予给杨夕月讲那些困扰了她很长时间的题目。

他就站在她的身边，微微弯着腰，手中拿着笔，在试卷上写写画画，他的声音一点点地进入她的耳朵里。

或许她会走神，或许她会呆愣，但是不知道是一种什么样的意志驱使着她，她竟然好像有些听懂了他讲的题。

他似乎感觉到了她的停顿，微微皱了皱眉，缓缓地开口询问："听懂了吗？"

他和她说话的时候，完全不像是和林同说话那般冷淡，而是温温和和的。是的，不是温柔，只是温和，像是对待一个陌生人，有着他该有的礼貌与平和，而面对他的朋友时，才会表现出一丝丝他的情绪和性格。

"懂了。"杨夕月微微点了点头。

"再给你讲一遍。"

不知道陈淮予是不是有能够窥探人心的能力，他明明没有和她对视，竟然能够看出她究竟听没听懂，说的是真话还是假话。

杨夕月有些胆怯和害怕，并不是因为他猜到了她在想什么，而是他的洞察能力太强，她怕他从她的眼中看出些什么。

不知道为什么，她这次根本没有听清楚他讲题的声音，像是耳鸣了似的，嗡嗡作响。

和刚刚完全不一样。

耳边充斥着他说话的声音，眼前是他拿着笔的手，他拿着一支纯黑色的签字笔，他握着笔的时候，她可以清晰地看见他手的关节处微微泛着粉红。

他们两个人之间隔得有些近，所以她能够轻而易举地闻到他身上的味道，还是和之前的那个味道一样，淡淡的洗衣液清香。

余光间，杨夕月看见了窗外大片的火烧云，火红的一片，悬在天空尽头，染红了整片天空。

像是电影的结束，又像是电影的开始。

随着天气越来越冷，时间也越来越紧迫，所有人的神经都紧绷了起来，快要高考了。

天气冷，晚上洗头实在是不方便，大家都喜欢在上午的时候提前去打一壶热水，等着上午最后一节课下课铃声响起后，立马跑下楼，去宿舍里面用热水洗头。

上了高三之后，去打热水的时间都变得紧迫了起来。

杨夕月、刘静雨和林同、庞翰文他们之间的关系还不错，几人经常帮着她们丢垃圾。

大课间休息，数学老师留下的卷子大部分的人都还没有做完，几乎没有人起身出去，只有林同和庞翰文他们几个。

见庞翰文起身，刘静雨非常自觉地将挂在两张桌子之间的垃圾袋取了下来，递给了他们。

"就这么点儿垃圾？"庞翰文拿着袋子看了眼，好像觉得不值得跑一趟。

"你以为谁都跟你一样，整天制造那么多垃圾？"

"没别的了？"

"你们几个就只是出去扔个垃圾？"刘静雨看了他们几眼。

"要不然呢？"

"你们很闲？"

"你看着像吗？"

"像啊。"

"给我们几个去打几壶热水呗？"她们实在是没有时间去打水，但是今天中午到了应该洗头的时间了，头发都油了。

"你们女生宿舍距离这边可不远啊。"庞翰文有些犹豫。

"少废话，去不去？"

"去去去。"

"三壶水,我们三个的水壶放在女生宿舍门口的墙边,上面写着我们的名字,很好找,接完水把壶放回原地就行。"

"三壶水,你得累死我。"庞翰文眼睛都瞪大了,他只长了两只手。

"你们不是有三个人?"刘静雨看了一眼站在庞翰文身边的林同和陈淮予。

庞翰文也看了一眼身边的林同和陈淮予。

"哥几个,去吗?"

"没问题。"林同向来对于这些事情不怎么会拒绝,而且平时他和她们玩得比较好,在班级里面的关系也比较熟悉。再说了,不就是给女生打壶水,小事情。

林同同意了之后,和庞翰文双双转头,看向身边站着的、一直都没怎么说话的陈淮予。

只见陈淮予懒洋洋地倚靠在林同的桌子上,一条腿支着,一条腿微微弯曲着。他的头发有些长了,像是有一段时间没剪过。

在众人期待的眼神中,他微微弯了弯眼睛:"可以。"

那天中午是她们三个人过得最舒服的一个中午,不用抢着排队去接水,下课之后不需要跑着去宿舍,可以慢悠悠地走着,去宿舍拿已经打好了的热水洗头。

杨夕月的三年高中生活过得平平淡淡,有过开心,有过难过,有过激动,有过胆怯,有过小心翼翼,有过沾沾自喜,也有她喜欢的男孩子。

那年冬天沈佳被喊了家长。不知道是谁和班主任打小报告,说沈佳和隔壁班的男生交往密切。

出现这样的事情，老师是必须强硬阻止的。

现在不比之前高一、高二的时候，谁都不想在高三这个最后的关键时候出什么岔子。老王在一次家长会之后，单独留下了沈佳的母亲谈话。

谁都不知道发生了什么，只是知道自从那次谈话之后，再也没有听说过沈佳和那个男生的事情，也没见沈佳再和那个男生来往。

日子还是一天一天地过，黑板上写着的高考倒计时一天比一天少，慢慢从三位数变成两位数。

高三下学期，他们拍了高中毕业合照，杨夕月站在第三排的位置，陈淮予在第四排。这是他们的第一张合照。

那天的杨夕月打扮了好久，想着和他同框，不能让自己太普通，最起码在后来的日子里，他再次看见这张毕业照的时候，看见她，想起她的时候，会觉得她是一个不错的人。

仅此而已。

七中的高三，没有张涵他们三中的誓师大会，没有高考动员大会，没有毕业典礼，有的只是老师说不完的叮嘱，有的只是永远都记不完的知识点。

无数次的模拟考试，杨夕月总是和陈淮予分在同一个考场，她在靠窗的那一排，陈淮予在她前面那一排。在她的角度和位置，微微侧头便可以看见他的侧脸。

总想着多看他一会儿，再多一会儿，或许高中毕业之后，她可能就再也见不到他了，即使是一个城市，偶然相见的机会更是少之又少。

依稀还记得，老王在生气的时候，总是会对他们说："你们是我带过的最差的一届学生。"

可是真正到了临近高考的时候，真正到了他的学生们即将冲锋陷阵,为了自己的未来去拼搏的时候,他却对他们说:"我真的很喜欢你们这一批学生。"

老王跟他们说要相信自己,仔细审题,尽量先将自己会做的题目给做完,确保没有问题之后,再去做那些做不出来的题。文综要多写,不会的也不要空着,多写一点儿,说不定就得分了呢。

几乎每一科的老师都会说诸如此类的话,以前的他们从来不屑于听,但是这次,他们听得格外认真。因为这次,真的就是最后一次了。

那天是最后一次大休,还有一周左右的时间就要高考了,一向对杨夕月不怎么上心的父母,难得地开口关心她。

之前大部分的时候,家里吃饭都是不怎么说话的,三个人各吃各的,没有什么交流。

餐桌不大,隔得很近,说话的声音十分清晰,连脸上的表情都看得一清二楚。

"月亮下周是不是就要高考了?"一直没怎么说话的杨先生突然开口。

"嗯,下周。"她低着头回答。

"考试的时候认真点儿,你从小做事就马虎,这次可不比普通的考试。"

"嗯,知道了。"

"怎么突然关心起你闺女的学习了?"杨女士没好气地说了句。

"怎么叫突然关心,闺女夏天的辅导班也是我给找的。"

"哦,你就干了这一件正经事。"

杨夕月低着头,没说话,安静地吃着自己碗里的饭,甚至连吃饭的动作都没有丝毫的停顿，十分自然，像是早已经习惯了。

这种情况在家里经常发生，今天这样的对话，已经是十分正常的了。

家里三个人，都姓杨，明明是无比亲密的关系，但是在这个四方的房间里，却显得陌生和僵硬。

书中经常说家是栖息的港湾，家是温暖的归宿。

可是那只是一种片面的比喻而已。

杨夕月有的时候甚至怀疑，那些写出这样比喻的人，是真的家庭如此幸福，还是别的什么原因。

这个世界上并不是每一个家庭都是完美的，就比如她的。

杨夕月吃完饭，收拾好自己的餐具，便回了自己的房间，戴着耳机看之前整理的错题。

当天晚上，杨夕月收到了杨先生的微信转账。

她翻看了一下自己和他的聊天记录，大概有三分之二的都是转账，父亲从来都不吝啬给她零花钱，好像他们之间的交流，也就只有这样了，其他的那三分之一，大多也只是寥寥几句话便结束。

回到学校，他们将自己的书和各种试卷都搬进了宿舍里，或者是学校空着的报告厅里，将教室全都清空了出来，打扫好，用来作为高考的考场。

高考的前一天晚上，本应该好好休息的杨夕月却完全没有困意，听着宿舍里面刘静雨睡着了浅浅的呼吸声，翻来覆去睡不着。

杨夕月躲在被窝里，看着手机。

晚上在宿舍里面玩手机不能有光亮，被外面值班的舍管阿姨发现了，是有处分的。虽说现在已经临近高考了，老师也不会过多为难她们。但是杨夕月还是将自己罩在被窝里面，不泄露出一丝光亮。

QQ上面显示陈淮予在线。

她并不知道这个在线是不是真的在线。

六月的天气，整个人窝在被窝里，热到喘不上气，额头上出了汗，后背也出了汗，不知道是不是因为就要高考了，以后可能就见不到他了，鬼使神差般，杨夕月发了消息给他：高考加油。

别的话她也说不出来，唯一能说的，便是希望他高考顺利。

本以为他可能已经睡着了，不会看见她的消息。但是在五分钟之后，杨夕月收到了陈淮予发过来的消息：谢谢，你也加油。

那天晚上，她看了他发的消息好多好多遍，多到已经数不清次数了，最后也是看着这句话睡着的。

高考，学校四周封路，门口停了两辆警车，很多家长在学校门口等待着，密密麻麻，有的站在树荫下，有的打着伞，有的三三两两聚在一起不知道说着些什么。

考生经过安检之后进入考场，等待着开考铃声响起。有人规矩地坐着，微微低着头，也有人四处张望着，看着窗外，看着监考老师，还有人紧张到手都在发抖。

2018年，高考结束在一个下午。

那天是个阴天，大片大片的乌云遮蔽着太阳，有一种"花尘浪卷清昼，渐变晚阴天"的感觉。没有风，有些闷，考场的空调开着，凉风阵阵，一点儿都不热，甚至还有些冷。

最后一科英语考试，杨夕月写完最后一个英文单词，放下笔，看着作文发呆，她近乎呆愣地看着已经写满了的卷子。

直到这个时候，她才真正地有了一切都要结束了的感觉。想到昨天第一场考试，班主任替他们拿着备份的准考证，站在学校门口等着他们的场景，依旧历历在目。

时间过得可真快啊，一眨眼高中三年便过去了。

这短短三年的时光，在杨夕月的脑海中，就好像是播放电影一般，一帧一帧地播放着，又像是开了二倍速，有些画面大多是一闪而过。

想起了那几次在公交车上和陈淮予的偶遇，想起了在篮球场上打球的他，想起了操场上奔跑的他，想起了低头认真思考的他，想起了给她讲题的他。

随着最后交卷铃声的响起，全部考试结束。高中三年彻底结束。

没有将做过的试卷和书本撕碎从走廊抛下去，没有大声叫喊，没有与好朋友抱在一起哭，没有依依不舍，没有道别。

有的只是考试结束后回到宿舍，将之前从班级里搬到宿舍的书收拾好，将被褥和行李收拾好，家长将东西接走。大家都匆匆忙忙，兵荒马乱，甚至连话都来不及说，就搬离了这个学校。

那天收拾好东西，准备上车回家的时候，她在人群中看见了他。

学校门口很多人，人头攒动，私家车从门口一直蔓延到经常买东西的小超市，对面露天停车场也停满了车。

她一眼便看见了他。

不知道他考得怎么样。

应该很好，他学习一向是很好的。

高考分数出来那天，杨夕月有些紧张，查分数的时候手有些发抖，点击查询显示后台繁忙，加载不出来，退出去重新点开，慢慢加载了出来。看见自己的分数的时候，她心情瞬间平静了下来。

分数和她预估的没多大差别，算是稳定发挥。

父母知道这个消息的时候也并不是很惊讶，只是淡淡地说了一句：挺好的。

他们对于杨夕月向来不怎么上心，从小到大杨夕月也没有做出什么出格的事情，学习成绩也比较稳定，不需要操心。

老王让他们回学校领毕业证的时候，将自己的高考成绩打印出来，交给他。不知道是什么原因，大家照做了。

去学校拿毕业证那天，天气很好，太阳很大，杨夕月拿着一把遮阳伞出了门。

这个时候的她，头发已经长了，到了锁骨下方的位置，穿着一条牛仔半身裙，白色的短袖掖在裙子里，脚上是一双白色的帆布鞋。

那天阳光很好，仿佛是高中开学那天，阳光明媚，倾泻千里，教室里面交谈声、说笑声交织在一起，微风轻轻吹起薄薄的窗帘，窗外传来阵阵鸟鸣声。

大家久违地一起坐在教室里面，激烈地讨论着，有人开心，有人难过，当然，也有人像她这样，心情平静。

身边的刘静雨叽叽喳喳地说着想要报考哪所学校。虽然以她的高考成绩根本考不上最好的传媒大学，但普通一点儿的大学也是可以的。

"我想去北京，但是我的分数考不上北京的传媒大学。去北城或者是南方也行，只要能学传媒就行。"

"沈佳说她想学法，想报江城大学法学院，你呢？"庞翰文问杨夕月。

"我还没想好。"杨夕月摇了摇头。

"我也觉得江城是个好地方，北城也挺好的，可以考虑考虑。"庞翰文很是认真。

说着话，看见陈淮予从前门走进来，身边跟着林同。两个人勾肩搭背，有说有笑。

杨夕月听见他们两个人说话，林同问他想去哪个城市读大学。

他回答:"江城。"

林同不知道从什么地方拿出来个同学录,班级里面的每个同学,都被要求给他写句话。

等到传到杨夕月这里的时候,是两本。

她有些疑惑。

"陈哥的。他这个人表面上看着挺无所谓,其实也是真心舍不得的,死鸭子嘴硬,我自作主张给他也买了一个,你也给他写一句,前面的人都写了。"

"好。"

杨夕月本来以为只需要写林同的同学录,所以只想了写给林同的应该写什么话,从来都没有想给陈淮予的应该怎么去写。

林同就站在她的身边看着,等着她写完。

杨夕月在这一瞬间,大脑中什么都没有,根本就不知道应该给陈淮予写一些什么。

最后手好像是不听使唤似的,写下一句——

前程似锦,后会有期。

那年的暑假很长,在那段日子里,杨夕月做了很多的事情,她的头发越留越长,去烫了头发,染了棕色的发色。还去医院做了近视眼手术,摘下了那副厚重的眼镜。

因为做了近视眼手术,恢复需要近一个月的时间,杨夕月大部分的时间都待在家里,甚至连电视和手机都不能玩。她躺在床上,能看的就只有头顶的天花板,幸好有张涵来陪她聊聊天,还不算是太无聊。

关于报志愿的事情，杨夕月和张涵讨论了很久，经过三中那种学习氛围的熏陶，张涵的高考成绩还算是理想，但是和林一帆还是差距比较大的。林一帆想要考去北京的大学，但北京的大学对于张涵来说，简直是难上加难，就算是报了，落榜的可能性也非常大。

杨夕月不建议张涵去冒这个险。

张涵是固执的，但是也没有完全失去理智，只是在前两个志愿填写了北京可能会被录取的学校，其他都填写的是海城附近几个城市的大学。

如果能被北京的大学录取，那是再好不过的事情了，她可以和林一帆在一起，但是如果不行，异地恋她也可以接受。

张涵的爱情是坚定的，是执着的。只要两个人是相爱的，所有的困难在她的面前，都可以克服。

杨夕月特别羡慕张涵，羡慕她可以和自己喜欢的人在一起，羡慕她的勇敢。

杨夕月的爸妈经常不在家，张涵到这里来图个清静，不用待在家里听着父母唠叨。

她俩一人拿着一根雪糕，电视机开着，声音不断传出来，但是两个人却都没有心思在电视剧上。

张涵半倚靠在沙发上，手中拿着雪糕舔了一下，看向自己身边坐着的杨夕月："月亮，你准备去哪个城市？"

"我不怎么想出省，在附近的几个城市选几个大学就挺好的。"杨夕月不怎么喜欢往远的地方跑，离家近一点儿挺好的。

"那你喜欢哪个城市？"

杨夕月真的有在好好思考，她的脑海中浮现出无数个城市，一一掠过。

最后她轻笑一声："江城。"

"江城挺好的啊，环境也好。"张涵微微仰头，靠在沙发上，"我真的好想去北京啊。"

"没关系，以后考研的时候可以考去北京，我相信你。"

"但愿吧。"张涵叹了一口气，"林一帆肯定能被他的第一志愿录取，他如果考研，应该也还是在北京。"

她深深叹了一口气："我高中三年应该再努力点儿的。"

"你已经很努力了。"张涵自从喜欢上林一帆之后，真的有在更加努力地学习，只想要大学的时候能和他考到同一个城市，这些杨夕月都看在眼里。

报志愿那天，杨夕月在电脑前面坐了很久。草稿纸上写满了各个大学的名字，按照往年的分数给它们排了个顺序，几乎全都是江城的大学。

她想着，他很喜欢江城，想要去江城，那么她便报江城的学校。不能和他考一个大学，和他一个城市也是很好的。

她所有的志愿，报的都是江城的大学。

第一志愿是江城大学。

第二志愿是江城大学旁边的财经大学。

她做这些，都只是为了能和他在同一个城市。

拿到录取通知书那天，杨夕月正准备和张涵去海边玩，她穿着两个人前几天逛街买的同款小裙子。

手机放在桌子上，开着扬声器。

"月亮你好了没啊，我和你说了这么长时间，你是不是还躺在床上没起来呢。"

"没有没有，我都已经穿好衣服了。"杨夕月从床上起身，穿着拖鞋走到衣柜旁拿衣服。

"你觉得我会信你哦,我信你个鬼,我都听见你打开衣柜的声音了。"

杨夕月明显听见电话那边张涵走动的声音,然后她说:"我一会儿去找你,看着你收拾。"

"行了,挂了。"

刚刚换上新衣服,杨夕月就接到了快递的电话,没半个小时,就收到了录取通知书。签收之后拿着通知书回了房间,她坐在椅子上,打开通知书看见了学校的名字。

江城财经大学。

像是不敢相信似的,她轻轻用指腹摩挲着录取通知书上学校的名字,烫金色,字体微微凸起。

江城。

她考上江城的大学了。

杨夕月将通知书放进了抽屉里面。

她微微抬头,看见了自己放在桌子上的那张照片。

是他们当初的高中毕业合照,陈淮予站在她的身后,好像无论怎么看,他们都是在同一个画面之中。

学校将照片塑封起来,杨夕月经常拿出来看一看。

眼神落在站在她身后的陈淮予的身上,他眉眼柔和,微微垂眸,映在阳光下显得格外温柔。

杨夕月笑了笑。

真好,我们在一个城市。

海边的风很大,阳光强烈,风吹起了裙摆。杨夕月和张涵站在沙滩上,看着海浪不断拍打着沙滩,潮起潮落,海水漫过脚踝,又很快退去。

"啊啊啊——我没考上北京！"

像是宣泄情绪一般，张涵双手叉着腰，朝着远处的海面大喊着。

"我要异地恋了！"

风呼啸着，张涵的声音夹杂在风声中。

"啊啊啊——我考上江城的大学了！"

杨夕月站在她的身边，学着张涵的样子，喊出了声音，微微有些颤抖，夹杂着细微的激动。

"江城的大学有什么好！"

"我就是想去江城！"

"可是我们又要分开了！"

"没关系！我们还是最好的朋友！"

没关系，虽然我们没有在同一个城市，虽然我们隔着千万里的距离，但你永远都是我最好的朋友。

2018年秋，杨夕月被第二志愿江城财经大学录取。录取通知书拿到手中的时候，她对于这个结果还是满意的。江城财经大学是一所很好的学校，虽然不是她喜欢的专业，但好在是在江城，是陈淮予喜欢的城市。

张涵没有考到北京，2018年北京那几所学校的录取分数线比往年都有所上涨，她的分数不够，最后被北城一所医学院录取，和林一帆异地恋。

刘静雨没有考上自己心仪的大学，她高考成绩平平，甚至有些低于平时模拟考的分数，考上了一所普通的二本，幸运的是她学了自己喜欢的专业。

沈佳没有被江城大学录取，她的高考成绩比预想的要低一些，她去了北城。她平时的学习成绩一向不错，这个结果完全在众人的意料之外。

　　林同的高考成绩一塌糊涂，在国内找不到合适的大学，被家里人送去了国外读大学。

　　庞翰文考去了很远的一个城市，是南方的一所大学，距离海城很远很远。

　　至于陈淮予，听林同说，他考上了江城大学法学院。

　　那年秋天，杨夕月独自一个人坐了几个小时的高铁，来到了江城。

　　正值各个学校开学的时间，车上都是人，她坐在靠窗的位置，戴着耳机，头微微靠着车窗，看着窗外不停掠过的景色，耳机里面播放着歌曲，这首歌在这年夏天爆火——

　　　　我曾将青春翻涌成她，
　　　　也曾指尖弹出盛夏，
　　　　心之所动，
　　　　且就随缘去吧，
　　　　逆着光行走，
　　　　任风吹雨打。

　　突然来到一个陌生的城市，所有的一切都是陌生的，但是从下车开始，跟着拥挤的人流走出车站，呼吸到江城的空气，江城的阳光倾泻般地洒在她的身上，杨夕月的心情都是舒畅和轻松的。

　　没有恋家情绪，没有不舍，没有来到一个陌生城市的无措，而是无尽的激动和兴奋，对于未来那些日子的无限憧憬。

　　杨夕月微微抬头看向天空，阳光刺眼。

　　陈淮予，我和你在同一个城市，以后，我们会呼吸同一片空气，看同一片天空，看同一个月亮。如此这样，我便已经很满足了。

那个时候就是有一种无畏的执着，年纪小，对于喜欢的事情，绝对不放弃，不顾后果，嘴上不说喜欢，心里却喜欢得要死。

喜欢的人去哪里，自己就要去哪里。

总是带着一股不服输的劲儿，不撞南墙不回头。

江城的天气和海城差不多，此时正是最热的时候，杨夕月办理好入学手续，便搬着东西找到了自己的宿舍。

杨夕月刚到的时候，宿舍里面的人都到齐了。

她推开宿舍的门，看见了里面的三个女生。

杨夕月在陌生人面前比较腼腆，不怎么爱说话，就连说话的声音都不怎么大："你们好。"

"你好！"一个穿着一身运动装的女孩子首先注意到她，和她打了个招呼，"我叫代真，你叫什么？"

"杨夕月。"

"你好啊，我叫刘梦琪。"穿着一身嫩黄色连衣裙的女生朝着她招了招手。

"我叫林珊！"一个穿着牛仔短裙的女生朝着杨夕月笑了笑。

宿舍是四人间，上床下桌，有阳台，有独立卫生间，空间大小比较合适，比杨夕月预想中的要好一些。

杨夕月的三个舍友都很友好热情，帮着她整理了东西，几个人一起去学校超市买了一些生活必需品。

开学之后，所有的手续都办理完毕，休息几天之后就要开始军训了。军训时长为十四天，加上最后的军训汇演，一共是半个月的时间。

他们这一级的军训是由江城驻地武警官兵负责。都是刚刚上大学的学生,也没加什么很大的难度,已经尽量减轻了他们的训练量,给足了学生休息的时间,但是还是把她们累得不轻,个个整天愁眉苦脸地走到操场上参加军训,累个半死回到宿舍。

刘梦琪和林珊两个人是颜控,对于穿制服的男人完全没有什么抵抗力。林珊在军训的时候,甚至还一度喜欢带他们连队军训的那个教官,经常在宿舍里面和刘梦琪讨论。

教官也就是比她们大个几岁的年纪,听说是大学生入伍当的武警,长相比学校里面的很多男生都要帅。

这种男生,对于初入校园的女生来说,吸引力是很大的。

军训服一共两套,军训的时候整天出汗,衣服两天就要洗一次。洗衣液是杨夕月从家里带来的,是陈淮予一直用的那一款。

那天杨夕月将军训服放在盆里,倒了一些洗衣液,很快便闻到了这个牌子洗衣液特有的味道。

普鲁斯特效应,是指只要闻到曾经闻过的味道,就会开启当时的记忆。

杨夕月站在阳台洗手池处,鼻腔里充斥着洗衣液的味道,恍惚间好像是回到了那年春天,阳光温暖,风也平静,他从她的身边经过,留下了淡淡的味道。

想起那年自己买的那瓶洗衣液,一直放在柜子的最深处。有一次母亲收拾房间,发现了那瓶洗衣液,拿出来准备用。从那瓶洗衣液被发现,到被用完,杨夕月的衣服全都是自己单独手洗的。

那个时候他们还是同班同学,她生怕他发现,发现自己身上的味道和他身上的味道一样,任何能让他怀疑的事情,她都会尽力地去避免。

暗恋真的是一件很奇怪很奇怪的事情,明明那么喜欢他,却生怕让他知道。

或许是因为自卑，又或许是因为骄傲，因为你好像知道，他喜欢的类型并不是你这一款的，但还是控制不住喜欢他，你的骄傲不允许自己被他拒绝。

暗恋本身就是一件说不出口的事情，能说出口的，就不叫暗恋了。

刘梦琪突然打开门走过来，看见杨夕月在洗衣服，洗衣液的味道和她们在超市买的味道完全不一样，十分好奇："月亮你用的是什么洗衣液啊，怎么味道这么好闻？"

杨夕月拿起放在洗手台上面的洗衣液，递给她看。

繁重的军训生活已经让杨夕月暂时忘记了陈淮予，但是这个洗衣液的味道，又让她想起了他。

他现在在学校吗？听说他们学校这几天也在军训，时间和她学校是一样的，太阳这么晒，他有涂防晒霜吗？会不会像高中那样被晒黑？

军训结束之后，好像突然空闲了下来，每天除了上课，就是待在宿舍里面。

杨夕月专业的课比其他专业的稍微多一些，所以她白天大部分时间都是在上课，只有每每在夜深人静的时候，仰面躺在床上，微微闭上眼睛，才会控制不住地想起他。

在太多个深夜，杨夕月不停地登录QQ，试图通过QQ来找到关于他生活的蛛丝马迹，可是没有，什么都没有，他就好像已经完全不用QQ了，他的QQ空间，早就已经停留在了高二那年的夏天。

杨夕月也有陈淮予的微信。

他不怎么发朋友圈，不知道是不是她不在他分享生活的列表之内，抑或是他根本就不喜欢发朋友圈。

只是偶尔看见林同发自己在美国留学生活的朋友圈，以及和各种外国人的照片，她才能在底下看见陈淮予的点赞。

每每看见陈淮予的点赞，杨夕月也会跟着点赞。

她总觉得，只有这个是他们两个人之间还有着那么一丁点儿联系的证明。

2018年冬天，寒假。那年海城的冬天很冷，下了很多场雪。大学的寒假和高中的寒假完全不一样，没有了一套又一套的试卷，没有了做不完的题，取而代之的是无聊到无所事事的假期。

张涵放假之后没有立马回海城，而是瞒着家里人，偷偷去了北京找林一帆。这件事只有杨夕月知道。

张涵和林一帆两个人的异地恋谈得很辛苦。

两个人自从上了大学之后，就没有再见过面。微信，视频，电话，这些都是他们沟通聊天的方式，但终究与陪伴在身边是不一样的。

距离不会产生美，产生的是无尽的误会和隔阂。

对话框里的语言总归是冰冷的，面对面交流更能表达自己内心真实的情感。你要让对方看见你的眼睛，看见眼中流露出来的情感，才是最直观透彻的。

张涵不在，杨夕月又比较怕冷，所以大多数时候都是在家里待着，待久了就有点儿闲不住，偶尔刘静雨也会喊她出去玩。

两个人住的地方相隔比较远，凑到一起需要很久的时间，所以她们经常约在高中附近见面。

杨夕月自从寒假从江城回来，坐过太多次43路公交车，但是没有一次碰见过陈淮予。

想起之前的很多时候，坐在公交车上，每每听到公交车到站的提示音，她总是会下意识地抬头，看向公交站点的位置，总是想着能不能遇见他。

但是一次都没有。

两人在同一座城市，距离也并不是很远。

可杨夕月突然发现，原来遇见一个人的概率会这么小。

那天下了很大的雪，大雪封路，海城难得的交通拥挤，甚至公交车都停运了。庆幸的是，张涵在大雪之前回了海城。

她回家放下行李之后，第一时间就去找杨夕月。

张涵的情绪很不好，杨夕月在她刚进门的时候，就已经清楚地感觉到了。进门和杨女士打招呼的时候，她还是笑着的，但是眼中明显的疲惫和失落根本就隐藏不住，逃不过杨夕月的眼睛。

杨夕月太了解张涵了，这么多年，杨夕月单单只是看张涵的表情，就能看出她现在的心情。她甚至还能够猜到，让张涵露出这样的表情的，是什么原因，是什么人。

大概是因为林一帆吧。

杨女士本来是想要切盘水果给两个人送进房间来，但是被杨夕月给拒绝了。杨女士平时还挺喜欢张涵的，总觉得张涵这个姑娘性格好，热情开朗，比起自己那个不爱说话，也不喜欢和别人打招呼的女儿要好多了。

杨夕月将房间的门给关上，还上了锁。

窗户紧闭着，窗外大雪纷飞，风裹挟着雪，不断落在玻璃上，风大到震得窗户的玻璃都嗡嗡作响。屋里开着暖气，很暖和，玻璃上凝成了一层薄薄的雾。

杨夕月不知道这么恶劣的天气，张涵为什么会选择出门，虽然两家住在一个小区，但是这样的天气，是张涵最讨厌的，要是放在往常，她是绝对不会这么轻易就出门的。

张涵的外套上沾着很多的雪，有一半都快要化掉了，化成了水珠。杨夕月拎着衣服领子,将残留的雪拍掉,将外套挂在了门口的衣架上。

杨夕月看了一眼进门脱下外套便坐在床边的张涵,她从进门开始一句话都没有说,沉默地坐在床上,像一座雕像。

杨夕月放轻脚步走过去,坐在张涵的身边,微微侧头看了张涵一眼。

她从小就是一个不会安慰别人的人,对谁都一样。

小的时候父母吵架,杨夕月总是一个人待在房间里面,安静地躲着,后来长大了,家里的亲戚不止一次地和她说,说父母吵架的时候,要上去劝一劝他们两个人,毕竟是亲生女儿,她说的话总归是有用的。

但杨夕月还是和小的时候一样,甚至是父母在餐桌上吵起来,她都能面无表情地吃完碗里面的饭菜,然后安静地收拾好自己的碗筷,回到房间里,就好像什么事情都没有发生过一样。

有的时候,杨女士也会和自己的好闺蜜吐槽,吐槽自己的女儿,从小到大从来都没有在他们夫妻两个人吵架的时候帮过忙。她怎么会生出来这么一个冷血的女儿,明明让她吃穿不愁,零花钱给得也不少,怎么性子这么沉闷,一点儿都不贴心。

杨夕月就是这样一个人,从来都不会安慰别人,甚至连说出一句安慰的话,都会觉得别扭。

所幸张涵了解她。

两个人就这样安静地坐着,谁都没有说话。

张涵来杨夕月家里,也就是想找个安静的环境,家里太吵,杨夕月家里面很安静,能让她冷静一下。

片刻,张涵缓缓地开口:"我和他吵架了。"

她的声音完全不像是之前那样微微上挑,稍微有些低沉,像是低音提琴,语气中略微带着些哽咽,极力控制着自己的情绪。

杨夕月知晓张涵口中的他是谁。

张涵坐在床上,微微弯着腰,手肘撑在大腿上,双手捂着脸,看不清脸上的表情,她的声音透过指缝,缓缓地传出来。

"都说没有几对情侣能够顺利熬过异地恋。

"我们两个人是高考结束之后的那个暑假正式在一起的,刚开始在一起的那段时间,从来都没有过争吵,他什么都依着我。

"突然发现距离真的能够改变一个人。

"仅仅只是半年的时间,我们竟然开始争吵了。

"其实都只是一些鸡毛蒜皮的小事,但我总是能把这些东西放大,再放大。

"我也控制不住自己,患得患失,没有安全感。

"这样的我,我自己都不喜欢。"

杨夕月不知道应该怎么去安慰张涵,那是他们两个人之间的事情,她说什么都是不合适的,她没有任何的立场和资格。

感情这种东西,无论什么决定都是要当事人自己做的,任何人说的任何话,都完全没有任何参考意义。

张涵为了这段感情付出得实在是太多了。

从高中开始的喜欢,好不容易熬到了高中毕业,两个人在一起了,却没有考到同一个城市,两个人就此开始了异地恋。

这段感情来得实在是太不容易,若说轻易放弃,那是完全不可能的事情。

如果能够轻易放弃,那也不能称之为爱情了。

张涵和杨夕月说了很多很多,大多都是关于他们两个人之间的相处,两个人之间的矛盾,但是字里行间,杨夕月完全没有听出来,张涵想要放弃的意思。

想起张涵高中的时候曾购买过一本书《如何征服英俊少男》，说是想要学一学怎么追喜欢的男生，到后来，她确实是征服了自己喜欢的男生，也同样将自己搭了进去。

那天杨夕月闲来无事，坐着公交车来到了七中。她原本只是想要在学校门口看一看，但是没有想到，和门卫大叔说了自己是上届毕业的学生，门卫大叔便将她放了进去。

门卫大叔一边看着大门，一边似是自言自语："这些年很少有人毕业了还会回学校看一看的了。"

杨夕月笑了笑，没有说话。

其实大多数正在读高中的学生不会体会到那种感觉，初中的时候想，上了高中就好了，高中的时候想，上了大学就好了，最后上了大学，最怀念的，还是高中三年的时光。但是那又能有什么办法呢，人的一生，永远都不可能重来一次，也永远不可能停留在原地，也没有谁会一直为谁停留。

顺着熟悉的路，杨夕月走到了学校公告栏附近，上面贴着学校历年来高考成绩优异、被名校录取的学生。

杨夕月从左至右，慢慢看过去，她看见了陈淮予的名字。

上面写了他考上的大学、高考的分数，还贴了一张他的一寸照片。

他穿着一件黑色的短袖，嘴角绷成一条直线，脸上没有什么表情。

还是她印象中的那个他。

干净利落清爽。

这个位置，杨夕月很熟悉。还记得，那年高一刚刚开学的时候，她也是在这里发现了他的名字，当时还不相信，后来在学校里遇见了他,才真正相信自己和他考上了同一个高中。

杨夕月也没有想到,自己竟然会做出这样的事情。

她偷偷将公告栏上他的照片给取了下来。照片贴得并不牢固,轻轻一扯便能够取下来。

照片的边角很锋利,杨夕月紧紧地将其攥在手心里,传来阵阵刺痛感。

像是高中时期那种迟来的疼痛此时此刻才席卷而来,在手心隐隐作痛,十指连心,连着心都是痛的。

但是她没有松手,连握着的力道都没有改变。

春节很快来临,从很早开始,家里就已经开始准备过年需要的东西。

大年三十那天晚上,家里很多的人,一大家子围坐在一起,说说笑笑。杨夕月吃完了饭之后就回到了自己的房间,没有和其他人凑在一起说话。

临近十一点多的时候,窗外开始放起了烟花,这年海城是允许燃放烟花爆竹的。

杨夕月站在窗前,看着窗外的烟花,流光溢彩,炫彩夺目,像是无数幻境开始时候的样子。一个接着一个,仿佛永远都不会停止。

放在桌子上的手机开始不停地振动。

有朋友们发来的新年祝福,还有各种各样没有被屏蔽的群聊消息。

窗外的烟花还在绽放,杨夕月微微低头,眼神看向放在桌子上的手机。

手机依旧振动着。

杨夕月有那么一瞬间侥幸地想着,这么多的消息里面,会不会有那么一条消息是陈淮予发过来的,哪怕是群发的也好。

抱着这种侥幸的心理,她拿起了放在桌子上的手机。

杨夕月——回复了微信上的各种祝福,每一条都认认真真。

可是看到最后,都没有发现陈淮予发来的消息。

他没有发给她。

其实她也没想着他能给她发消息。

杨夕月苦笑着放下手机,拉开椅子坐下。

但就是在刚刚坐下的时候,手机突然振动了一下。

杨夕月原本暗淡的眼神瞬间明亮了过来,落在手机上。

侥幸心理大多不能如愿,抑或有那么千分之一的可能,对于杨夕月来说,也是难上加难。

但是上天似乎是在特意怜悯杨夕月似的,她收到了陈淮予发来的新年祝福:新年快乐。

很简单的四个字,隔着手机,根本就不能窥探到陈淮予此时此刻给她发消息时的心理活动。

她甚至觉得这四个字很有可能是陈淮予编辑好之后群发的。

但是那又有什么关系呢?

就算是群发的那又怎么样呢?

最起码她收到了是吧。

最起码在他的眼里,她还是他可以发新年快乐的一个人。

她于他来说,还不算是一个陌生人。

杨夕月不知道应该怎么回复他。

其实像他一样回复短短的四个字便可以了,但是杨夕月却编辑了好久好久。

她生怕在对话框里编辑的时候手滑,将还没有编辑完的话发了出去。她退出了对话框,打开手机备忘录,准备在备忘录里面编辑好了之后再发给他。

杨夕月编辑了很多的话,但是删删改改,最后还是只剩下了四个字:新年快乐。

和他一样。

彼此的这短短的四个字,是高考结束之后直到现在,两个人唯一的联系。

仅此而已,再无其他。

这年冬天过得很快,年后很快便到了开学的日子。

杨夕月早早就订好了车票。

那天正好父母上班没有时间送她,她自己一个人打车去了车站。

这天从海城到江城的车只有两趟,上午一趟下午一趟。

下车的时候,杨夕月总是不自觉地就去看四周一起下车的人,眼神越过一个又一个的人。

她频频回头,似乎是想要在人群中找到那个熟悉的背影。但是人实在太多了,她根本就没有办法在这么多人中找到那个自己一直想要见到的人。

周围人很多,嘈杂的声音充斥耳腔。

她本来已经不抱有任何的希望了,心里却突然有那么一种强烈的感觉,好像能够感觉到他就在周围。

不经意间回头,她似乎看见了一个熟悉的背影,从车里出来,一闪而过。但是等到她去努力寻找的时候,又很快消失在了她的视线之中。

第五章
我喜欢你，你不知道

- 2019.04.07
  我在江城遇到他了。

- 2019.04.21
  这么长时间了，他还是这么喜欢篮球。

- 2019.04.21
  他喜欢周杰伦，好巧，我也喜欢。

- 2019.04.22
  明知没意义，却无法不执着的事物，谁心里都有这样的存在。

可是你没有

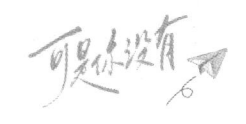

2019年春天。

那年天气回暖很快,不过是早春的时候,枯树便开始发芽了,长出了嫩绿的枝叶,四处都生机勃勃。

杨夕月之前买了一件外套,拿回学校之后,发现衣服有瑕疵,她在微信上和店员联系好了之后,在周六的时候去店里退货。

财大对面就是地铁站,交通很方便。

那天杨夕月穿着一件白色卫衣和一条浅蓝色牛仔裤,背着个斜挎包,很简单的一身。太阳有些大,她不怎么喜欢拿遮阳伞,于是就戴了一顶鸭舌帽来遮阳。

地铁向下的扶梯上,杨夕月习惯性微微低着头看手机,看着宿舍群里舍友在聊天。

她突然听见有人喊自己的名字。

那个声音有些小,有些不确定的意思。

但即使这样,杨夕月也能够清楚地分辨出来这个声音的主人是谁。

这个声音她实在是太熟悉了,根本不需要考虑,甚至不需要反应,只要听见这个声音,便可以分辨出来声音的主人,需要反应过来的,仅仅只是她那一瞬间停住的心。

她只是需要从这种震惊又胆怯的反应中恢复过来罢了。

杨夕月缓慢地抬头,隐藏在帽檐下的眼睛微微抬起,看向前方,旁边向上的扶梯边站着一个人。

陈淮予还是印象中熟悉的打扮:一身运动装,手腕上戴着个黑色的护腕。

他们两个人随着电梯的运作,隔得越来越近。

杨夕月看清了他现在的样子。

他好像比高中的时候白了些,瘦了些,头发也更短了,但是样子还是没有很大的变化,还是印象中她喜欢的样子。

距离上次见他好像已经过了很久,杨夕月清楚地记得上次见他是在高考成绩下来之后回学校的时候,可能是当时的记忆实在太过清晰深刻,所以她好像昨天才见过他。

是他先喊的她的名字。

记忆像回到了那年,公交车上,他也是一样认出了戴着鸭舌帽、低着头的她。那次也是他先喊的她的名字。

两个人都心照不宣地停了下来,没有继续前行。

就在这个春日午后的地铁站口,隔着一米左右的距离,两个人面对面站着,谁都没有开口说要找一个合适的地点,可能没有想过以后会再见面,抑或是别的原因。

像是老朋友之间的叙旧,杨夕月先开口:"好久不见。"

"嗯,确实是很久没见了。"

陈淮予看人的眼神很淡,就好像没有什么情绪似的:"我还以为我认错人了。"他说着话,像是轻笑,又像是轻轻从胸腔里面呼出了一口气。

"你的变化还挺大的。"

杨夕月抬头看他,似乎是想要听他说说自己的变化在哪里。

"头发长了,变漂亮了。"

他说得很简单，听在杨夕月的耳朵里面，甚至有一些敷衍，像是老同学见面之后客气的夸赞。但是恰恰陈淮予说的这些，就是杨夕月的改变。

上了大学之后，她的头发更长了，一直都没有剪，染了个棕色，微微烫了个发尾，做了近视手术，眼镜也摘下来了。还学会了化妆，整个人都变得不一样了，比高中的时候更加漂亮了。

杨夕月笑了笑，没有说话，似乎是默认了，同时也赞同了他的说法。

陈淮予看着站在自己面前的杨夕月："我不知道原来你也考到了江城。"

她笑了笑，握着购物袋的手微微收紧，像是漫不经心地回答："嗯。"

他问："你在哪个学校？"

她回答："财经大学。"

"这么近？"陈淮予似乎是没有想到，有些意外，笑了笑，"我就在隔壁。"

财大和江大隔得很近，两个学校中间就是地铁站口，这样一想，能够遇见，也是情理之中的事情。

两个人简单聊了几句便分开了。

杨夕月走进地铁站，陈淮予走出地铁站。

两个人完全是不一样的目的地，不一样的路，不一样的终点。

就好像完全不可能会为对方停留，永远都不可能会相交。

这天遇见他，杨夕月不仅仅只是惊讶，更多的是无尽的庆幸，庆幸自己那天稍微化了点儿妆，不是那么素面朝天，那天是两个人时隔很长时间的见面，还好给他留下了一个比较好的印象。

杨夕月退完衣服之后很快便回了学校。刚进宿舍，她就被代真拉住问:"退完了?"

"嗯。"

"能退就行,我害怕那个店长不给你退呢。"

"不会。"杨夕月笑了笑,店长很和善,和她说明了情况之后很快便给她退款了,而且这个问题本就是出在店家的身上。

正在化妆的刘梦琪转头看向杨夕月:"哎,月亮,我们学校过几天有篮球比赛,隔壁学校也来。"

捕捉到关键的字眼,杨夕月抬眸看向刘梦琪,重复问了一遍:"隔壁?"

"对啊,江大。"

代真补充道:"不只是江大,好像师范的也来。我们学校的篮球馆比其他的学校大,设施齐全,适合用来比赛。"

刘梦琪拉着椅子坐到杨夕月的面前:"我男朋友不是篮球队的吗,他让我去看他比赛。月亮,你陪我一起去呗,真真和珊珊她们两个人都不喜欢看篮球赛,你不是挺喜欢篮球的吗?"

"好。"

杨夕月没有想到陈淮予会联系她。

因为她似乎并没有什么值得陈淮予联系的东西,高中同学?普通朋友?他们两个人之间完全没有任何的关系。

Chen:杨夕月?

Yang:是我。

Chen:抱歉,因为我没给你备注,不知道这个是不是你。

Yang:没关系。

Chen:我们学校篮球队过几天会去你们学校参加篮球比赛。

Chen:我记得你挺喜欢篮球的。

Yang：嗯，我知道。

　　然后他没有再发来消息。

　　其实杨夕月想问一问他来不来，他应该会来参加比赛的吧？毕竟他那么喜欢篮球。但是她没有问出口，总觉得这是他的事情，与她无关。

　　杨夕月一阵恍惚，记忆回退，突然想起过年那段时间，那天晚上她收到了他发过来的消息，那一瞬间她有想过是他群发的，但还是自欺欺人，欺骗自己这是他发给她的，并不是群发。

　　但是他今天说他没有给她备注，那么她便知道了，他那天晚上给她发的消息，并不是他特意发的。

　　其实心里早就已经能够预想到这种情况，但她还是忍不住难过。

　　突然想起来当时是怎么加上他的微信的？

　　记忆又好像是回到了那年夏天。那个时候教室里面乱哄哄的，庞翰文不知道怎的，突然说起微信这件事，说是还没有加陈淮予的微信。

　　那个时候七中是不允许将手机带到学校里面来的，但是大部分的同学还是偷偷带着。

　　陈淮予的手机在宿舍里面放着，他便随口说了一遍自己的手机号码，直接搜他的手机号码就能加到他的微信。

　　陈淮予说话的速度很快，庞翰文根本就无法跟上他的速度，记不住，只能让陈淮予将手机号写在了他的本子上。

　　杨夕月从一开始他们说话的时候就一直听着，当然也听到了陈淮予用很快的语速说的那一串手机号码。

　　庞翰文没有听清楚，她却听得清清楚楚，甚至可以说是准确无误地记住了陈淮予的手机号码。

明明她是一个记性很差的人，他说话的语速那么快，但她就是记住了他的手机号码。

那天晚上回到宿舍之后，杨夕月凭借自己的记忆找到了他的微信，输入那一串号码点击确定的时候，马上便出现了一个微信号。她只看了一眼，便确定是他，因为他微信用的头像和名字还是和QQ一样。

那天她加了他的微信，却没有备注上自己的名字。原本以为没有备注的人他应该是不会通过的，没有想到他居然通过了。

所以现在他不知道那个微信号是她的，也算是可以理解。

她在他喜欢的春天，在一个新的城市，遇见了他。

那次聊天中的篮球比赛，本以为还有很长的时间才能到来，时间不知不觉过去，很快就到了比赛那天。

自从来江城上大学，杨夕月并没有那么热衷于看篮球赛了，只是偶尔在手机上看一下视频，每年稍微关注一下国外以及国内的篮球联赛。有的时候被刘梦琪喊着一起去看篮球赛，看着赛场上的赛况，她也会下意识地稍微说上几句，并不专业。

看篮球赛都是因为他，如果没有他，她永远都不可能去看篮球比赛。

刘梦琪看起来比较期待，提前便将第二天要穿的衣服找了出来，准备穿着漂亮的裙子给自己的男朋友加油。然后还拉着杨夕月去了趟超市，给男朋友买些饮料。

刘梦琪一边逛着货架，一边朝着身后的人说道："月亮，你说他们男生打球都喝什么啊？"她拿起一罐红牛，转头朝着杨夕月比画了一下，"我是买水，还是买红牛这种功能饮料？"

杨夕月仔细想了想："比赛的时候会提供的。"

即使这样,刘梦琪还是坚持将货架上的水和饮料拿下来放在购物篮里,"那我也得带着,我的男朋友只允许喝我一个人的水。"

"你男朋友喜欢喝什么就买什么吧。"

"他啊,不挑,我喝什么他就喝什么。"说起男朋友,刘梦琪脸上总是带着笑容。

跟在刘梦琪的身后,看着她将货架上的东西一个接着一个地朝着自己的购物篮里面放,杨夕月无奈地笑了笑,眼神不经意间瞥过货架上的饮料,顿了顿,随手拿了一瓶可乐、一瓶雪碧、一瓶矿泉水。

结账的时候,刘梦琪看见杨夕月手中拿着的东西:"哎,月亮你买这些做什么?"似乎是不理解,"你不用买,我买了好多,明天去看球赛的时候,你喝我买的这些就行了。"

"不用。"杨夕月笑了笑,看了一眼手中拿着的东西,扯了扯嘴角。

心里一直记得那次陈淮予和她说的,要到他们学校来参加篮球比赛,所以杨夕月那天特意定了早一点儿的闹钟。

但是杨夕月还没等着自己定的闹钟响起来,便先听到了刘梦琪的闹钟,她比自己更加积极。

走进体育馆的时候,里面正在放着歌,在门口的时候并没有听清,直到走进去才听见:

许多年前,
你有一双清澈的眼眸,
奔跑起来,
像是一道春天的闪电。

——"爱上一个人，就不怕付出自己一生。"

杨夕月看见陈淮予的时候，脑海中突然浮现出了这句歌词。

他穿着江大篮球队的队服，脚上是一双红色的篮球鞋，手腕上戴着一个护腕。杨夕月认出来了，他手上戴着的护腕和之前在地铁站口第一次遇见他的时候戴的那个一样，纯黑色的护腕，上面印着某品牌经典的白色 Logo。

他的身边簇拥着人，勾肩搭背，说笑着，并肩朝前面走来。

杨夕月突然想起，高中的时候，他的身边也总是不缺朋友，当时除了他们文科班的那几个男生，他和理科班的几个男生玩得也比较好。明明他看着十分淡漠，但是朋友却很多。

她的少年还是没有变，很长时间过去，还是一如既往，精彩又亮眼，一直都是她青春里最显眼的色彩。

篮球比赛的场地在学校的篮球馆，刘梦琪和杨夕月两个人坐在观众席第二排的位置。

刘梦琪的男朋友是学校篮球队的，作为他的女朋友，自然是有内部优先权的，可以坐在最前面的位置。

第一排是不允许观众坐的，所以她们两个人坐在了第二排。位置很好，视野也很好，可以清楚地看见场上的比赛状况。

在杨夕月看见陈淮予的时候，他也看见了她。

或许是在一个陌生的城市见到之前的高中同学，有一种亲切的熟悉感，抑或是那天两个人再次见面之后，他向她提过关于篮球比赛的事情，他主动朝着她这边走过来。

杨夕月自从不戴眼镜之后，看东西一清二楚，完全没有了之前很多时候，远远看着他，视线模糊的样子。

如果时间可以慢慢走的话，此时此刻的杨夕月希望时间慢一点儿，再慢一点儿。

因为这样，她便可以看得久点儿。

从一开始，他们两个人本就不是双向奔赴，太多的时候，都是她朝着他靠近，从来没有任何一次，是他主动朝着她走过来。

"杨夕月。"

他走到她的面前，喊她的名字。

恍惚间，这样的场景，上次出现的时候，还是在她的梦中。少年打完球下场，抱着球，携带着阳光朝着她走过来。

这次他喊她的名字，没有疑惑，是确定的。

"来看比赛？"

"嗯，陪着我舍友来看比赛。"

跟着陈淮予来的，还有他的舍友，兼篮球队成员。

他身旁的男生用胳膊肘顶了顶他，看着杨夕月的眼神中，满满的都是八卦和雀跃："谁啊这是？"

"我舍友，何川。"

"我高中同学，杨夕月。"

他介绍她的时候，用的身份是高中同学。

不过还好，还好他们两个人之间还存在着那么一点点儿的关系，她已经很满足了，她从不敢奢求太多。

"没听你说过啊？"何川看了陈淮予几眼，随即看向杨夕月，"你好啊，你是来看陈哥的比赛的？"何川说话向来直白。

杨夕月被何川的这句话问蒙了，心头突然涌现出一丝紧张感，手不自觉地缩紧，顿了顿，开口解释："我陪我舍友来看比赛。"

"懂的，懂的。"何川笑着说。

陈淮予一直站在旁边，看着何川和杨夕月掰扯，侧头看见篮球队的成员都来得差不多了，拍了拍何川的肩膀，指了指场上的位置：

"我们先过去了。"

这话是朝着杨夕月说的。

"嗯。"

等两个人离开了之后,杨夕月身边的刘梦琪实在是忍不住了,挽住杨夕月的胳膊,硬是逼杨夕月面朝着自己,就好像是审问犯人一般:"说,你和那个谁是什么关系?"

明知刘梦琪说的是什么意思,杨夕月还是装傻充愣:"什么那个谁?"

丝毫没有察觉到杨夕月在装傻,刘梦琪指了指场上穿着篮球服的陈淮予:"刚刚和你说话的那个,说你们是高中同学的那个。"

杨夕月低头看了一眼袋子里面的水和饮料,笑了笑:"就是高中同学啊。"

刘梦琪明显不相信:"骗人,你什么时候和男生还说得上话的。"

杨夕月这个人一开始认识她的时候,挺高冷的,表面上看起来不好接近,后来相处的时间长了,才知道她是一个蛮温柔的人。

宿舍里面的几个女生,性格都不错,异性缘也挺好,跟班上的男同学都说得上话。只有杨夕月,就好像是活在自己的世界里,谁都插不进去,和宿舍里面的几个人关系很好,但是每每说要给她介绍个男朋友的时候,就总是推托拒绝。自从认识她,刘梦琪还没有见她和哪个男生说过话。

突然遇上个能和她说上话的男生,刘梦琪肯定得仔细观察一下。

这是杨夕月在江城再次遇见陈淮予之后,第一次看他打球。

地点变了,从之前高中的露天篮球场变成了现在的室内篮球馆;身边的队友变了,从高中同学变成了大学同学;身上穿着的球衣也变了，之前是尽量颜色统一的篮球服，现在是学校统一定制的篮球服。

她看见了他额头上流下的汗水，看见他投篮时的背影，进球后和队友击掌时嘴角的笑容。

很多东西都变了，但是唯独没有变的，是在场上奔驰的那个，一如既往喜欢篮球的男孩。

刘梦琪的男朋友叫赵哲，是学校篮球队的队长。为了表示对男朋友的支持，她特意网购了几根用作加油的荧光棒，虽然现在是白天，但她的荧光棒还是派上了用场。

在刘梦琪的强烈要求下，杨夕月被迫拿起了荧光棒，跟着她一起喊加油。

篮球馆里面的人并不是特别多，观众席上也就坐了大概有一半的学生。场上呐喊的声音不算是很大，但是刘梦琪的声音绝对是观众席里最响亮的。

不过刘梦琪喊得再响亮也丝毫没有用处，财经大学的篮球队还是以三分之差输给了江大篮球队。

比赛结束之后，刘梦琪并不是很高兴，毕竟自己男朋友的球队输了，任凭是谁都不可能高兴得起来，连带着看陈淮予他们的态度都变得不好了起来。

直到看见赵哲和何川他们几个人勾肩搭背走过来。

"你们认识啊？"看着他们哥俩好的样子，刘梦琪有些惊讶，毕竟她没有听自己男朋友说过和隔壁大学的人认识。

"我和他之前是高中校友。"赵哲伸手捶了捶何川的肩膀，笑着朝着刘梦琪解释。

"这怎么哪儿哪儿都是校友？"刘梦琪话里有话，杨夕月听见了，也当作没有听见。

"哎，赵哲，我听说你们学校的食堂比我们学校的食堂好吃，怎么样，带我们去试试？"财大的食堂向来是声名在外，何川已经向往很久了。

赵哲看了何川一眼，又看了看自己的女朋友，似乎有些为难。毕竟他之前事先答应了女朋友，现在反悔有些不好。

"不好意思啊，赵哲答应了结束比赛之后和我一起吃饭，所以不能陪你们了。"刘梦琪率先开口拒绝了何川。

"没事没事。"何川也没在意。

刘梦琪看了身边站着的杨夕月一眼："让月亮和你们一起去把，我和赵哲去吃饭，就只剩下月亮自己一个人了。"

刘梦琪的话一说出口，在场几个人的视线全都转移到了杨夕月身上。

何川看向杨夕月的眼神是好奇的，他从一开始就好奇陈淮予的这个高中同学究竟是个什么人。赵哲的眼神中有些疑惑，好像没搞明白这是个什么情况。刘梦琪的眼神含着幸灾乐祸，她本来就是故意的。

只有陈淮予的眼神，依旧平静，他淡淡地看着杨夕月，等着她回答。

本就是顺水推舟的事情，杨夕月也没拒绝。

"好。"

杨夕月带着陈淮予和何川去学校食堂的路上，手里还拎着个袋子，里面装着两瓶饮料、一瓶水。

她从一开始看篮球赛就带着，本来是想要给陈淮予的，但是当时在篮球馆里，见陈淮予拿着队友给的水，也就没有给他。

究其根本，也并不是因为他有水，大概还是像之前一样，不敢。

三个人并肩走着,很容易就能注意到她手中拎着的东西。

"你——"何川一向是自来熟,突然间忘记了她叫什么名字,顿了顿,想起刚刚赵哲的女朋友喊她"月亮",也没想太多,直接问,"月亮妹妹,你手中拿着的水是给我们带的吗?"

"啊?"杨夕月回过神来,看着何川,似乎是没有意料到他会这样喊她。

"我忘记你叫什么名字了,我就跟着赵哲他女朋友这样喊。"何川笑了笑,以为她生气了,不喜欢别人这样喊她。

"可以的。"杨夕月无所谓地笑了笑,"可以这样喊我。"

怎么样称呼她其实都无所谓,只是他突然这样喊她,她没有反应过来。

何川闻言,知道杨夕月并没有生气,才放下心来。

三个人步行到了食堂,杨夕月先找了个合适的位置让他们两个人坐下,然后才拿着饭卡去窗口买饭。

何川刚刚说他们两人什么都吃,所以杨夕月也没有什么顾及,想着他们男生饭量大,再加上刚刚结束篮球比赛,就多打了几个菜。

何川和陈淮予两个人也没光看着,帮着她拿到了桌子上。总不能让人家一个女孩子自己将这些东西都拿过来,更何况他们两个人没有财大的卡,吃饭还是人家女孩子花的钱。

看着杨夕月买回来的饭菜,何川挑了挑眉:"你打的饭菜都是辣的哎。"

"你们不喜欢吗?"杨夕月紧张地看向陈淮予,明明说话的人是何川,她看的却是陈淮予。

"没有,我和陈哥都喜欢吃辣的,只是没想到你也喜欢,挺巧的。"

听到这里,杨夕月才微微放下心来,笑了笑:"是挺巧的。"

四四方方的一张桌子，不大，陈淮予和何川挨着坐在一边，杨夕月坐在另一边，坐在陈淮予的对面。

他们本来是想要去买水，杨夕月将袋子里面的水拿出来给他们："你们喝这些吧。"这些水和饮料，本来就是为他买的。

她很自然地将那两瓶饮料递到他们两人面前，把矿泉水留给了自己。

何川将雪碧递给陈淮予："陈哥，这是你喜欢的饮料。"

何川看着还挺开心的，打开自己面前的饮料喝了一口："我就说我们很有缘，你买的饮料都是我们喜欢喝的。"

杨夕月笑了笑，没有说话。

杨夕月是一个话不多的人，陈淮予也是，多亏了有何川在，气氛才不算是太尴尬。

"你们两个人高中是同班的？"

"嗯。"

一直都没有说话的陈淮予此时此刻突然开口补充道："我们初中还是一个学校的。"

正低着头吃饭的杨夕月像是很惊讶似的，抬头去看陈淮予，没有想到他还记得他们两个人是同一所初中的。

捕捉到何川看向自己的眼神，杨夕月赞同般地点了点头："我们之前确实是同一个初中的。"

"那你们两个人岂不是认识了很多年了？"

"没有，我们是高中的时候才认识的。"这句话是陈淮予说的。

"嗯，我们之前初中的时候不认识。"杨夕月手中握着筷子，不自觉地摩擦了一下餐盘边缘的位置。她说话声音有些小，但也足够让身边的人听见。

后来杨夕月想一想，如果让她来回答这个问题，她会怎么回答呢？想来想去，也不过是和他同样的答案罢了。

如果非要说的话，只是杨夕月单方面认识陈淮予。

何川逮着什么话题都聊，天南海北。

"你没有朋友和你考上一个大学，或者是一个城市吗？"

杨夕月摇了摇头："没有。"

"没事，你和陈哥是同学，我们又这么有缘分，以后我们就是朋友了，有什么事情就直接找我们帮忙。"

"好，谢谢。"

"不用客气，客气啥，我们都是朋友。"

"我们过几天还有比赛，也是在你们学校，你有空可以来看比赛，为我们加加油。"

这个时候的何川似乎忘记了杨夕月是财大的学生，而他们学校和财大是对手。

"作为东道主，全场都是为你们加油的，咱们都是朋友，下次看比赛记得为我们加加油。"

"好。"

见说什么杨夕月都说好，何川更加肆无忌惮起来："来看比赛的时候能不能带几瓶水，我们也想感受一下被人送水的感觉。"

"好。"

陈淮予似乎是听不下去了，他用胳膊肘顶了顶何川的腰腹："差不多得了。"

何川没有任何防备地被陈淮予顶了一下，捂着肚子，却没看陈淮予，而是看向对面的杨夕月："我这个要求不过分吧，没有得寸进尺吧？"

"没有。"

得到了杨夕月的答案，何川就像是有了靠山似的，十分得意地看向陈淮予:"人家都同意了。"

"没关系,反正我也比较喜欢看篮球赛。"

"我还以为你们女孩子来看比赛,只是来看男生的,来看比赛的还是第一次见。"

杨夕月笑了笑,没说话,微微抬头看向陈淮予。

她终于有了能够直视他的勇气。

他们坐的位置靠近窗户,这个时候窗外的阳光正盛,透过落地窗大片的玻璃照射进来。

他的头发很短,完全将他的眉眼露了出来,让坐在他对面的她可以清楚地看见。

她听见食堂里换了一首歌曲——

有一个人能去爱,

多珍贵,

没关系,

你也不用给我机会。

或许是音乐声播放得有些大了,何川听了几句,像是吐槽:"你们食堂放的这个歌我不喜欢,还不如放首陈哥喜欢的周杰伦的歌。"

杨夕月之前不知道他也喜欢周杰伦:"你喜欢听周杰伦的歌?"

"嗯。"

傍晚的时候杨夕月回到宿舍,刚刚打开宿舍的门,就看见宿舍里面三个脑袋齐刷刷地看着她,眼神里冒着八卦之火,明显是想要窥探什么。

杨夕月下意识地咽了一口唾沫。

她将肩膀上的帆布包拿下来，拎着包走向自己的位置，不自然地微微张了张嘴："你们看我做什么？"

无视了三个人投过来的眼神，杨夕月将包放在桌子上，刚刚拉开椅子坐下，刘梦琪便拉着椅子坐到了她的身边。跟随着刘梦琪的动作，代真和林珊两个人也坐了过来，三个人几乎将杨夕月包围住，像是审判一般地看着她。

"怎么了？"杨夕月被她们的眼神看得怪怪的，浑身不自在。

"那个人是叫陈淮予是吧？"刘梦琪准确无误地喊出了他的名字。

杨夕月疑惑地看了她一眼，没有吭声。

像是早就已经料到杨夕月的反应，刘梦琪笃定道："我问我男朋友了，江城大学，法学院，陈淮予。"

"怎么了？"杨夕月笑了笑。

"你和他什么关系？从来没见你和什么男生有过接触。"

杨夕月没有什么犹豫地回答："高中同学。"还是和在体育馆的答案一样。

刘梦琪不信："仅此而已？"

杨夕月笑了笑："仅此而已。"他们还能有什么关系呢？

刘梦琪半信半疑："听我男朋友说他还是单身，他们学校有追他的，但是他都看不上。"说着她自顾自地点了点头，"想想也是，江大，学习好，长得还帅，根本不愁找女朋友。"

但她还是觉得有些疑惑："这样的男生，你们以前高中的时候没有人追他吗？"

"我也不知道。"

追他吗？

记得高中的时候，隔壁班有女生喜欢他，好像通过林同问过他，但是他完全没有想要谈恋爱的意思，对方便打消了这个念头。

似乎依旧心存疑惑，林珊问了一句："哎，你和他真的是普通同学关系？"

林珊身边的代真跟着点了点头，似乎是也在怀疑。

"真的。"杨夕月重复。

既是说给她们听的，也是说给她自己听的。

代真"啧啧啧"几声，语气中有些可惜："可惜了，这个，陈什么yu。"

杨夕月加重了些语气："陈淮予。耳东陈，淮水的淮，给予的予。"

代真："人家名字你倒是记得挺清楚。"

晚上洗漱完，杨夕月躺在床上，收到了陈淮予的微信。

Chen：今天麻烦你了。

Yang：不麻烦，我们是同学。

Chen：今天的饭钱，我转给你。

还没等杨夕月回复，她就收到了陈淮予的转账。

Yang：不用，没花多少钱。

杨夕月不收。

Chen：哪有让女生请客的道理。

微信转账，杨夕月一直不收，陈淮予也没有任何的办法。

他跷着二郎腿倚靠在椅子上，看着手机里面一直未被收取的转账，突然笑了，这姑娘，真是倔。

何川凑近拿着手机的陈淮予，好奇地看了一眼："怎么样，她收了吗？"

陈淮予摇了摇头："没有。"

何川也没在意:"没收就没收吧,等比赛结束了请她吃饭。"
陈淮予也没坚持:"行。"
在打游戏的周硕转头看了一眼他们:"你们说谁呢?"一直听着他俩在那边说什么姑娘、吃饭、转账的,听得他一头雾水,他俩什么时候背着他们去认识姑娘了?
何川想起来忘了和他们说杨夕月的事情,转过头去和他们说话:"一姑娘,陈哥的高中同学,隔壁财大的,去财大比赛时人家姑娘请我们吃食堂、喝饮料。"
"不是你俩咋的脸皮变厚了,怎么还蹭人家姑娘的饭。"周硕第一次见将蹭饭说得这么理直气壮的。
"我俩没财大的卡,人家姑娘也热情,打了好多菜,都是我们喜欢吃的。"何川像是回味般,"不是我说,财大的食堂就是比我们学校的食堂好吃,改天你们俩也去试一试。"
他看了一眼边上的齐文路:"齐哥,你听见了没?"
正低头改着作业的齐文路关上PPT,转头看了一眼何川:"什么?"似乎没有听见刚刚他们的对话,一心只放在PPT上。
"我说改天一起去财大吃他们的食堂。"
看着齐文路,何川突然又想起杨夕月。
"哎,我发现那姑娘是你喜欢的类型。"何川觉得他们两个人很像,如果认识一下,肯定会有很多共同语言。
"而且这姑娘对篮球还挺懂的,篮球赛基本上都看得懂,和别的女孩子有些不一样。"
"什么类型?"齐文路不是很在意何川说的话。
"看着有点儿冷,实际上温温柔柔,还挺细心。
"你俩应该会挺有共同语言的,应该能聊得来。"
齐文路似乎是被何川的话给逗笑了:"我哪有时间谈恋爱。"

法学院学业繁重，更何况他目前还没有谈恋爱的打算。

宿舍关了灯，漆黑一片，阳台的窗帘没有拉上，外面的路灯还没有灭，隐隐约约的光透过阳台的玻璃窗照进来，夹杂着淡淡的月光，细碎地洒在地上。

宿舍里的人都没睡，代真在看韩剧，林珊在刷视频，刘梦琪在和自己的男朋友聊天，杨夕月不停地翻着自己和陈淮予的聊天记录。

轻轻一划便到底的聊天记录，被她翻来覆去看了好几遍。

突然刘梦琪叹了一口气，引起了全宿舍人的关注。

"怎么了？"林珊问。

"和男朋友吵架了。"刘梦琪又叹了一口气。

"怎么聊着聊着还吵起来了。"代真并不是很能理解，前一秒还喊着宝贝，下一秒就吵起来了。

"就是个小事，我也不知道是怎么吵起来的，莫名其妙。"

刘梦琪找到了倾诉的对象，在床上翻了个身，和她们说话。

"之前谈恋爱的时候，他什么都依着我，我的那些小性子他都能包容。

"但是现在感觉他对我的包容度越来越低了。

"我知道我喜欢耍小性子，但是我也控制不住自己。"

"所以说我们三个都没谈恋爱。"代真不是很能理解刘梦琪的行为，她向往自由，誓将单身进行到底，完全不想谈恋爱。

"享受自由。"

"不谈恋爱是找不到合适的。"

快餐时代的爱情，大家身边换人的频率很快，但是很多人还是宁缺毋滥，只想找一个真正合适的，然后在一起好久好久。

林珊从床上坐起来,看向杨夕月的位置:"月亮你怎么不找男朋友?你长得这么漂亮。"

突然被叫到名字的杨夕月划着手机的手顿了顿,宿舍里面关上了灯,根本就看不清此刻她脸上的表情,看不见她失落的眼神,看不见微微抿起的嘴角,她自嘲似的笑了笑:"找不到合适的。"

"要多合适才算是合适?"代真不明白。

"现在都是宁缺毋滥你知不知道。"林珊说。

"我们月亮是没找到她喜欢的。"

"这种东西啊,得靠缘分。"

"不是说想谈恋爱立马就能找到对象的,这个又不是去超市买东西。"

杨夕月听她们说话,微微翻了个身,仰头看着天花板,窗外的路灯突然灭了,只剩下斑驳的月光。

她突然想起那天在地铁口遇见陈淮予的时候。

每次看见他,耳边就好像是上帝在说话,说——

"看,这辈子就非他不可了,这是你的命运。"

其实想一想,陈淮予在她的心里就是一个一百分的存在,好像他哪里都符合她对于男朋友的标准。所以在后来遇见的人,她总是会不自觉地拿这个人和他做比较。从穿着到性格,到样貌。

杨夕月并不是一个以貌取人的人,同学、朋友介绍的男生也大多长相不错,但是和他相比的时候,还是觉得差点儿意思。甚至有些时候,连一个小习惯、一个小动作,她都能拿来和他相比。

不是讨厌,只是不喜欢。

没有喜欢的感觉,这个感觉,只能在陈淮予的身上感受到。

陈淮予,我真的很喜欢你,风知道,云知道,我知道,你不知道。

第六章
多希望你也能喜欢我

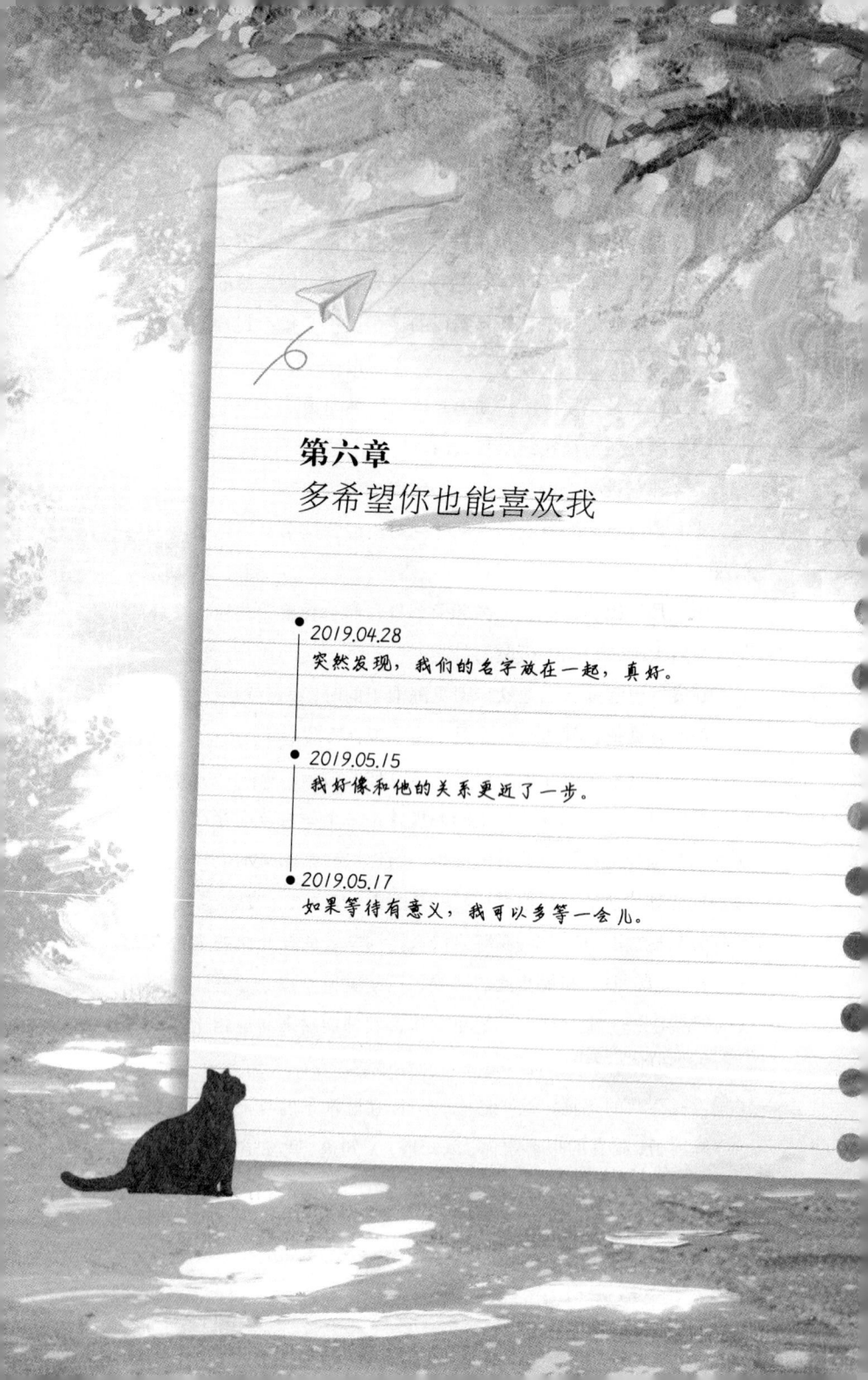

● 2019.04.28
突然发现，我们的名字放在一起，真好。

● 2019.05.15
我好像和他的关系更近了一步。

● 2019.05.17
如果等待有意义，我可以多等一会儿。

可是你没有

下午第一节课。

杨夕月坐在窗边，阳光很好，没有风，薄薄的窗帘半开着，微微抬头便可以看见窗外的景色。

教学楼旁边有一个椭圆形的小湖，湖边栽种了一圈花，各种各样，五颜六色。湖边还有两排很长的长椅。有一只鸟突然落下，仅仅只是停留了三四秒的时间，又很快飞远。

左边的长椅上坐着一对情侣，他们坐在一起，牵着手，女生将头轻轻地搭在男生的肩膀上。

右边的长椅上坐着一个休息的大叔，身边放着一个修剪杂草的机器。

眼睛看着窗外，耳朵里面是老师讲课的声音，杨夕月此时此刻一点儿听课的心思都没有，她低头看了一眼时间，还没有到下课的时间，但快要到篮球比赛开始的时间了。

身边代真和林珊说着话。

"梦琪没来上课？"

"她和她男朋友吵架了，在宿舍难过呢。"

"我记得下午有篮球比赛，她不去？"

"不是他男朋友的比赛。"

"今天是江大和师范的是不是？我好像看表白墙有人说。"

"应该是。"

下课铃声响起,老师刚刚说了声下课,杨夕月立马起身,拎着包准备走。

身边的代真和林珊见杨夕月急匆匆地站起来,也没有问她要去干什么,很自觉地跟着站起来,让出空间让她出去。

看着杨夕月背着包小跑着出了教室的门,两个人对视一眼:"她急匆匆的,干什么去?"

"不知道,应该是有什么事情。"

体育馆旁边有个食堂,一楼就有一个便利店,杨夕月直接在便利店里面买了几瓶水和汽水。

等她拎着水和汽水走进体育馆的时候,正好听见了中场休息的哨声响起。

场上响起了一首英文歌,杨夕月没有听过,不知道是什么名字。

All my wolves begin to howl(所有狼群 开始嚎叫)
Wake me up the time is now(唤我醒来 时间已到)
Oh can you hear the drumming(你能否听到鼓声震天)
Oh there's a revolution coming(一场革命即将到来)
Wide awake the fever burns(睡意全无 热血沸腾)
Sweat it out wait my turn(坚持到底 苦苦等待)

刚刚进来,她便看见了下场的陈淮予和何川。

先看见杨夕月的是何川。他手上拿着一条白色的毛巾擦汗,微微抬头,迎面便看见了走进来的杨夕月。

只见那姑娘看见他们之后,停下了脚步,站在原地。

"你高中同学来了。"何川顶了顶陈淮予的手臂,扬了扬下巴,眼神示意他朝前面看。

陈淮予闻言抬头看向门口的位置,看见了站在不远处的杨夕月,手中拎着个透明塑料袋,里面装着几瓶水和饮料。

或许是因为刚刚下课来得匆忙,一路小跑过来,杨夕月额头上出了薄薄的一层汗。

他走到她的身边,问了一句:"外面很热吗?"

"有点儿。"杨夕月擦了擦额头上的汗,将手中拎着的袋子递给他们,"这是给你们带的水。"

"没想到我之前就是随口一提,你竟然记住了。"何川接过,笑了笑,有些感激,"多不好意思啊,每次都喝你买的水。"

"没事。"杨夕月笑了笑。

"我们还以为你不会来了。"何川嘴上没个把门的,想到什么就说什么,"这有人送水就是不一样。"

杨夕月好像看见陈淮予笑了。

她恍惚间觉得好像林同在陈淮予的身边似的,其实杨夕月本质上和陈淮予是同类人,性格差不多,身边需要一个热情的人,才不显得孤单。

两个人从袋子里面将饮料和水拿出来,陈淮予拿的是雪碧,何川拿的是矿泉水。

他们将她安排在了江大的休息区域。

杨夕月坐在第二排的位置,身边的椅子上放着陈淮予喝了一半的雪碧,旁边放着一件黑色的连帽运动外套,被人随便团成一团,扔在椅子上。外套的口袋正好在她视线所能看见的范围,口袋里露出了一个淡蓝色烟盒的一角。

杨夕月安静地看着陈淮予,她的身边没有其他的人,隔着几个座位是江大篮球队的替补队员,时不时看她一眼,几个人凑在一起嘀嘀咕咕。

杨夕月并没有听见他们说了什么话。

直到比赛结束，江大以大比分赢了师范，陈淮予几人从场上下来，几个替补跟着他们凑到杨夕月所在的位置。

有几个管不住自己好奇心的，问陈淮予："陈哥，这是你对象啊？"

"不是，朋友。"

他放下手中的毛巾，拿起没喝完的饮料，站在她的面前，微微仰头，将剩下的全部喝完。然后随手拎起放在椅子上的外套，抖了抖，套在身上，将拉链向上拉到领口锁骨的位置，伸手往口袋里掏了掏。

"哦。我们看人家姑娘给你送水，还以为是你对象。"

"哎哎哎，你们就看见给陈哥送水了，那我也喝了人家送的水了，你们怎么不说人家是我对象。"何川插科打诨道。

"你长成这个样子，哪里配得上人家姑娘。"

待几个人散了之后，何川拿出手机："咱俩加个微信吧。"

"等这次联赛结束之后，我和陈哥请你吃饭。"不仅吃人家买的饭，还喝人家买的饮料和水，谈钱太伤感情，怎么也得请人家姑娘吃个饭。

"好。"杨夕月拿出手机，让何川扫了自己的微信二维码，加了何川的微信。

晚上回到宿舍，杨夕月想起在体育馆里面听的那首歌，凭着记忆找到了歌名，并转发到了朋友圈里。

杨夕月的朋友圈很简单，背景图是她很喜欢的一个画手的作品：一个黑白的空间里，站着一个孤独的人。头像是一个网图，月亮倒映在清澈的湖面上。名字是：Yang。

她不大喜欢分享自己的生活，抑或是她的生活其实没什么值得分享的，有时候拍的照片，也只是单独分享给了自己想要分享的那个人。

不过她偶尔会分享几首自己比较喜欢的歌曲。

随便翻看着，朋友圈大多是高中几个关系比较好的朋友，再就是张涵。

她看见张涵发了一张娃娃机的照片，照片中的白色的小熊正对着娃娃机出口的位置。

照片下面有一个定位，上面显示的是北京。

张涵一直以来就是抓娃娃机"黑洞"，张涵之前大部分的娃娃都是和她一起出去玩的时候，她给张涵抓的，想来这次给张涵抓娃娃的，应该是林一帆吧。

杨夕月很高兴，高兴自己最好的朋友终于找到了一个能为她抓娃娃的男孩子。

向下翻，杨夕月看见了林同发的他开车的照片，他的手放在方向盘上，车窗外是美国的夜景，华灯初上，纸醉金迷，灯光璀璨。

再往下，杨夕月看见了沈佳。

好像很久没有看到沈佳的消息了，突然看见沈佳发朋友圈，她特意多留心了一下。

沈佳发的朋友圈比前面的几个人丰富多了，是九宫格。在鲜艳红玫瑰的映衬下，两只手紧紧牵在一起。

配文也很简单，是一个红色的爱心。

沈佳谈恋爱了。

杨夕月点了个赞，然后倒着往前，将看过的都点了个赞。

她在林同的朋友圈下面，看见了陈淮予的点赞。

她顿了顿，大拇指在林同的朋友圈下面点了个赞，照片下面，两个人的名字挨在一起：Chen Yang

初夏，江城大学在大学生篮球联赛中获得了冠军，第二名是外国语，财大是第三名。

总决赛依旧还是在财大的体育馆举行，那天来了很多江大和外国语的学生，体育馆东面是江大的观众席，西面是外国语的观众席。

两边的观众席里面夹杂着一些来看热闹的财大学生。

杨夕月坐在东面江大的观众席上。

决赛现场战况激烈，两个队实力不相上下，紧咬着比分，你追我赶，谁都不让着谁，给比赛增添了浓浓的紧张感。

最后陈淮予的一个三分球结束了比赛，江大以两分之差赢了外国语。

比赛结束的哨声响起，篮球被陈淮予高高抛起，江大篮球队的队员们聚集在一起，欢呼着。

坐在观众席上的杨夕月也跟着笑，为他们感到开心。

比赛过后江大篮球队一起吃饭，喊上了一直在观众席为他们加油的杨夕月。

这天杨夕月见到了陈淮予宿舍里的另外两个人，何川还是一如既往地热情，给她介绍着："他俩是我们宿舍的舍友，这个叫周硕，这个叫齐文路。"

周硕是典型的运动型男生，很高，头发比陈淮予的还要短，皮肤有些黑，听说是东北人，说话的时候口音很明显，是一个很有趣的人。

齐文路有些腼腆和沉默，不怎么爱说话，但是说起话来，语气温温柔柔，穿着白衬衫，内搭一件白色的短袖，很清爽，像是学生时期的温柔学长。

杨夕月笑着朝着他们打招呼："你们好。"

周硕第一次见到何川经常挂在嘴边的那位月亮,看向她的时候眼神都亮了："原来你就是传说中的高中同学啊。"

杨夕月笑了笑,没有说话,算是默认了。

几个人去了大学城美食街。

傍晚的时间,天已经黑了下来,目光所及之处各色灯光闪烁。

一走进那条街的入口,迎面便是各种小吃的香味儿,充斥鼻腔。

风是热的,迎面拂过,残留下淡淡的温度。微风轻轻吹起发梢,碎发微微晃动。

这天傍晚的天气很好,温度适宜,风也很舒服。

这个时间段正好是人最多的时间,路上都是人,街上各种小吃店门口也站满了人。

身边时不时有车经过,杨夕月走路经常不看车,以前和张涵一起出去的时候,张涵总是让她走里面,防止她走着走着走神了,被车刮到。

杨夕月走在陈淮予侧后方的位置,和他隔着一个合适的距离。

"嘀嘀嘀——"

耳边突然传来一阵刺耳的鸣笛声。

杨夕月还没反应过来,就感觉自己的手腕被人拉住了,然后不受控制地被人拽到一边。后背撞到一个人的身上,坚硬的胸膛磕到她的蝴蝶骨。

身边一辆车开过。

"不看路?"

耳边传来陈淮予的声音,两个人隔得有些近,他的手握在她的手腕上,她的手微微有些凉,她明显地感受到了他的体温,温温热热,像是一股暖流透过皮肤,然后在她的血肉中蔓延,顺着血液,渗透到全身上下的各个部位。

"没注意到。"

"以后看路注意点儿。"

说完,他很快便松开了她,动作没有一丝的犹豫,完全没有要占她便宜的意思。

一行人来到了他们经常吃的烧烤摊。

陈淮予宿舍四个人,再加上篮球队的两个人,以及杨夕月。

老板给找了一个角落里面比较安静的地方,桌子很大,足够坐下他们几个人。

何川点着菜,拿着菜单,问杨夕月:"那个,月亮妹妹,你吃什么?"

"都行,我不挑。"

"那行,那我就点了,我记得上次我们吃饭你是吃辣的是吧?"

"嗯。"

"行。"何川大手一挥,点了好多的菜和串。

"我们喝什么?有果汁、可乐、雪碧、酸奶……"何川像是报菜单似的,将各种喝的说给杨夕月听,让她选择。

"雪碧吧。"

"哎,你也喜欢喝雪碧,陈哥也喜欢,就没怎么见他喝过水。"

"嗯,我也喜欢。"

烧烤摊附近弥漫着烤肉的香味,大家围坐在一桌,吃着烧烤,喝着啤酒和饮料,有说有笑,充满着浓浓烟火气。

角落里的位置灯光并不好,不是很明亮,而他恰好就坐在那个最阴暗的位置。灯光在他前面半米的距离停住,将明暗隔开,像是两个世界。

杨夕月坐在他的身边,她坐在那半明半暗的灯光中,微微侧头看他。

他正微微侧头和身边的人在说话,大多都是男生之间的话题,那些话题,她好像都插不上嘴,只是安静地听着,安静地看着他。

看着他笑,听着他说话。

说话间,何川摸了摸自己的口袋,问陈淮予:"陈哥你有没有带烟?"

"带了。"他伸手将外套口袋里的烟拿了出来。

这是杨夕月第一次看他抽烟。

陈淮予顺便从口袋里面拿出个打火机,和烟一起递给何川,何川接过,将烟点燃,然后将打火机递到陈淮予的面前,想要给他点烟。

陈淮予瞥了眼,轻哼一声,微微俯身,将烟凑上去,点燃了夹在手指间的那根烟。

冒着火星的烟被他递到嘴边,轻吸一口,吐出烟雾,然后烟雾很快便散开,消散在半明半暗的灯光里。

他坐的位置很暗,所以他手中夹着的那根烟,烟头上冒着的火光,便是他周遭最吸引人视线的微光。

似乎是感觉到了她看他的眼神,他微微侧头,看向她。

她就是在这个时候看到了他看向她的时候,眼中微微含笑的神情。

她喜欢他什么呢?

喜欢他的大部分。

同时,也喜欢他看向她的眼神,温柔的、疏离的、礼貌的,带着笑意的,但是唯独没有带着任何一丝丝名为喜欢的眼神。

还要多远才能进入你的心，
还要多久才能和你接近。
咫尺远近却无法靠近的那个人，
也等着和你相遇。

所幸此时此刻烧烤摊上那简陋的音响中播放的并不是这首歌，如若真的是这首歌，那真的是应了景了。

饭桌上有男生，一点儿都不显得沉默和尴尬。

杨夕月不善言辞，所以一直坐在陈准予的身边，默默地吃着自己面前的烤串，安静地听着他们说话，也不觉得无聊。

他们男生说话没什么固定的话题，想起什么说什么，前一秒说到篮球，下一秒就说到了喜欢的女孩子。说起谁在宿舍里面比较开朗爱说话，谁比较沉默。

"咱们几个一开始入学，第一次见面的时候，我都不敢和陈哥说话，刚上大学那几天就没见陈哥笑过。"

"咱就是说第一次见到这么高冷的人。"

"你以为谁都和你一样，整天话那么多。"

"拉倒吧，就跟你话少似的。"

"咱陈哥现在好多了，刚开学的时候，都不爱和我们说话。"

"还整天不在学校。"

"对对对，我记得，周末或者是小假期，经常看不见他。"

"整天独来独往。"

"现在和我们混熟了就好了。"

"后来发现陈哥特别好说话，平时让他给带个饭、签个到，他从来都不会拒绝我们。"

"上个月我生活费没到月底就没了，还是陈哥接济我的。"

杨夕月静静地听着，这些只有在这个时候，才能听到的，关于陈淮予的事情。

如果她没有和他的舍友和队友认识，如果今天没有一起吃饭，她根本就不知道应该找什么机会去了解他。

在这样的气氛之中，杨夕月也渐渐放松了下来，身体微微后仰，后背靠在椅背上，听到有趣的地方，也跟着笑了。

陈淮予似乎注意到了身边一直沉默着的她，也明白她插不进男生的话题，而且，她本身也并不是个擅长应付这种场合的人。

"无聊吗？"他转头轻声问她。

周围的声音很吵闹，他的声音很小，完全可以淹没在几个男生的说话声中，但是她却听见了。

似乎是想到了她在这样的环境中会听不清楚，所以他微微侧了侧身体，稍微靠近了她一些，但是两个人之间还是留着合适的距离，让看向这里的任何人，看见他两个人说话，都完全不会怀疑他们两个人之间的关系。

细心有分寸。

这就是陈淮予。

"没有。"杨夕月摇了摇头。

那天晚上陈淮予喝得有些多，脸有些微微发红。她从来都没有见到过他喝多了酒的样子。

他其实没有很醉，意识还是清醒的，坐在她身边的时候，她闻见了他身上的酒气，混杂着烧烤味，以及淡淡的香烟味。

她下意识看向他，她的眼神不小心和他的交错。她看见他的眼神，不是很清澈，所以看向她时，眼里竟然有那么一丝丝难以察觉到的温柔。

杨夕月觉得，他应该是喝醉了吧。

一行人吃完饭，准备走到路口去打车。

一个男生和陈淮予一起走在前面，两个人说着话，他虽然说有些醉了，脚步还算稳。

剩下的几个人陪着杨夕月走在了稍稍靠后的位置。

附近人很多，不断有车从身边经过，几个男生把她围在中间，乍一看完全不像是保护着她，倒像是把她包围住了。

虽说她在他们的中间，但还是他们说着话，她沉默着，看着前面几步远的陈淮予。

走路的时候，她的脚不小心就会踩到他的影子，月光和灯光下，他的影子被拉长，再拉长。

杨夕月盯着他的背影有些愣神。

又是背影。

突然想起之前的那些年，她也是看着他的背影。

于她来说，他的背影，她太熟悉了。

此刻他就在她的前面，但是她却感觉，她离他很远。

想起那封还没来得及送出去的信，想起那句还没来得及说出口的喜欢。

杨夕月下意识地伸手摸了摸自己的发尾，她的头发已经很长了。

他说他喜欢长头发的女孩子，她现在已经是长发了，她成了他喜欢的样子。那么现在的她，是不是还有机会送出那封信，说出那句喜欢？

出了大学城，陈淮予和何川打车送杨夕月回学校，其他的人自己在路边扫了个共享单车骑回去。

车刚来，何川就迫不及待坐进了副驾驶座，将后座留给了杨夕月和陈淮予。

陈淮予看了何川一眼，没说什么，将后座的车门拉开："你先进。"

"好。"杨夕月也没扭捏。

同时坐在后座上，两人之间的距离不算远，或许是他稍微有些喝多了的原因，整个人看起来完全没有之前相处时的那种礼貌疏离，取而代之的是像朋友一样相处自然。

车窗外偶尔有车灯的光线闪过，从他的脸上滑过，明暗交错。

突然想起高中的时候用晚自习的时间看电影，是男生选的电影，《速度与激情3》，班级里面的灯全都关上了，只剩下讲台屏幕上电影的光线。

那个时候的杨夕月根本就没有心思看电影，眼神总是放在侧前方的他身上，借着电影光线的明明暗暗，隐藏在黑暗中，偷偷去看他。

陈淮予进医院这件事，杨夕月是看何川的朋友圈得知的。

何川比较活跃，基本上能在他的朋友圈里面看见他大部分的生活。杨夕月也经常通过看何川的朋友圈，多多少少得知一些关于陈淮予的事情。

早起上课，杨夕月醒来之后简单收拾了一下，没化妆，背着包，路过食堂时买了份早餐。

上课没几分钟，她习惯性打开手机看一下微信。

刚刚刷新了一下，便看见了何川发的照片。

照片中看不见人,只能看见一个吊瓶,像是刚刚换上的,里面的药水还是满的,顺着输液管落下来,最后是一个男生的手背。针扎在手背上,贴着医用胶布,左手的大拇指关节处长了一颗小痣,在照片中很显眼。

配文:医院的早饭还挺香的。

底下有人评论,是刘梦琪的男朋友赵哲:咋进医院了,没事吧?

何川回复赵哲:不是我,是陈哥,他喝多了,轻度酒精中毒,问题不大。

杨夕月并不知道何川口中的问题不大是什么意思。

此时此刻的她完全听不见讲台上老师说的话,耳朵里全都是嗡嗡嗡的声音,大脑一片空白。

即使这样,她还是凭借着本能打开手机搜索了一下:酒精中毒严重吗?

她捕捉到几个关键字眼:"昏迷""呕吐""头晕眼花""神经系统损害""记忆力下降"。

看得杨夕月心惊胆战。

不知道他为什么会过量饮酒导致酒精中毒,事情突如其来,杨夕月根本就反应不过来,中午刚下课,还没来得及回宿舍,她就背着包去了医院。

她甚至不知道他们在哪个医院,想来距离江大和财大最近的,也就只有附近的中医院了。

所幸没有很远的距离,杨夕月直接步行小跑着去了中医院。

医院旁边有很多家水果店,她路过的时候突然想着自己贸然到医院来,有些不合适,在水果店买了些水果,最起码没有空着手去。

这个时间的中医院人并不是很多,杨夕月走到医院门口便停了下来,站在门口踟蹰着不敢进去。

犹豫间，突然左手臂被人撞了一下，力道并不是很大，只是轻轻的剐蹭，她低头便看见自己身边站着一个小孩子，是一个很可爱的小男孩。小男孩的母亲连忙从身后小跑着赶上来，向她道歉："对不起啊，不小心撞到你了。"

"没关系。"杨夕月笑了笑，没在意。

站在医院大厅，消毒水的味道充斥鼻腔，她突然不知道应该往哪里走，毫无目的。她不知道关于他的任何的消息，不知道他在哪里，不知道他现在怎么样，甚至连来到这里都只是自己的猜测。

就在杨夕月沉下心来准备去问一问咨询台的护士时，她突然听见有人喊她的名字。

转头便看见了站在她身后不远处的何川，手中拎着外卖。

看见站在大厅的杨夕月，何川小跑着来到她的面前："你怎么来医院了？"

他看了一眼她手中拎着的水果，疑惑道："来看望病人？"

这句话问得杨夕月脑袋突然嗡嗡嗡几声，完全说不出话来，她甚至连来医院的理由在脑海中都完全没有构思好，头脑一热就来了。

现在这个时候，根本来不及编造什么假话，杨夕月只能实话实说："我在朋友圈看见你在医院，正好有空，买点儿水果过来看看。"

杨夕月的话中没有任何一个字眼提到陈淮予，当然，连何川本人都没有听出来杨夕月话中的意思，以为她是觉得自己住院了，要来看看自己。

"不是我，是陈哥，这位哥昨天喝得太多了，一不留神就进医院了。"

接过杨夕月手中的水果，何川领着杨夕月往病房那边走："你说你来就来呗，你带水果做什么。

"他不严重,医生让他打完吊瓶观察一下,没什么大问题,没住院,就在急诊那边开了个病床。

"我就纳闷儿了,陈哥酒量这么好,怎么就酒精中毒了?

"问他怎么喝这么多酒,他也不说。"

一路上说着话,何川带着杨夕月来到了病房。

病房很大,一间屋子有四张病床,陈淮予的病床在最靠里面的那一张。推门进去的时候,正好看见他半躺在床上,微微仰靠着枕头,挂着的吊瓶还剩下一半的药水没打完,没打针的那只手拿着手机不知道在看什么。

听见开门的声音,陈淮予转头,看见了从门口进来的两个人。

还没来得及说什么,他就听见何川的声音:"人家月亮妹妹来看你,你还在床上躺着。"说着走过去将水果放在桌子上,"人家还给你带了水果。"

或许是忘记了自己手背上还扎着针,陈淮予扬起手朝着门口的她打了个招呼,手背微微刺痛,这个时候他才反应过来,将手放下。

杨夕月走到他的面前,仔细看了看那只扎着针的手,针管处并没有回血。她皱了皱眉,想要说什么,但又什么都说不出来。

最后,她只是淡淡说了一句:"没事吧?"

他闻言轻笑一声:"没事。"

何川从袋子里面拿出个苹果,也没洗,直接就放进嘴里啃。

陈淮予嫌弃地看了他一眼。

捕捉到陈淮予的眼神,何川十分自觉地拿了一根香蕉给他,看见他手上还扎着针,又帮他将香蕉皮剥开,递给他。

躺在病床上,经过一晚上的折腾,他看着有些憔悴,朝着杨夕月笑了笑:"谢谢你来看我。"

"不用,我们都是朋友。"

坐在床边,看着吃香蕉的陈淮予,她笑了笑。

现在像朋友这样相处,也挺好的,人生还长,我们慢慢来。

你不需要知道我有多喜欢你。

我喜欢你。

指的是单方面的,我,喜欢,你。

我喜欢你,与你无关。

我可以一直等你,等你喜欢上我。到那个时候,我一定会将我对你多年的喜欢全盘托出,到那个时候,希望你能多喜欢我一点儿。

第七章
思念是一种病

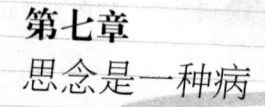

- 2019.07.08
  我们戴着同一只耳机,听着同一首歌。

- 2019.09.01
  突然有些羡慕别人的爱情。

- 2019.10.12
  他给我抓了个玩偶,今天我真的很开心。

- 2020.01.01
  新年快乐,希望下一次元旦,我还在你的身边。

可是你没有

期末，宿舍里面的氛围都变了。

之前大家的桌子上放满了零食和化妆品，现在课本终于占有了一席之地，一向不知道学习的也都开始学习了。

财大的期末考试非常严格，老师一般不会给学生放水，能考多少分就是多少分。本身他们专业的考试已经很难了，再加上之前上课学的，到了期末全忘了，如果不复习，那基本上没有及格的可能。

宿舍里面的学习氛围不如图书馆，几人在午饭过后，收拾着东西一起去了图书馆学习。她们去得早，图书馆里面的人并不是很多，所以很快便找到了空余的座位。

杨夕月在这个时候收到了陈淮予发来的消息。

Chen：买回家的车票了？

Yang：还没有。

Chen：一起回去？

Yang：好啊。

Chen：我们学校考完试就可以离校，大概是6月7日可以走，你们是什么时候？

杨夕月想起了前几天班长在群里面发的通知，没退出和陈淮予的聊天界面，抬头看了对面的代真一眼，伸手轻轻敲了敲她面前的书，微微探出身子，小声询问道："真真，我们专业什么时候结束考试？"

被喊到名字的代真抬头看向对面的杨夕月，想了想："应该是7号，我们最后一场考试在7号上午第一场。"

Yang：7号可以的。

Chen：好，那我订票吧，江城北站的高铁，上午九点四十分有一趟车到海城。

Yang：可以的，我把钱转给你。

他们两个人之间的交流其实并不是很多，但是相比起高中时候，已经算是很好了。

他已经不用QQ了，但是之前那些少到可怜的聊天记录，她依旧保存着。即使后来换了手机，她也将那些聊天记录截图，存到了新的手机里。

她没有再续费QQ黄钻，因为他已经不用了，也没有必要了。

经常能关注到他的地方，便是朋友圈。因为朋友圈没有访问记录，所以她能随时随地看他的朋友圈，看他换的头像，完全不用担心被发现。

他很喜欢给林同的朋友圈点赞，几乎林同的每一条朋友圈下面都能看见他的点赞，偶尔会看见他的评论。

杨夕月想，林同的朋友圈，应该是他存在感最强、最活跃的地方了。

那天林同发了一张照片，照片中的他倚靠在一辆跑车旁边，身边跟着个穿着性感的女孩子，两个人靠得很近。他们身边还有几个男男女女，大都打扮时髦。

陈淮予难得破天荒地给林同评论了一句，只有两个字：挺好。

突然收到了陈淮予的评论，林同有些激动：我陈哥终于百忙之中抽出时间来给兄弟评论了。

林同：虽然只有两个字，但依旧倍感荣幸。

陈淮予回复了一个句号。

林同得寸进尺：什么挺好，美女吗？

他回复：车。

没过多久，杨夕月见林同又发了一条朋友圈，是一张截图，上面是他和陈淮予的聊天记录，看样子应该是刚刚在朋友圈和陈淮予说了几句，就去私聊了。

配文：这哥没我真不行，说话越来越简洁了。

陈淮予没再回他。

杨夕月笑了笑，捧着手机看了好久。

想到林同那个性子，真的是和陈淮予互补，现在陈淮予身边的何川，和林同也是差不多的性子，陈淮予和他们做朋友，也不算是太无聊。

最后一天的期末考试。

杨夕月提前一天就收拾好了行李，她的东西并不是很多，一个小行李箱便可以完全装下。

刚刚和男朋友吃完饭回宿舍，看见了正蹲在地上收拾行李的杨夕月，刘梦琪好奇道："月亮你怎么这么早就收拾行李啊？"

杨夕月转头看了一眼开门进来的刘梦琪，笑了笑："嗯，我明天考完试就走。"

没想到杨夕月走这么早，她有些惊讶："这么早？"

"嗯。"

第二天上午考试的时候，杨夕月是拖着行李箱去考的。

宿舍几个人并不知道她这么着急是要做什么，也没问，她要是想说自己就说了。

杨夕月将行李箱放在教学楼一楼大厅里，放好之后去楼上考场考试。

她从来都没有考过这么仓促的试，每一道题都没怎么费心思去做，几乎不带任何犹豫和思考，只是想以最快的速度做完。

考试在开始四十分钟之后就可以交卷。

八点正式开始考试，杨夕月在八点四十分的时候准时交卷，一点儿犹豫都没有。他们的专业课很难，很少有同学卡点交卷，杨夕月是这个考场第一个交卷的人。

教学楼距离学校南门还有一段距离，她走快点儿，应该可以在十分钟之内到达。打车去江城北站，如果不堵车的话，需要半个小时左右的时间，完全来得及。

杨夕月出了教学楼之后一路小跑，快到学校大门口的时候才停下脚步，慢慢放缓，调整着自己的呼吸，抬手擦了擦自己额头上的薄汗。

等到她慢步走出学校门口的时候，呼吸已经调整过来了。

拖着行李箱走出校门口，杨夕月一眼便看见了站在门口的陈淮予。

他今天的穿着还是运动休闲服装，简单的卫裤、短袖，干净又清爽，身边是一个黑色的行李箱，大小和她的差不多。

他低着头，手中拿着手机，好像是在打电话。杨夕月朝着他走了几步，看见他将手机放下。

他微微抬头便看见了站在他面前的她。

杨夕月朝着他笑了笑，有些不好意思："抱歉，你等了很长时间了吧？"

他似乎完全没有在意杨夕月的迟到："没有，你来得正好，刚刚司机师傅给我打电话说马上到了。"他微微抬手扬了扬手中握着的手机。

听他这么说,杨夕月才微微放下心来:"那就好。"

女孩子的行李箱,看着不大,但拿起来还是非常重的。上车的时候,他顺手帮她将行李箱拿进了后备箱。

"谢谢。"杨夕月朝着他道谢。

"不用谢,都是朋友。"两个人认识挺长时间了,这个姑娘依旧还是这么客气,生怕亏欠了他什么似的。

两人上车之后都坐在后排的位置,他的话不多,她的话更少,好在两个人之间的气氛完全没有尴尬的感觉。

他微微侧头看着窗外,手放在大腿上。

她微微侧着头看他。

不敢太过明目张胆,只是在她的这个角度,微微侧头,正好能够看见他的侧脸、锋利的下颌角,以及他放在腿上的手。

他的手骨节分明,青筋微微凸起。

杨夕月从来都没有见过,哪个男生的手比他还要好看。

盯着他看了几秒钟,她转过头看向窗外,学着他的样子,将手放在大腿上,看着窗外不停掠过的风景和建筑。

两个人共处于一个狭小的空间里,杨夕月能够明显地闻到他身上的味道。已经很难闻出洗衣液的味道了,取而代之的,是略微有些重的烟草味。

他抽烟比之前更多了些。

杨夕月放在腿上的手下意识地微微收紧了些,总想着和他说句什么话,和他说平时少抽点儿烟,抽烟对身体不好。

话在嘴边了,可她还是没说出口。

总觉得,自己现在的身份,充其量也只是他的一个普通朋友。

好像没资格管他。

她怕自己莽撞地拉近他们之间的距离，会引起他的不满和反感，抑或是让他轻易察觉到她的心意。

如果，如果，连朋友都没得做了，那怎么办？

她不能冒险。

陈淮予买的两个座位是连在一起的，她的位置靠窗。

上车之后他将她的行李箱放在了头顶的置物架上。

之前坐高铁时，她一个人没法将沉重的行李箱提起来，也没人可以帮她，所以她向来都是放在身边的。

这还是第一次有人帮她拿行李。

两个人之间没有什么共同话题，杨夕月只能先开口："林同今年暑假回国吗？"

说完像是觉得这个话题来得太突然了，她紧接着补充道："我看林同在朋友圈挺活跃的，说自己想回国。"

他停住从背包里面拿出耳机的动作，看了身边的杨夕月一眼，微微垂了垂眼眸，像是在思考些什么。在她的位置，还能够看见他的眼睫毛。

她听见他说："他没有提前说，应该不回来了。"

"哦。"

回答完了她的问题，他接着将蓝牙耳机拿出来，连上手机。

他在车上的时候喜欢戴着耳机听歌，她也喜欢。他戴耳机喜欢只戴一只耳朵，她也是。

她觉得，他们两个人之间还是有很多共同点的，无论是巧合还是人为。

似乎是她的眼神太过赤裸，看着他的时候完全没有遮掩，他很快便发现了，侧头看着她，似乎是在问：怎么了？

杨夕月笑了笑。

现在坐在他的身边,她已经没有了高中时期的紧张和无措,更多的是坦然,即使心里再怎么紧张,也不会在脸上表露出来,她已经能将情绪控制得很好了。

杨夕月伸手指了指他耳朵上戴着的耳机。

"没什么,只是好奇你在听什么歌。"

他没说话,稍微停顿了几秒,在杨夕月的注视中,他将耳机仓里面的另一只耳机拿了出来,递到了她的面前。

他没有说话,但是她能够清楚地明白他的意思。

杨夕月接过他递过来的耳机,戴到耳朵里。

耳机里面放着歌——

刮风这天我试过握着你手,
但偏偏雨渐渐大到我看你不见,
还要多久我才能在你身边,
等到放晴的那天也许我会比较好一点。
从前从前有个人爱你很久,
但偏偏风渐渐把距离吹得好远,
好不容易又能再多爱一天,
但故事的最后你好像还是说了拜拜。

车速逐渐加快,她侧头看着车窗外,阳光明媚,景物一闪而过,耳机里面放着他喜欢的歌,身边坐着他。

还有半个小时到达海城南站。

路途上耗费的时间很长,杨夕月迷迷糊糊睡着了,隐约听见他的手机铃声响起,听见他放低声音说话。

杨夕月迷迷糊糊睁开眼,发现耳机里面的音乐已经停了。她微微侧过头,看见他举着手机在打电话,声音很低。

"不用来接我,我自己回去。"

"嗯,行。"

打着电话,陈淮予不经意间侧头看了一眼坐在自己身边的杨夕月,两人猝不及防地四目相对。陈淮予似乎没有想到她已经醒了过来,眼神中闪过一丝丝的惊讶,不过很快便恢复了平静。

他挂断电话,看着身边的她:"醒了?"

"嗯。"杨夕月摘下耳朵上的耳机,递给他。

他顺势接过,将耳机放进耳机仓里。

"我把你吵醒了?"

"没有。"车厢里本就不安静,她是自己醒过来的。

他低头看了一眼手机上的时间:"快到了。"

"嗯。"

车还有五分钟到站的时候,陈淮予提前站起来,将放在置物架上的行李箱拿了下来。杨夕月的行李箱虽然不大,但是很重,所以陈淮予拿下来的时候手有些脱力,差点儿没拿住砸到自己。

幸好他反应快,及时稳住了行李箱。

杨夕月看得心惊胆战,想要上手去扶一把,但是又来不及,他已经将行李箱拿下来了。

"你小心点儿。"

他将行李箱拿下来,放在地上,安慰般地回答:"没事。"

前面是一对情侣,男生也在拿行李箱。

男生听见了后面杨夕月和陈淮予两个人的交谈,看了一眼自己那个正坐在座位上看手机的女朋友,有些抱怨道:"你看看人家的女朋友,还知道关心男朋友。你看看你,就知道坐着玩手机,也不帮帮我。"

座位上的女孩看了一眼后面的杨夕月和陈淮予,又看了一眼自己的男朋友:"你说这话自己不心虚吗?人家男朋友长什么样儿,你再看看你自己。"

男生阴阳怪气来了一句:"哦,你喜欢帅的啊。"

女孩视线又重新转移到了手机上,语气淡淡的:"不是。"

男生好奇地问:"那是什么?"

女孩傲娇般地看了男生一眼:"就算你不帅,我也喜欢你。"说完似乎是感叹一般地道,"啊,我可真伟大。"

杨夕月听着他们的对话,笑了笑。她捕捉到男生话中的某些词汇,顿了顿,看了一眼自己身边的陈淮予,见他没有什么反应,像是没听见,也没自作多情地多说什么。

不过刚刚走出车门,就听见他说:"刚刚那两人说的话,你别放在心上。"他语气平淡,像是在说一件很正常的事情,平静地撇清他们两个人之间的关系。

杨夕月一瞬间就明白了他的意思,有些哭笑不得,心想别放在心上的,应该是他吧。

"我知道,没放在心上,我们不是朋友吗?"

"嗯。"

他走路有些快,她跟在他的身后,看着他的背影,脚下像是粘住了似的,抬不起来,直到他发现她没有跟上来,回头看她,他逆着光,她有些看不清他的脸。

"怎么了?"

"没什么。"她摇了摇头,抬脚跟上他。

出了车站之后,两个人坐着公交车回家,一路上,他都帮着她拿着行李箱。

这年夏天,发生了很多的事情。

刘静雨和庞翰文在一起了。

如果不是刘静雨主动告诉杨夕月,她还真的不知道这件事情。

事情的起因,是刘静雨打电话让杨夕月陪她去逛街。电话中刘静雨的声音有些小心翼翼,像是在怕什么,又或者是在躲避着什么。

两个人逛街的时候,杨夕月得知,庞翰文要去当兵了,已经办好手续。

这个消息很突然,杨夕月平时和庞翰文联系很少,有关他的消息都是在林同和刘静雨那边得知的。

杨夕月问刘静雨为什么会和庞翰文在一起,毕竟在之前那很长的时间里,她从来都没有发觉到他们两个人之间的事情。

这个时候刘静雨的头发已经留长了,完全没有高中时期的样子,一向大大咧咧的女孩子,现在谈起自己喜欢的男孩子,竟然也会害羞了。

商场的灯光很亮,两个人走到一家店铺前面,在附近休息的椅子上坐下。

杨夕月静静地听着刘静雨说着她的事情——

"我之前也没想到他喜欢我。

"就很突然的。

"上大学之后,大一第一个学期,他总是找我聊天,然后就坐很久的车来找我,我那个时候也大概能猜到他的意思。

"然后他向我表白,说喜欢我很久了。

"其实我高中的时候对他没什么好感的,这个你应该是知道的,他这个人特别讨厌,总是喜欢找我的麻烦,捉弄我。

"他突然说喜欢我,其实我也不知道是什么时候喜欢上他的,就是很莫名其妙的。

"所以我们在一起了。"

杨夕月记得,虽然刘静雨和庞翰文都是在南方的城市上大学,但是两个城市之间相隔很远,两个人算是异地恋。本来见面就困难,现在庞翰文还要去参军,两个人见面的次数就更少了。

杨夕月想不到,像刘静雨这样的女孩子,异地恋是什么样子的。张涵也是异地恋,她的性格和刘静雨差不多,但是张涵的承受能力是远远高于刘静雨的。

异地恋的痛苦不是杨夕月能感同身受的。

那天刘静雨和她说了很多。

庞翰文的学校不是很好,专业也没有什么前景,家里人让他先去当几年兵。庞翰文本身也喜欢当兵,男孩子对军人是天生充满了向往的。

庞翰文和刘静雨说这件事情的时候,刘静雨心里是不想让他去的,但是当她看见庞翰文眼睛里面泛着的光,话便停在了嘴边。

喜欢他,并不是把他禁锢在原地,让他永远陪着自己,而是放他离开,让他飞向他喜欢的地方。只要两个人相爱,她相信,他总有一天会回到她的身边。

等到了那个时候,他们会一直在一起,永远不会分开。

庞翰文要入伍了,刘静雨想要送他一个礼物,拉着杨夕月去了商场。

庞翰文走的那一天,杨夕月陪着刘静雨去车站送他。

一向吊儿郎当不务正业的庞翰文,穿上了军装,还真像那么一回事儿,整个人更加硬朗了,就像是一个顶天立地的男子汉。

他站在人群里,周围都是穿着军装的人,一向大大咧咧的刘静雨竟然不好意思过去。直到他探着头,看见了站在不远处的刘静雨,朝她走了过来。

庞翰文没哭,刘静雨的眼泪不受控制地流了出来,眼睛却是笑着的。

他无奈地给她擦着眼泪,一边擦着泪,一边安慰她:"别哭了,这么多人看着呢。"

气得刘静雨伸手捶了一下他的胸膛:"你还不让我哭!"

庞翰文无奈地将刘静雨搂进怀里,安慰着她:"别哭了,看你哭我心疼。"

杨夕月站在一边看着他们两个人。

好像身边的人都在谈恋爱,无论是张涵、林一帆,刘静雨、庞翰文,还是刘梦琪、赵哲。只有她自己,心里喜欢着一个人,住着一个人,却依旧是单身一个人。

庞翰文不能在刘静雨的身边待很长时间,短暂地陪着她说了会儿话便回到了队伍里面。

两个人隔着人群,远远地看着对方。

刘静雨刚刚走出车站,便缓缓地蹲在地上,身体蜷缩在一起,双手捂着脸。

杨夕月看不清她的表情,听不见任何的声音,但是杨夕月知道,她在哭,在无声地哭泣。明明已经痛苦到无以复加,但是依旧忍耐克制。

很快,刘静雨便恢复了原来的笑容和乐观,给自己打着气,安慰自己两个人还会见面的,她会一直等着他回来的。

爱情经不起失败,但是真爱从不惧怕失败。

刘静雨相信,她和庞翰文之间的爱情,绝对不会因为这件事情就此停止,他们会一直在一起。

九月开学的时候，杨夕月并没有和陈淮予一起回去。

江城大学比财经大学开学早，再加上杨夕月待在海城陪了刘静雨几天，在开学最后一天才回了学校。

她回学校的第一件事，就是参加补考。

杨夕月上学期期末考试，最后一门考试挂科了，差两分及格。

情理之外，意料之中。

那门课本来就很难，也比较重要，但是就不凑巧地放在了最后，再加上杨夕月做题很匆忙，一心只想早点儿到时间出去找陈淮予，所以得到这个结果也是正常的。

挂科对于杨夕月来说也并不是太难以接受。

好在开学之后的补考，杨夕月顺利通过，没有到重修这一步。

宿舍几人对于杨夕月竟然需要补考是存在疑惑和惊讶的，毕竟杨夕月虽然在班级里面的成绩算不上数一数二，但也绝对不差。

杨夕月没做过多的解释，她们也没问太多，毕竟不是谁都有窥探别人隐私的爱好。

杨夕月平时最喜欢看的就是朋友圈了。

林同经常在朋友圈里面分享各种潮牌衣服和风景照，杨夕月经常给他点赞。

那天傍晚，她看见张涵在朋友圈里面发了一张车票的照片，从北城到北京。

北城到北京全程五百多公里，坐高铁需要三个多小时。

有的时候张涵买不到合适的车，需要中途换乘，花费的时间就不止三个小时了。

偶尔中途换乘是在半夜，张涵自己一个人待在车站里面，也不敢出去。空荡的车站，在那个时候，对于张涵来说，却是最安全的地方。她不敢出去找个酒店住，就只能给杨夕月打电话，让杨夕月陪她说说话。

G2604 列车，张涵坐过太多次，已经数不清了。

在朋友圈，还能看见刘静雨晒庞翰文给她同城买的花，她给庞翰文寄的零食。自从公开恋情后，他们也没再藏着掖着，在朋友圈里面大大方方地秀恩爱。

频率特别高，也特别让人感到羡慕。

评论区里面最活跃的莫过于林同。

他或许是因为国外的生活太无趣了，也可能太想念国内的朋友，几乎每条朋友圈都能看见他的点赞和评论。

周五那天傍晚，杨夕月看见了一条何川发的朋友圈，是一张游戏的截图。

杨夕月不玩游戏，看不明白截图是什么意思。

何川配文：明天宿舍聚餐，今天这一局谁输了，明天谁买单。

杨夕月和何川的共同好友只有陈淮予一个人，她看不见其他的点赞和评论。

片刻，刷新一下，她看见何川不小心回复到了整条朋友圈底下，不知道那个人问了什么，只是看见何川说：万达。

杨夕月脑海中有个一闪而过的念头，随即不经过考虑，立马做出了行动。

她转头看向正在卸妆的刘梦琪，犹豫了片刻，缓缓开口："梦琪，我们明天去哪里聚餐？"

她们宿舍经常在周六的时候一起吃饭，时间和地点杨夕月不怎么有意见，她们说去哪里就去哪里。

难得见杨夕月问这种问题，刘梦琪回答："之前一直说去吃烤肉，还没说去哪里吃。"

几乎没有什么思考和考虑，杨夕月脱口而出："去万达吧。"

"为什么突然想去那里？"

"听说那边新开了一家韩式烤肉店。"

"行啊，那我们明天就去吃那家韩式烤肉吧。"

"嗯。"

商场距离学校不远，打车十分钟左右就能到。

最近商场里面入驻了很多新商铺，很热闹，到处都在搞活动，扫码送优惠券和纪念品。

杨夕月刚进商场，就扫了一个二维码关注了个公众号，送了个猫咪发箍，戴在头上，随着几个舍友走进去。

周六，商场里人很多，不仅仅是学生，还有很多周末出来吃饭的人。杨夕月不大会拒绝人，只是走了一圈，她手里就被塞满了各种店铺的传单。

她一路上眼神到处飘忽，连差点儿撞到人都没有反应过来。

林珊拉了一把杨夕月："月亮，你想什么呢，走个路都走神。"

杨夕月回过神来，摇了摇头："没什么。"

新开的那家韩式烤肉店在五楼，在去吃饭之前，几人先去奶茶店买了奶茶。

最先发现杨夕月的是何川，或许是对于她的印象太深刻，隔着老远的距离，他就看见了刚刚从奶茶店里面走出来的杨夕月。

"杨夕月？"未见其人先闻其声。

杨夕月刚刚低头喝了一口奶茶，就听见有人在喊她的名字，抬头便看见了朝着她走过来的何川。

不，再准确点儿，她最先看到的是前面的陈淮予，然后才是他身边的何川。

何川看了一眼杨夕月身边的几个女生："你们也来这里吃饭？"

"是啊。"

"太巧了，我们也是。"

何川看了一眼身边的几个人，给杨夕月的舍友依次介绍："你们好啊，我叫何川，这个是陈淮予、齐文路、周硕。"

"我舍友，刘梦琪你认识，另外两个是代真和林珊。"

几人互相打了声招呼，杨夕月看了陈淮予一眼。他没有什么特别的反应，只是眼神捕捉到她在看他的时候，朝着她微微笑了笑。

代真和林珊是第一次见到刘梦琪一直挂在嘴边的，那个传说中杨夕月的高中同学，今天终于见到陈淮予本人的庐山真面目，说不惊艳是假的。

陈淮予长得确实很受女孩子的喜欢。

林珊凑在杨夕月的耳边，小声嘀咕："月亮你高中同学颜值不错啊，妥妥的大帅哥，身边那个姓齐？长得也还不错。"

她说着忍不住拍了一下杨夕月的肩膀："行啊你，身边的男生都是优质股。"

他们碰到一起，说着说着，就一起吃了饭。

几人都不是沉闷的性子，一起吃饭完全不尴尬，相谈甚欢。

后来刘梦琪接到男朋友的电话，和他们吃完饭就去找男朋友了，剩下的一行人在商场里面随意逛着。

林珊喜欢抓娃娃，每次看见娃娃机都走不动路。他们便一起去了游戏厅，买了些游戏币。

杨夕月对于这个不怎么感兴趣，跟在林珊身边，看着她抓娃娃。

林珊抓娃娃很厉害，抓上来的概率能达到百分之六十，对于大部分人来说，已经是很厉害的了，看她抓娃娃，也是一种享受。

"怎么不抓？"陈淮予看杨夕月一直站着，走到她的身边问道。

杨夕月抓娃娃还算是不错的，只不过大多数时候，都是帮张涵抓。她喜欢给别人抓，不喜欢给自己抓。

陈淮予伸出手掌，掌心握着几枚游戏币。

杨夕月有些疑惑，不明白他的意思，微微抬头看他。

"何川买的，我拿了几个。"

"第一次抓，我先试试。"他靠近娃娃机，投了一枚游戏币，简单试了一下。

然后他转头问站在自己身后的杨夕月："喜欢哪个？"

她没有想到他会主动提出要给自己抓娃娃，心突然空了一下，却又很快反应过来，眼神落在娃娃机里，简单看了一下，伸手指了一个："那个灰粉色的兔子。"

他顺着她的目光看过去："行。"

他又投了一枚游戏币，看准兔子的位置。第一次抓没有抓上来，爪子太滑；第二次抓住了，但是中途掉了；第三次抓的时候，位置合适，爪子落下，成功抓住了兔子。

杨夕月看着爪子抓着兔子朝着洞口移动，心都悬了起来，担心兔子再次落下。

直到兔子准确无误地落在洞中。

他微微弯腰将兔子拿出来，递给她："给你。"

小小的一只灰粉色垂耳兔，拿在手里软软的，特别舒服。这是第一次有男生送她东西，当然了，也是他第一次送她东西。

她爱不释手，拿在手中看了好久好久，才抬头看着他笑："谢谢。"

似乎是被她的笑容给感染了，他也跟着笑了起来。

游戏厅里面人很多，耳边充斥着音乐声，还有不远处林珊没抓到娃娃气愤的声音。在这小小的一方空间里面，他们看着彼此在笑。

陈淮予的生日是在冬天。

他生日是十二月二十日，刚好江城下了这年冬天的第一场雪。那场雪下得很大，这些年来从来都没有见到过这么大的雪。上课的路上被裹挟着雪的风吹得睁不开眼，从宿舍走到教学楼，身上已经落满了厚厚的一层雪。

杨夕月在朋友圈看见他过生日的照片。

是何川发的，他们男生过生日挺简单的，再加上下大雪，也没法出去，直接在宿舍里面订了些烧烤外卖，买了些啤酒，还订了个生日蛋糕，很有仪式感。

照片里是陈淮予戴着生日帽的侧脸，虽然看不清正脸，但依稀能够看见他是微微笑着的。他被宿舍几个人簇拥着，面前放着插着蜡烛的生日蛋糕，这天的陈淮予，是开心的。

他的生日是在冬天，他喜欢春天。

杨夕月退出朋友圈，点开微信置顶的联系人。

她看着他的头像，犹豫了很久，点开，给他发了生日祝福：生日快乐！

感叹号后面还加了个生日蛋糕的小表情。

想多说些什么，但是编辑了很久，最终还是最普通不过的一句话。每次都是这样，想要多和他说点儿什么，最后还是犹豫着放弃。

时间已经不早了，杨夕月等着他的回复，等了很久很久，都不见他的回应。

他是一个很有礼貌的人，对于生日祝福，一定是会礼貌回应的，杨夕月想，他应该是和舍友在吃饭庆祝，还没有结束。等结束了，他一定会回复她的。

宿舍里已经关了灯，杨夕月侧躺在床上，手中拿着手机，手机的光线照着她的脸，手指不停地将微信点开又退出，反反复复。

直到快要到深夜十二点的时候，杨夕月收到了陈淮予的消息：谢谢。

看见他的回复，她才心满意足地放下手机睡觉。

元旦，江城中心广场有烟花表演。

宿舍几人早早就收拾好，打车去中心广场看烟花。

到达的时候，天已经黑了。

隔着很远的距离，都能看见广场上发着光的红色标志性建筑，以及高大的摩天轮，一个一个的小格子转动着，闪烁着各色的灯光。

天气很冷，站在广场上，冷风呼呼，杨夕月穿着厚重的中长款棉衣，戴着帽子，围着围巾，穿得很暖和。反观身边站着的林珊，一件不是很厚的大衣，只围着个围巾，冷风吹乱了她的头发。她站在杨夕月的身边，挽着杨夕月的胳膊，又将冰凉的手放进杨夕月的外套口袋里面取暖，不停地跺着脚，嘴里咕哝着："真冷啊，冻死我了。"

一旁同样穿得很暖和的代真看了林珊一眼："你就活该吧，现在这个天气你晚上出来穿大衣。"

元旦跨年，刘梦琪陪男朋友去了，剩下杨夕月、林珊和代真三个人在中心广场看烟花秀。

三个人迎着冷风等了很久也没有开始。

广场上很多的人，长椅上都坐满了人，所以她们只能坐在广场的花坛边上，紧紧地靠在一起。林珊被穿着暖和的杨夕月和代真夹在中间，看着不远处的摩天轮。

上面各色灯光闪烁，摩天轮转了一圈又一圈。

在广场上那些晃动的人影中,杨夕月突然看见了一个熟悉的身影。

生怕自己认错,她定睛看了很久,直到看清楚了他的样子,才确定自己没有看错。

是陈淮予。

江城这个城市,不算是很大,更何况江城大学和江城财经大学这两所学校相隔很近,在江城经常看见他,也不算是太惊讶。

而且,这天中心广场上有烟花表演,附近的大学生几乎都会来看,他出现在这里,也是情理之中的事情。

想一想距离上次遇见他,还是那次吃烤肉的时候,已经过去很久,两个人已经太久太久没有见面了。

他应该没有注意到她。

杨夕月没有主动走过去,而是在烟花秀快要开始的时候,拉着林珊和代真小心地朝着他所在的位置靠过去,靠近他。

隔着人群看他。

杨夕月心里涌出了一种仿佛很多年未见似的想念。

她突然想起高中开学,刘静雨拉着她的手说想她,说一日不见如隔三秋。

当时她其实并不是很能理解刘静雨口中那浓郁的思念,但是此时此刻,站在中心广场,隔着人群看着他模糊的侧脸,她终于明白了一日不见如隔三秋的意思。

有那么一瞬间,她甚至想立刻跑到他的身边,站在他的面前,将这些年来的喜欢全都说出来,让他知道。

她想对他笑,想牵他的手,想抱抱他,想要站在他的身边,像是情侣一般。

但这个念头一晃就过去了,虽然她平时想得比较多,做事有时会思虑过多，有时又会冲动易怒。但有些事情，有些东西她是明白的。

像是他们两个人现在这样的关系，现在冲过去向他表白，几乎没有任何成功的可能。他们两个人之间完全没有什么暧昧关系，比高中同学更进一步的，也仅仅只是朋友罢了。

冲动地告诉他自己长达多年的暗恋，冲动地表白，最后的结果，可能连朋友都做不成。

所以，她不会这样去做。

每个人都是一座孤岛，从始至终就是孤单的。

有些事情，注定无人知晓。

人潮涌动，三个人不知道怎么的，就被人流给冲散了，林珊和代真不知道去了哪里，只剩下杨夕月一个人。

不过没一会儿，杨夕月就收到了代真的消息：我们看见陈淮予了，你去找他吧，我们俩到人少的地方看。

有意想要制造偶遇，像是恰巧般的碰见。

其实事实本就是如此，他们两个人确实事先并不知道对方会来。但是这个恰巧的遇见，多多少少，还是有些偶然的成分在里面，中心广场人很多，想要遇见也是一件很难的事情。

但是他们遇见了。

事情正如杨夕月想象中发展的那样。

是陈淮予先发现了她，走到了她的面前，朝着她打了招呼。

在灯光的映照下，她好像听见了他朝着她走过来的脚步声，一下又一下，那声音仿佛踩在她的心上，又或者是同频了她的心跳声。

杨夕月微微抬头便看见了他，光线交错，身边太多的人，她只看见了他。

他穿着黑色的短款棉衣，深蓝色的牛仔裤，白色的板鞋，棉衣没有帽子，拉链拉到了下巴的位置。陈淮予似乎很意外在这里看见她，但是想一想又在意料之中。

他在她的面前，还是一如既往地游刃有余："好巧。"

"是啊，好巧。"

"巧"这个字，在他们两个人之间，已经被用了很多遍了。

杨夕月此时此刻真的有些心虚，张涵经常说她是最没有心机的人，无论做什么事情目的总是很明显，很容易被看破。但是现在的杨夕月倒是觉得自己还挺有心机的，不过，是褒义的意思。

之前确实是她太过于循规蹈矩，总是小心翼翼不敢靠近。

她想更进一步了。

她不想要他们之间的关系就止步于此。

什么男生应该先追女生的奇怪理论，都见鬼去吧。

她太喜欢他了。

他们两个人认识的时间太长了，高中的时候算是同班同学，上了大学，两个人之间的关系可以用朋友来形容，到了这个时候，也能算得上是好朋友了，一起看个烟花，自然是再正常不过的事情。

两个人碰见的时候，距离烟花秀开始还有不到二十分钟。这个时候几乎所有的人都拥向广场中间的位置，好方便看烟花秀。

杨夕月被迫被人流裹挟着，随着人流移动。身边的陈淮予也是如此。

广场上人太多，负责中心广场这一片辖区的警察和特警也来了这里维持着秩序。

杨夕月被人不小心踩了一下鞋子，脚下没站稳，摇摇晃晃快要摔倒。幸好身边的是陈淮予，伸手拉了她一把。

这个时候两人隔着很近的距离，手臂碰在一起，身体只差一个拳头的距离。他握着她手臂的力道稍微有些大，防止她再摔倒。

广场上人太多了，万一不小心摔倒了，后果不堪设想。

"小心点儿。"他扶了她一把，将她稳住。

两个人顺着人流移动，他站在她的前面，引导着她向前走。

直到人流停下来，她看向他，这个时候她才看见他的手中拿着几根仙女棒。

"何川给我的。"

"玩吗？"他问。

"嗯。"她从他的手中接过一根仙女棒。

"正好我有打火机。"

两个人挤出人群，站在广场角落的栏杆边上。栏杆旁边是湖，正好方便点燃仙女棒，他拿出口袋里的打火机，她拿着仙女棒。

仙女棒被点燃的一刹那，天空中绽放开耀眼的烟花。

人群沸腾，欢呼声、尖叫声，以及他们两个人说话的声音——

"新年快乐。"

"新年快乐。"

杨夕月觉得，无论天空中绽放开的烟花有多么耀眼，多么绚烂，都比不过此时此刻她手中拿着的那根仙女棒。

第八章
抓不住的光

- **2020.05.22**
  注意安全,平平安安。

- **2020.07.25**
  原来,你有喜欢的人。

- **2020.07.26**
  我真蠢,原来我以为的,并不是我以为的。

- **2020.10.16**
  爱而不得,是人生常态。

- **2020.11.05**
  原来放下一个不喜欢自己的人,这样难。

可是你没有

2020年对于所有人来说,都是永远无法忘记的一年。

对于杨夕月来说,也是如此。

那年春节,没有鞭炮,也没有团圆。

过年期间家里的物资准备得非常充足,只是缺少口罩,在这之前从来都没有人想过,口罩会变得这么重要,这么紧缺。

杨女士有朋友在药店里工作,提前囤了很多的口罩。

待在家里,每天除了看新闻,什么都做不了,无形中增加了很多紧张感。杨夕月把张涵推荐的电视剧和电影都看完了,也看了很多的小说,但是依旧很无聊,同时也很担心。

那天犹豫了很久,她给陈淮予发了消息。

Yang:在?

Chen:嗯。

Yang:疫情严重,注意安全。

Chen:你也是。

Chen:口罩有吗?

Yang:有的。

Chen:嗯。

陈淮予只是基于两个人之间的朋友关系,在她关心他的时候,他也稍微关心一下她,其余的,什么都没有。

明明这种聊天应该结束了的,但是杨夕月想要找一个话题,想要和他多说说话,想来想去还是只能拿林同当借口。

Yang:之前听说林同要回国,现在是不是回不来了?

之前林同说过,等他回国之后大家几个关系比较好的聚一聚。

Chen:回不来了。

杨夕月微微抬头,透过玻璃看向窗外,天已经完全黑了,天空中只有零星几颗星星。她探头看下去,外面的路上没有一个人,只有那昏黄的路灯微微闪烁着光芒。

外面冷冷清清,往年的这个时候,路上应该会有很多车的,正月十五海城还有花灯节,每年张涵都喜欢拉着她去猜灯谜,吃各种美食。但是这一年什么都没有。

对着窗户发了一阵呆,片刻回过神来,杨夕月轻笑一声,继续给他发消息。

Yang:注意安全。

Chen:嗯,你也是。

林同的计划被打乱,推迟了回国的时间,他经常发微信询问大家的情况。

部队里的庞翰文,因为疫情,原本那两天的假期也没有了。本来刘静雨是想趁着他可以外出的那两天,坐车去看看他的,但是现在连小区都出不去,只能乖乖待在家里。两个人本来平时的联系就不多,现在更少了。

本来计划中的三月开学也延迟了,时间未定。全国各地的学生都开始了上网课,杨夕月也加入了浩浩荡荡的网课大军之中。

网课上起来比起线下课更加枯燥。

想起高中的时候,她想如果能在家里上课就好了,现在实现了,又觉得没有意思。

那天杨夕月和刘静雨视频,说到在家上网课要做什么事情来消磨时间。电视剧、电影、小说都看完了,完全找不到其他的事情做。

刘静雨喜欢看小说,高中的时候经常拉着杨夕月一起看。想起这件事,她突然觉得杨夕月可以在家里写小说,最起码有事情做:"月亮你在家里可以写小说啊,我记得你高中的时候作文不是写得还蛮好的。"

杨夕月觉得她真的是想一出是一出:"写小说和写作文完全不一样。"

"没关系的,你先试一试。"

杨夕月一开始并没有将这件事情放在心上,直到后来有一次,自己实在是太无聊了,于是便打开了电脑。

她看过不少小说,各种类型的都有,但是真正自己写起来,还是有些困难。她慢慢摸索着,一点点儿,也渐渐找到了感觉。

2020年春天,杨夕月开始写小说,后来和网站签约,她每天的生活,除了上网课,就是写小说。有了事情做,也不算是太无聊。

他的生日在冬天,喜欢春天。所以她写的故事,故事中重要的时间和日子,都是在冬天或者是春天。

就连她起的笔名,都有他喜欢的春天。

杨夕月不大会起名字,每每想男主角姓什么的时候,脑海中第一个浮现的姓氏就是陈,耳东陈,陈淮予的陈。

她笔下的男主角,几乎有一半姓陈,喜欢穿黑色的衣服,短头发,单眼皮。

她文笔并不好,一开始没有很多的读者,没有人看,但她还是坚持写下来了。后来翻一翻她写过的小说,每一个姓陈的男主角,或多或少都有陈淮予的影子。

不过,那都是后话了。

算是她的私心吧。

那个时候的杨夕月,希望他和她,他们两个人,能一起度过之后的每一个春天。

后来国内情况好转,国外又加重了。

林同回国后,在上海待了几天,才返回海城。他出国几年,现在站在家乡的土地上,呼吸着家乡的空气,还是觉得自己的祖国最好,待在自己的祖国最踏实。

他回到海城的第一件事,就是将高中时期的几个好朋友叫出来一起聚一聚,毕竟已经很长时间没有见面了。林同一向热衷于这样的事情,一个接着一个地亲自发消息邀请。

陈淮予自然是会去的,再加上之前篮球队那几个人,庞翰文当兵去了,来不了。女生也就是刘静雨和杨夕月,林同邀请了沈佳,但是沈佳不在海城。

地点约在之前七中附近的一个KTV。

杨夕月自己一个人坐着公交车过去。

她今天特意好好打扮了一下,穿着一条刚买没多久,还没有来得及穿的裙子。她衣柜里面大部分都是裤子,裙子并不是很多,这条是前段时间和张涵去商场逛街的时候买的,她很喜欢。

是一条白色的长裙,简约大方,她将早就已经留长的长发放下来披散在肩头,化了个淡妆,搭配了一个斜挎包。

她从来都没有这么认真地准备过。

她今天会见到他,这是这么久以来,他们两个人第一次见面。

他今天穿得依旧很简单,简单的黑色短袖和休闲裤,脚上是一双白色的板鞋。他的大多数板鞋都是白色的,只是牌子不同。耳朵上戴着单只蓝牙耳机,手中拿着个手机。

两人都戴着口罩，遮挡住脸。但是她依旧能感觉到，他好像有些瘦了。前段时间和张涵见面，张涵长时间在家里待着不出去，都胖了。

有那么一秒钟，杨夕月想要站起来抱住他，将自己埋进他的胸膛，以此来确定，他是不是真的瘦了。

两个人在公交车上的偶遇已经见怪不怪了，太多次的偶然相遇，彼此的心里已经掀不起太大的波澜，取而代之的是风平浪静。

他很自然地上车，走到她的身边。他走路的速度一直都不是很快，明明他走路没有声音，但就是这样奇妙，她仿佛听见了他鞋子发出的声音，一下又一下，隐隐约约，似有若无。更加清晰的，还是她的心跳声。

他坐在了她的身边。

这个是她意料之外的。

像是许久不见的老朋友，两个人约定好了坐同一辆车见面。

她微微转头看他，两个人都戴着口罩，遮挡住了半张脸，她口罩下的嘴角微微扬起，朝着他笑了笑，没有说话。

因为戴着口罩，他看不见她的笑容。

两个人并肩坐着，后背微微倚靠着椅背，心情平静。

杨夕月想，等这次聚会之后，找一个合适的机会，向他表白吧。找一个好天气，要阳光明媚，最好是有些微风，她将他约出来，正式向他表白。

KTV 在七中对面那条街，街道尽头超市的拐角处，在一家烤肉店旁边。

杨夕月和陈淮予到了的时候，人差不多已经到齐了。

林同财大气粗，订的是最大最好的包厢，桌子上也提前放满了各种果盘、零食、饮料、酒水。

站在门口的时候便听到了包厢里面的说笑声,非常热闹。KTV走廊的灯光有些昏暗,头顶深蓝色和深紫色的灯光交错,有一种莫名的压抑和伤感。

陈淮予推门进去,杨夕月跟在他的身后。

刚刚推门进去,迎面便是林同的拥抱。像是预料到他会在此刻进来,已经在门口等待了很长时间。

陈淮予被林同猝不及防的拥抱惊了一下,林同的力气有些大,有些激动,陈淮予没站稳,整个人向后退了一步。

身后的杨夕月也没有反应过来,两个人一个向前,一个向后,她的额头直接撞到他的后背,力道有些大,即使他刻意收了脚步,也无法控制住后退撞到她。

额头猛地被撞了一下,他后背的骨头和她额头相接触,砰的一声,除了细微的疼痛感,她还闻到了他身上传来的淡淡香烟味道。

她对这种味道有些迷恋,就好像当初喜欢上他常用那款洗衣液的味道一样。

好像上瘾了,又好像中毒了。但前提是,这些味道的载体是他。如若是别的人,她大概会嫌弃味道难闻。

对待喜欢的人,双标是正常的。

陈淮予推开林同的拥抱,转过头看向身后的杨夕月:"没事吧?"看着她捂着额头的动作,他皱了皱眉,明知道她在身后,还是没控制住。

杨夕月放下手,拢了拢额发,轻轻摇了摇头:"没事。"

直到听到杨夕月的声音,林同才发现了站在陈淮予身后的她。

"月亮你在陈哥后面啊?"林同看了一眼杨夕月的额头,应该没什么事情,"没撞坏吧?"

"没有。"杨夕月朝着他笑了笑。

"几年没见,月亮你越来越漂亮了。"林同毫不吝啬夸奖。

"你也越来越帅了。"

"那当然,哥一直这么帅。"

杨夕月跟着走进去。包厢里面大多是男生,人不多,都是高中的同学。杨夕月在几个人之中看见了坐在角落里的刘静雨,很自觉地走过去坐在她的身边。

朝着刘静雨走过去的时候,正好听见林同在和陈淮予说话,两个人有很长时间没有见面了,高中的时候他俩是最好的朋友,见了面自然话变得多了起来,像是说不完似的。

"你刚刚和月亮一起来的啊?"林同问。

"嗯,公交车上碰见的。"陈淮予回。

"哦。

"哥们儿等你好久了。

"你们来了人就到齐了。

"过去坐。"

杨夕月坐到刘静雨身边的时候,她正低着头看手机,看样子是在给谁发消息。

直到杨夕月拍了拍她,她才反应了过来,将手机放下。

"你什么时候来的?"杨夕月问。

"挺早就来了,拍几张照片给我男朋友发过去,等他晚上能看手机的时候就看见我给他发的照片了。"说着刘静雨竟然还有些感慨,"我感觉我和他聊天,就好像是有时差似的,我俩永远都不在一个频率上。有的时候他就像是失联了一样,要不是知道他在部队,我真的就要报警了。"

"他情况特殊。"

"我知道,我理解。"

看着身边的刘静雨,杨夕月第一次意识到,原来两情相悦的爱情,也会让人产生无尽的惆怅和伤心。

她突然有一种杞人忧天,皇帝不急太监急的自嘲感,人家最起码和自己喜欢的人在一起了,她还什么都没有得到。

包厢里大部分都是男生,他们聊的话题女生也插不上嘴,就坐在旁边吃着零食听着他们说话。看着他们有说有笑,好像是回到了高中那段无忧无虑的日子。

"哎,林同,看你朋友圈发的豪车、美女,你在国外小日子过得不错啊。"

"什么不错,就是一开始去还比较新鲜,在那边待的时间长了,真的是不习惯,还是咱国内的环境适合我。"

"那边的东西我也吃不惯,咱就是长了个中国胃,就是要吃中国菜。"

"毕业回国吗?"

"当然回来了,回来报效祖国。"

"看你身边美女环绕的,怎么,有没有找个外国妞?"

"哥们儿还是单身,万花丛中过,片叶不沾身。"

"得了吧你。"

包厢很大,人不是很多,却很热闹,他们那群男生凑在一起,仿佛有说不完的话。陈淮予坐在林同身边,手中拿着一杯啤酒。他和身边的人说话,说着说着就笑了。

头顶灯光闪烁,变换着各种不同的颜色,不停地掠过他的身上,他隐藏在半明半暗的灯光之中。林同给他递了一根烟,看样子并不是他经常抽的那一种。林同抽烟五花八门,但是陈淮予从始至终就只抽那一种烟,从来没有变过。

他动作自然地从林同的手中接过烟,顺着林同拿着打火机点火的动作,凑近,将手中夹着的烟点燃。

他嘴里吐出的烟雾很快便消散在了空中。

杨夕月后来见过不少人,很多的人都抽烟,但是真的要让她选择一个抽烟最好看的人,那肯定是陈淮予。

没有什么别的原因,就是单纯地觉得,他抽烟很帅。

情人眼里出西施。

这句话说得真是没错。

酒过三巡,几个男生大多有些醉了,不过神志还算是清醒。说着说着就说到了以前的事情,说话也越来越没有遮掩。

"陈哥你不是还没找女朋友吧?"林同搂着陈淮予的肩膀,哥俩好似的打听着陈淮予的隐私。

陈淮予没有说话,只是笑了笑,拿起桌子上的酒杯喝了一口酒。微微低着头,看不清神色。

"不是我说你,是时候找个女朋友了,要向前看。"

杨夕月坐在离他们不远的沙发上,包厢里的音乐还在放着,声音不算是很大,能听见他们说话的声音。

说着,林同看向她,扬着声音问她:"哎,月亮,你和陈哥都在江城,他是真的没交女朋友吗?"

听见这个问题,她看向他,他并没有看她,而是举起手中的酒杯,浅浅喝了一口。

"没有。"杨夕月摇了摇头。

林同像是想到了什么似的,猛地拍了一下自己的大腿,转头看向身边的陈淮予,像是想要从他的脸上看出些什么。

"不是吧你,还喜欢啊?"

"喜欢什么？"有人问。

林同似乎是因为没有得到陈淮予的允许，不敢说。他又看了眼正在喝酒的陈淮予，见他没有反应，以他们多年的默契，他没有说话，那就是默认了可以说。

"咱陈哥之前喜欢那个沈佳。"

像是憋了好久好久的秘密，现在终于能说出来，林同一句话接着一句话。

"那次给人家打热水，明明他不愿意做这样的事情，因为沈佳，还是和我们一起去了，专挑人家沈佳的壶拿。

"因为人家姑娘和别班男生走得近，自己在那儿耍脾气，连我也不搭理，生闷气。

"大学还偷偷去看人家。

"江城大学法学院，沈佳没考上，他倒是考上了。

"应该是大一上学期的时候，沈佳在北城，这位哥江城和海城来往多少次，最后连表白的机会都没有，人家有男朋友了。"

林同说着拍了拍陈淮予的肩膀，十分气愤，像是在替他鸣不平，又是咬牙切齿，又是叹气。

"你们说说咱陈哥，要长相有长相，要身材有身材，看看这身高，还是江大的高才生，你们说说那个沈佳真的是没眼光。

"咱这未来的大律师，就比不过那未来的'码农'？"

知道陈淮予那些事情的人，大概也就只有林同了，他当初还帮着出谋划策，结果不仅人没见到，还被别人捷足先登了。

陈淮予这个暗恋未果在林同这里，是极其憋屈的一件事。

喜欢沈佳。

杨夕月在这一刻甚至怀疑自己是不是听错了。

怎么可能？

人只能活一次，所以她对于自己想要的，一直没有存着放弃的心思，想着只要他没有喜欢的人，只要自己一直在他的身边，他们两个人慢慢来，从朋友开始做起，她总有一天会被他喜欢，总有一天，她会得偿所愿。

她不清楚他喜欢一个人是什么样的，是不是会和她一样，会伤心，会开心，会失落，会患得患失。

她以为他没有喜欢的人。

杨夕月拿着橙汁的手开始发抖，不知怎么的，手开始发麻，逐渐失力，控制不住将手中的橙汁放下。

她不知道自己现在应该有什么反应，什么样的反应才是正常的。

刘静雨的眼神是惊讶的，其他的人，有惊讶，也有了然。

他的秘密，在那群男生里，已然不算什么秘密。

可对于杨夕月来说，他隐藏得实在是太好了，就像她一样。

她突然听不见他们说话的声音了，自己也说不出话来。她不知道是不是面前的这杯橙汁太甜，糊住了她的嗓子，她甚至连自嘲声都发不出来。

那几个男生说笑的样子，仿佛在告诉她——

杨夕月，你就是一个小丑。

她的眼眶红了，看向他的视线逐渐模糊，却没有眼泪。

杨夕月猛地低下头来，目光所及之处是那盘还没怎么吃的果盘。

她抖着手拿起叉子，一口接着一口吃着水果，一直没有抬头……

嘴里塞满了各种水果，但是她却没有尝到任何的味道，甚至连自己刚刚吃了什么都不知道。

水果不应该都是甜的吗?怎么她今天吃到的,这么苦?

包厢里的音乐突然换了一首——

> 爱你是孤单的心事,
> 不懂你微笑的意思。
> 只能像一朵向日葵,
> 在夜里默默的坚持。
> 爱你是孤单的心事,
> 多希望你对我诚实。
> 一直爱着你,
> 用我自己的方式。

杨夕月觉得这首歌特别应景。

唱的是她,同样的,也是他。

硬币有正反两面,正面和反面一起才能组成一枚完整的硬币。陈淮予是反面,杨夕月也是反面。他们两个人永远都组不成一枚完整的硬币。

他们都是说不出话的暗恋者。

杨夕月已经记不清了,记不清那天晚上在包厢里究竟吃了多少水果,聚会是什么时候结束的,谁和她说了什么话。

聚会结束,回家的时候,她第一个打到了车。她拒绝了其他人同行的要求,无视了别人看她的眼神,独自一个人坐上了出租车。

此时此刻,她只想要回家。

她已经快要坚持不住了,再多待一会儿,她就会马上崩溃掉。

这天她穿着自己最漂亮的裙子,留着他最喜欢的长发,连背的包都是精心搭配的,她想要让他看见一个漂亮的她。但是得到的,却是最难以接受的结果。像是一个晴天霹雳,迎面而来,将她所有的幻想和希望全部摧毁,什么都不剩。

海城是一个没有夜生活的城市,但是今天的这个路口却破天荒有些堵车。

司机师傅操着一口标准的海城口音,不停地吐槽着这个拥挤的路段。

杨夕月坐在后座,微微侧头看着窗外。这个时候车正好缓慢经过七中,她看见教学楼还亮着灯,下晚自习的学生从学校门口拥出来。

很多事情在脑海中浮现,又乱成一团。

她右手一直握着包带,紧紧地攥着,一直没有松手,好像全身上下所有的力气,都凝聚在这里,指尖和骨节都发了白。

或许是堵车太无聊,司机师傅播放了一首音乐,空灵、慵懒、随性的嗓音响起,哀婉动人——

  心属于你的,
  我借来寄托,
  却变成我的心魔。
  你属于谁的,
  我刚好经过,
  却带来潮起潮落。

手机突然振动,是张涵的电话。

杨夕月摁下静音键,将手机倒扣在大腿上,撇开眼,眼神投向窗外,看着车窗外来往的人和车。

一个红灯过后，车缓缓开动。

海城傍海，夏夜的风有些凉快。车窗被杨夕月降下，窗外的风涌入车厢，全部扑在她的脸上，吹乱了她的长发。

风吹着眼睛，眼眶中一直蓄着的泪毫无预兆地掉了下来，落在了裸露的手臂上。

手机屏幕不断亮起又熄灭，在张涵连续打了四五通电话之后，杨夕月终于接了。

本来准备约杨夕月出去玩的张涵，被打不通的电话给打乱了思绪，对面一接通，她便着急地说："你干什么呢？怎么才接电话，你再不接我都要报警了。"

张涵知道杨夕月晚上有同学聚会，估摸着时间，等到聚会差不多结束的时候给她打电话，结果无人接听。

杨夕月没有说话，只是静静地听着手机里张涵说话的声音，一声不吭。她不能说话，她在怕，生怕自己一开口便是哽咽的声音，她根本忍不住。

她在出租车上，她不能哭出声，不能让陌生人看见。

夜晚的海城，街上人并不多。他们神色不一，她有些好奇，好奇那些陌生人是不是也有非常伤心的时候，大概都会有的吧。但是今天晚上，最伤心难过的人，应该就是她了。

不，也不一定。

或许今天的陈淮予，也会很伤心吧。

等杨夕月回过神来，手中的电话已经被挂断了。

这通电话已经让张涵了解到，杨夕月是安全的，但是她却没有说话，张涵只听见了呼呼的风声，以及极力克制的呼吸声。

这是不正常的，按照往常来说，杨夕月不会无缘无故不接她电话还不跟她解释。

她家月亮一定是发生了什么事情，而且一定是一件很伤心很伤心的事情，所以才说不出话来。

张涵连忙换了身衣服，下楼到小区门口等杨夕月回来。

不过十分钟的时间，她就看见了停在小区门口的出租车，以及从出租车上下来的杨夕月。

张涵连忙迎上去，杨夕月微微低着头，仔细看看，她的眼眶还泛着红。整个人像是失了魂似的，僵硬着身体，也不说话。

张涵想要问一问到底是怎么了，但是她没有，因为她可以清晰地察觉到，杨夕月的情绪正处于崩溃的边缘，就好像一和她说话，就足以让她的情绪瞬间崩溃。

张涵一路上握着杨夕月的手，明明晚上的温度一点儿都不低，但是她的手却很凉。

杨夕月父母不在家，应该是出差了。张涵将杨夕月送进卧室里，然后就听见了她的声音："涵涵，我想喝奶茶，甜的。"

她声音虚弱，仿佛生了一场大病，这种感觉，让张涵感到心慌，她从来都没有见过这样的杨夕月。

"好，我马上帮你订。"

张涵给杨夕月订了她平时最喜欢喝的那家店的奶茶，要了全糖，常温。

在等奶茶的时间，张涵拉着杨夕月换了件衣服，让她坐在床上。

杨夕月就好像是木偶一般，任张涵摆弄。

直到四十分钟之后，张涵订的奶茶被送过来。奶茶放在桌子上，杨夕月没有立马喝。

张涵接到家里的电话，问她为什么还没有回家。她随便敷衍了几句，便匆匆挂断了电话。

一直坐在床边的杨夕月突然开口："涵涵。"

张涵猛地看向她:"嗯?"

"你回家吧。"

张涵没有说话,不放心她自己一个人在家。

"我没事。真的。"杨夕月朝着张涵笑了笑,尽力扬起嘴角。

"我会好好睡觉,不会做什么,你明天再来找我,好不好?"

"好。"

张涵走后,房间里很安静,安静到只能听见她自己浅浅的呼吸声。

房间里开了一盏灯,灯泡不是很亮,窗户半开着,窗外的风吹进来,窗帘随风微微飘动。

窗边的书桌上摆放着他们的高中毕业合照。她和他没有单独的合照,所以她将这张大合照摆在桌子上,就当是他们两个人的合照了。

杨夕月拖动着疲惫的身体,来到书桌前坐下,看着这张大合照,眼神不受控制地落在他的身上。她下意识伸手,食指贴在照片中他的脸上。

他笑着,微微垂眸,像是在看什么。

照片中的她站在他的前面,她总是有一种错觉,好像他低头看着的人是她。直到现在她才发现,他微微低头垂眸,确实是在看人,但是看的并不是她,而是站在她身边的沈佳。

杨夕月恍然大悟,一下子全都明白了。

脑海中太多的画面浮现,有些二倍速播放,有些则是一帧一帧,清晰地展现在她的眼前。

那天他在操场上和林同说话,说自己喜欢长头发的女生。她一直以为只是单纯的长头发,所以一直不喜欢长头发的她将自己那头短发,花了几年的时间留长,只是为了让自己更加符合他眼中喜欢的人的标准和样子。原来他说喜欢长头发的,是因为沈佳是长头发。

那天他们男生给女生打水,沈佳的那壶水,原来是他打的。如果不是沈佳,他根本就不会答应做这种事情。

那年他换了QQ头像,她一直以为他是随意更换的,现在想一想,沈佳最想去旅游的地方是内蒙古,她想要去骑马,看草原落日。原来他换头像的原因也是沈佳。那个时候的她还呆呆地看着那个头像好久,费尽心思去猜测他换这个头像到底是什么意思。

高三那年,沈佳和其他班男生的事情被全班人知道。还记得那段时间他的心情不大好,甚至有的时候连林同都不搭理,原来他是因为喜欢的女孩子喜欢别人,伤心了。

沈佳说想要考江城大学法学院,没考上,但是他却考上了。原来他和她一样,也只是想要和自己喜欢的人考上同一所学校,考到同一个城市。

那次听他舍友说他大一上学期时经常在周末和小假期的时候看不见人,她一直以为他是家里有什么事情,原来他是去找沈佳了。

那次她和他们江大篮球队几个人一起吃烧烤,那天晚上他喝多了。就在他喝多的前几天,沈佳在朋友圈宣布了恋情,后来他还因为酒精中毒进了医院。原来他喝酒是因为沈佳。

原来,原来是这样……

一切的一切,都是因为沈佳。

那些之前她一直不明白的事情,现在一下子全都想通了。

她一直以为自己和他根本就没有什么共同点,如若是有,那也是很微小的一点。现在突然发现,自己和他有好多的相同点。最突出的,是他们都暗恋着一个不喜欢自己的人,都在暗地里小心翼翼不敢靠近。

回忆就好像是狂风暴雨般袭来,完全不带任何犹豫地,疯狂砸向她,像针尖,像刀锋,刺破皮肤,深入骨血,疼痛的感觉瞬间传遍全身各处。

杨夕月拉开抽屉,里面放着一个长方形的盒子,盒子里有一封没有送出去的信,以及一张一寸照片。

看着这两样东西,杨夕月又哭又笑,眼泪落在信封上,留下淡淡的印记,又怕将信封浸湿,连忙将上面的泪水擦干净。然后她拿着那张一寸照片看了好久,最后连同那张合照一起放了进去。

嗓子好像哑了,她拿起张涵买的那杯奶茶,插上吸管喝了一小口。但仅仅只是喝了一点儿,她就停了下来。

好甜啊,比晚上KTV包厢里的水果甜多了。

明明奶茶是甜的,眼睛却流着泪,像是很苦。

之前一直忍着,是怕其他人看见自己痛苦的样子,但是这个时候房间里面就只剩下了她一个人,无论怎么哭,都没有人会听见,也没有人会在乎。

像是完全不受控制似的,眼泪从眼角流了出来。之前看小说,书中作者写眼泪像是水龙头似的不受控制,杨夕月从来都不信,哪有人流眼泪是那样的。

但是,她现在懂了,那并不是夸张。

杨夕月瘫坐在椅子上,由一开始无声的哭泣,到后来逐渐哭出了声音。

泪水完全糊住了眼睛,视线逐渐模糊。

浑身上下好像哪里都疼,细密的疼痛,阵阵传来,逐渐加剧。

心抽痛着,连呼吸都不顺畅。

她突然感觉到一阵恶心,捂着嘴跑到卫生间,趴在马桶上,明明想吐,却吐不出来。

她扶着马桶干呕了好久,然后像是失去了所有的力气,慢慢滑坐在地上。

一会儿笑，一会儿哭。

笑的是自己，哭的也是自己。

不知道过了多久，甚至已经分不清是白天还是黑夜。

杨夕月几乎一晚上都没有睡，直到张涵早上推开她的房门进来，看见了倚靠在床边的她。

眼眶通红，整个人很憔悴，桌子上放着的那杯奶茶，只是被打开了，看样子没怎么喝。

"我来了。"

这是张涵看见杨夕月说的第一句话。

明明只是很普通的一句话，杨夕月突然很想哭。

她已经哭了一晚上，眼泪都快要流干了，但是当她看见张涵的时候，却又忍不住想要流泪。

忍了这么多年的喜欢，从来都没有告诉过别人，这个时候，她突然想要告诉张涵，告诉自己最好的朋友，除了张涵，她也没有其他人可以诉说。

两个人半躺在床上，杨夕月将头微微靠在张涵的肩膀上，说着自己的故事，而张涵则是安静地听着。

"你还记不记得我高中的时候和你说我们班有个数学很厉害的男生？

"那个时候我只提到了他，没有告诉你我喜欢他，也没说他的名字。

"他叫陈淮予，耳东陈，淮水的淮，给予的予。

"你或许不记得了，他之前和我们是同一所初中的。

"他学习很好。

"我从那个时候就喜欢他了。"

初中的时候，喜欢一个人，模糊又朦胧，不懂什么是喜欢。

高中的时候，喜欢一个人，自卑又懦弱，不敢说出口。

大学的时候，喜欢一个人，已知他心意，那句说不出口的喜欢，终是被死死地压在心底。

张涵并不知道，杨夕月喜欢一个人，喜欢了这么长时间。

杨夕月是一个十分执着的人，也可以说是固执，认定的事情很难放弃。不撞南墙不回头，必须得偿所愿，或者头破血流。

"其实他不喜欢你，并不是因为你不好，或许只是你们两个人并非同频共振。你要知道，你很好，只是你们并不合适。"

张涵微微侧头看她，看她的眼泪汇聚在眼角，并没有落下来。她伸出手，试探性地轻轻触碰了一下杨夕月的眼角，一阵湿润感传来："哭吧，没有什么大不了的。"

暗恋就是明知不可为而为之。

暗恋就是偷藏在心底的秘密。

暗恋就是永不见天日的日记。

暗恋就是带着一腔爱意迎去，带着失望归来。

暗恋就是失恋。

没什么大不了的。

后来的那段日子里，杨夕月没怎么和陈淮予联系。

大部分的时候，她都是自己一个人待在家里，张涵偶尔会过来陪陪她。

她在逃避，同时，也是在自愈，她需要一段时间来让自己接受这个已经无法改变的事实。

究竟需要多少时间呢？她也不知道。

陈淮予对于杨夕月来说，其实并不算是火，她也不是飞蛾。他于她来说，像是一道光，一道根本就抓不住的光。

后来她才发现，原来并不是自己抓不住，而是这束光，从始至终都没有属于过她。

无数次的感叹，最后只化成了一声苦笑，一声叹息。

从喜欢他开始，到发现他早就已经心有所属，这段时间太长太长了。如果时间再早一点儿，在她还没有那么喜欢他，没有那么非他不可的时候，让她知道他有喜欢的人，她也不至于这么痛苦。

后来想想，爱情这种东西，痛苦和伤心不应该是常态吗？

只是别人的爱情，有始有终，有笑有哭。而她的爱情，无始有终，无笑有哭。

每一个人的人生都无法复刻，每一个人都有自己的故事和征程。

她都明白的，只是需要一段时间去治愈、去接受。

2020年秋天。在家里待了将近半年的时间，终于要开学了。杨夕月还是自己打车去车站，一个行李箱、一个背包，一个人坐着车去了江城。

这次的她，并没有遇见陈淮予。

那年秋天发生了很多事情。

沈佳和她的男朋友分手了。陈淮予喜欢沈佳现在已经不是秘密，林同还在国内，他的消息向来灵通，第一时间便得知了沈佳分手的消息。

听说是因为沈佳的男朋友想要出国深造，但是沈佳不想陪着他一起去。两个人在彼此未来发展方向的选择上出现了矛盾。

这件事情杨夕月知道了，她想，陈淮予也一定会知道吧，林同一定会告诉他的。

那年秋天,刘静雨坐了很长时间的车去找庞翰文,庞翰文在西北,她计划了很久,想要去见他。他们两个人已经很长时间没有见面了,她太想他了。他不能来见她,那她便去见他。

刘静雨所在的城市距离西北很远,没有直达的车,先要坐高铁,然后再换火车,中途换乘时间长,距离远,全程需要的时间更长。火车上人很多很乱,刘静雨好不容易抢到了一个下铺的软卧,却在车上的时候将下铺让给了一个带着孩子的阿姨。

路途二十几个小时,只为了去见他,和他待了不到一天的时间。

刘静雨是勇敢的人,勇敢人的爱情是不怕失败的。

张涵和林一帆分分合合,疫情期间她被困在家里,哪里都出不去。因为父母工作的关系,林一帆全家有移居北京的想法,所以他一直都没有回过海城。

两个人聚少离多,缺少沟通,张涵总是将分手这两个字挂在嘴边。

但是说了很多次分手,最后还是和好了,毕竟喜欢了这么久,谁都不想要这么轻易就分开。

这次分手过后的和好,是林一帆主动的,他从北京到北城去找张涵。张涵太喜欢林一帆了,只要他一主动,她就会立马原谅他。

林同一直在国内,没有回学校。他待在海城,有的时候还时不时来江城玩一玩,一边到处旅游,一边上网课。

日子还是一天天地过,杨夕月没有再和陈淮予见过面,她都是从别人的朋友圈里面看见他,偶尔是林同,或者是何川。

她知道他宿舍所有人都忘记了做老师布置的案例分析作业,周末到图书馆疯狂补作业;她知道他放在楼下的外卖丢了,被何川嘲笑了好久,笑原来他也有这一天;她知道他用不到一天的时间赶出来的作业,被老师表扬了,说他做得很好,而何川的作业却被老师拿出来点名批评。

明明他并不喜欢她。

明明他有喜欢的女生。

明明……

但是,她还是忍不住去看他。

忍不住喜欢他。

那天杨夕月和刘梦琪一起去学校超市买东西。

结账的时候,杨夕月不经意间瞥过收银台后面的那个架子,上面一排放着各种各样的烟,琳琅满目。

突然想起来那个时候一起吃饭,见到他抽烟,那次她看清了烟的样子,淡蓝色的盒子。

他一向是个长情的人。

连烟都是,一抽就是这么多年,一直没有换过。

杨夕月下意识地寻找。

眼神掠过每一排,最后在货架中间偏右的位置,她准确无误地找到了。

淡蓝色的盒子,盒体略扁,盒正面印着一条盘旋的龙。

杨夕月忍不住多看了几眼。

刘梦琪结完账,看见杨夕月看着一个地方出神,她顺着杨夕月的目光看见了那盒烟,不自觉说出口。

"'煊赫门'?"

"什么?"杨夕月被她的声音唤回了思绪。

刘梦琪朝着那盒烟扬了扬下巴:"你看的那个烟,'煊赫门'。"

"你认识?"杨夕月第一次知道了那盒烟的名字。

"认识啊,我男朋友也抽烟,虽然不抽这个,但我也认识点儿。"

说着,刘梦琪看了杨夕月一眼,笑了笑:"你知道这烟什么意思吗？"

杨夕月第一次得知烟还有什么含义，之前只听说过花有花语，她有些好奇："什么？"

"抽烟只抽'煊赫门'，一生只爱一个人。"

一生只爱一个人。

猝不及防得知这个烟的含义，杨夕月兀自笑了。

陈淮予，你真长情。

她眼眶中泛起了泪。

刘梦琪看着杨夕月又哭又笑的，有些疑惑："怎么了？"

"没什么。"

走出超市，外面下雨了。雨不算很大，外面很多人都并没有打伞，漫步在雨幕中。

刘梦琪接到男朋友的电话，问她在哪里，说外面下雨了，他出来接她，将她送回宿舍。

她说好，让他在宿舍里再找一把伞，给杨夕月。

杨夕月拒绝了，自己一个人走进雨幕。

她穿着卫衣和牛仔裤，走在雨中，一点儿都不冷，只是有些凉。她的手心早就已经被沉重的塑料袋勒出了印子，一片通红，但她却没有什么知觉似的，完全感觉不到疼痛。

雨一直下，路灯昏黄，雨幕映在灯光下，整个空间像是存在于雾气中，如梦似幻。雨声像是在说话，像是在嘲笑她，可怜她。

眼中流下的是泪水还是雨水？

杨夕月已经分不清了。

雨下得大了，衣服淋湿了，全都粘在皮肤上，雨水顺着鬓角缓缓流下，身边慢步的人都快步小跑着，没有人在意到雨中哭泣的她。

明明是在往前走，为什么还是会哭呢？

大概是因为她从来都没有被坚定地选择过。

在对待喜欢这件事情上,她不会退而求其次,也不会将就。他有他的坚持,她也有她的坚持,所以,我们从彼此的世界出局了。

其实后来想一想,如果他们两个人,只有一个人能得偿所愿的话,她宁愿那个人是他。

我爱你,所以我希望你能和喜欢的人在一起,幸福开心。

只是可惜。

可惜她这朵名为爱情的花开过,他还没有见过它盛开的样子,甚至是没有结果,便枯萎了。

陈淮予,感到可惜的应该是你。

江城几所大学举办联合辩论赛,决赛在财大举行。

代真是校学生会组织部的副部长,负责这次辩论赛决赛的现场组织工作。

辩论赛接待了几所学校的学生、老师以及评委,幕后人手实在不够,代真把杨夕月和林珊拉来打下手。

他们专业这个学期的课很少,刘梦琪整天陪男朋友,自然是没有时间来帮忙的,只能拉上杨夕月和林珊这两个一如既往单身的大闲人。

林珊被喊去给主持人送台本,留下杨夕月整理名单。她需要对照签到的名单和学生会提供的名单,记录下还没有来的人,进行归类整理。工作很简单轻松,没有什么难度。

简陋的桌子上放着几张名单,杨夕月拉了个凳子坐下,认真比对着名单,连桌子上突然被放了一瓶水都没有发现。

齐文路站在桌子前,看着面前认真工作的女孩,穿着一身简单的白衣黑裤,长发规规矩矩地拢在耳后,微微低头,额角掉落下几绺碎发。

他不忍心打扰她,但是又忍不住去打扰她。

微微弯腰,他伸手轻轻敲了敲桌面。

桌子被敲击之后发出轻微的震动以及响声,杨夕月顺着声音抬头,看见了一双很好看的手,再往上,看见了站在自己面前的人。

齐文路。

杨夕月记得他的名字。

是陈淮予的舍友,之前一起吃过饭。

"你好,还记得我吗?我叫齐文路。"齐文路以为杨夕月不记得他,于是开口试探。

"你好,我记得你。"杨夕月朝着他礼貌地笑了笑。

得到了杨夕月的答案,齐文路松了一口气,笑容腼腆,似乎有些不好意思:"我看你在这里坐了很久了,给你送一瓶水。"

"谢谢。"

"不用谢。"他不自然地摸了摸后脑勺儿,像是在找话题似的,"我是江大辩论队的,来财大参加比赛。"

杨夕月有些意外,她感觉他说起话来温柔又腼腆,不像是辩论队的人。但是转头想一想,如果不是辩论队的,又怎么会出现在这里呢。

江大的辩论队实力很强,如果不出意外,杨夕月预测,他们有很大可能会在这次比赛中获得冠军。

"比赛加油。"

听到了杨夕月的话,齐文路很开心,朝着她笑了笑:"我会加油的。"然后他指了指后面出口的位置,"那我先走了,改天见。"

"改天见。"

因为辩论赛，很巧地，杨夕月竟然一天见过齐文路三次。

然后不知道是什么原因，她加上了齐文路的微信。这是杨夕月拥有的，他第二个舍友的微信。

齐文路的微信和何川的完全不一样，倒是和陈淮予的有些像。他的朋友圈完全没有个人生活的痕迹，全都是转发的某些法律案例，以及头条新闻，偶尔会发一些学习方面的东西。他的头像是一个很火的动漫人物，杨夕月一时间竟然想不起来叫什么，名字是个英文名，字母组合略微有些凌乱，她不知道是什么意思。

这次辩论比赛，不出所料，江大夺冠。

在后来的那些日子里，齐文路偶尔会在微信上和她聊天，但每次都是他主动，说着一些两个人都比较熟悉的话题。

一个在朋友圈里从来都不分享生活的人，却几乎每天都在和她分享他生活的细枝末节。

杨夕月一开始还认真地回复，后来时间长了，她也渐渐发现了齐文路的意思。杨夕月并不笨，她能够感觉到齐文路对她的不一般。不过她已经没有心力去和另一个男生聊天了，抑或是，发展一段新的关系。更何况，他还是陈淮予的舍友。

后来他给她发消息，她经常当作没有看见，也不再第一时间回复他，有的时候他说三句，她回一句，但他又能回三句。

但她还是每天都能收到他的消息。

他做事有分寸，即使是每天发消息，也没有过分的逾矩。两个人之间的关系一直保持在朋友的程度上。

杨夕月不怎么会聊天，大多都是他做引导。

明明不是一个学校的，除了上次辩论赛，两人也没有再单独见过面，但是因为经常聊天，齐文路的存在感特别强。

那天杨夕月久违地接到了刘静雨的电话，刚刚接通电话，就听见了电话那边的哭声。

杨夕月问了刘静雨怎么了、现在在哪里，但她一句话都没有说，一直在不停地哭。

等刘静雨哭完了，才哽咽着声音和杨夕月说话。

第一句话便是——

"我和他分手了。"

听见这句话的瞬间，杨夕月是不信的。真心爱过的人，是不会这么轻易说分手的。刘静雨和庞翰文都不是这么草率的人。

开学之后，刘静雨和庞翰文第一次有了很大的争吵，刘静雨给他发了很多的短信，但是庞翰文回复的，只有"嗯""好""再说"。

本来异地恋就已经很难了，更何况现在两个人的感情之上还叠加了另一份责任。

这就意味着他们两个人一天说话的时间，也不过几分钟，有的时候甚至连一分钟都没有。她完全联系不上他，只有他主动联系她的时候，她才能听见他的声音。

杨夕月觉得，他们不会就这么结束。

十一月初，学生大批大批地拥出校门。

然后很巧地，杨夕月在地铁站口碰见了齐文路，以及他身边的陈淮予。

他们和她大概隔着一条路的距离。

路上一辆车接着一辆车经过，不停地将她的视线割裂开来。路对面很多人在等红灯，当然，也包括他们。

首先发现她的，是齐文路。

看见她之后，他十分激动地朝着她招了招手。

杨夕月戴着口罩,所以他们不会看见她口罩下面的表情。她在看见陈淮予的第一眼,嘴角下意识地微微上扬,像是条件反射似的,因为这样的表情,她已经做过无数遍了。

意识到这点,她微微扬起的嘴角猛地僵住,有些僵硬地抬手,礼貌性地朝着他们招了招手。

正好是下午的时候,阳光明媚,温度适宜,风也很舒服。看着马路对面的陈淮予,杨夕月脑海中全都是高中三年的点点滴滴。

高中三年,做不完的试卷,期待已久的下课铃,午后的昏昏欲睡,被子里面的手机,偷偷传递的字条,以及坐在她侧前方的他。

喜欢他,原来这么长时间了。

直到现在,明确了他的心意,明知自己永远都不可能走到他的身边,再次看见他的时候,这个心里,还是喜欢啊。

无论他喜欢的是谁,都无法阻止她喜欢他。

即使是单方面的喜欢,在她这里,也是她最珍贵的、只有一次的青春。

红灯灭了,绿灯亮起。

他们顺着人流,从对面走过来。

"好巧,坐地铁?"

"嗯。"

杨夕月漫不经心地回答,视线不自觉转移到了地铁口卖花的摊位上,是一个年纪稍大的阿姨,编织的小筐子里面装了很多已经包装好的花,她的视线落在了自己喜欢的白色洋桔梗上。

齐文路捕捉到杨夕月的视线落点处,好奇地问道:"你喜欢洋桔梗?"

"嗯。"

他们坐的是三号线,她坐的是四号线。车不一样,目的地也不一样。

站在站台上,杨夕月回头看着对面那逐渐远去的列车,浓浓的无力感扑面而来,说不出来是什么感觉,就是很累,很累很累。

如果问她,放弃一个不喜欢自己的人,真的很难吗?

她会怎么回答呢?

她会回答:

很难。

很难很难。

像是:轻舟难过万重山。

第九章
是我输了，输得彻底

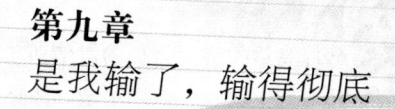

● 2020.12.24
是我输了，我认输。

● 2021.04.12
即使结局不好，我也不后悔认识你。

● 2021.04.25
看，连看个日出，我都能想起你。

● 2021.12.01
我给自己找了很多个忘记你的理由，但是没有一个能被我接受。

可是你没有

这年冬天,杨夕月突然收到了何川的微信消息。

自从加了何川的微信之后,这还是他第一次给她发消息。收到消息的时候,杨夕月正好在考试,没来得及回复。等看见的时候,她同时也收到了陈淮予的消息。

仔细看一看他们两个人发的内容,她很快便明白了是什么意思。

他们两人说的无非一件事情:齐文路喜欢她,想要约她吃饭。

或许是他自己不好意思亲自和她说,让何川和陈淮予来探一探她的意思。

杨夕月是有那么一些难以接受的,自己喜欢的男孩子,要将她介绍给别人。

心就像是针扎般,细细密密地疼。那针慢慢扎进了她的心里,拔不出来,时不时就会隐隐作痛。

分别回复之后,杨夕月点开了和齐文路的对话框。

大多是他发的消息,而她只是淡淡地、略有些敷衍地回应。

想了想,她给他发了消息。

Yang:何川和陈淮予给我发的消息我收到了。

Yang:我其实很早之前就想要和你说清楚,只是一直都没有找到合适的机会。

Yang：我目前没有谈恋爱的打算，也不准备发展一段感情。

Yang：你是一个很好很好的人，人生很长，世界很大，人的一生中会遇见很多人，也不一定是非谁不可，总有一天，你会遇见一个你很喜欢，同时也很喜欢你的人。

Yang：所以，抱歉。

发完最后一句话，杨夕月突然发觉，原来拒绝一个人是这么简单的事情。

如果时间倒流，在很早之前，能将自己的心意告诉他，即使是被拒绝，那她现在大概也不会这么痛苦。

可是，人生哪有重来的机会。

拒绝齐文路之后，两人没再联系，杨夕月的生活好像恢复了平静。其实他们两个人之间的联系本就算不上很多，之前一个学期，也就能恰巧碰见几次而已，现在更少了。

杨夕月还是按部就班地学习、生活，偶尔在晚上的时候，看一下陈淮予的朋友圈。他还是一如既往，不怎么分享生活，偶尔能从林同那个一天发好几次的朋友圈里面看见他的点赞。

那天，他突然找她。

收到他的消息，她是惊讶的，惊讶之余，还有一丝丝的疑惑，因为她不明白他找她还会有什么事情。毕竟他们两个人之间，无论是学习还是生活，完全没有任何的重合，交集实在是算不上太多。

喜欢归喜欢，她还是有自知之明的。

去赴约之前老师临时找杨夕月有事，耽误了十几分钟的时间，来到约定地点的时候，已经有些晚了。

天气有些不好，天气预报说有小雪，也不知道什么时候下。

两个人约在一家火锅店，是他们之前一起吃过的一家。

走进火锅店，老板似乎还认得杨夕月："来了啊。"像是老朋友一样和她打着招呼。

"嗯。"杨夕月朝老板笑了笑。

老板伸手，指了指角落屏风后面的位置："你男朋友来了有一会儿了，快过去吧。"

杨夕月听见老板的这个称呼，愣了一下。

如若是之前，陌生人这样说，她都是不回答的，这次却不一样："他不是我男朋友。"

老板有些惊讶。他也是过来人，之前追自己喜欢的女孩子，看向人家姑娘的眼神和杨夕月看陈淮予的眼神一模一样，明显就是看自己喜欢人的眼神："那应该是我误会了，我还以为你们两个人是男女朋友。"

"不是。"杨夕月笑着重复了一遍。

老板似乎有些尴尬，看着杨夕月礼貌地笑了笑，没有再多说什么，转身去了后厨那边。

杨夕月没有生气，也没有难过。

她觉得，自己已经够难过了，老板的这一句话，对于她的杀伤力已经不大了。

她不会是他的女朋友，不会，且一直如此。

这是她必须接受的事实。

本以为陈淮予有什么很重要的事情要和她说，等杨夕月坐在他面前的时候，才知道了他找她的目的。

或许是知道了她拒绝了齐文路的事情，作为中间人的他想和她说声抱歉。

他和她说抱歉如此唐突地介绍对象给她，对她造成了困扰，希望她能原谅他。

她说没关系。

知道她没有生气,他倒放松了下来,身体微微靠着椅背,两个人面对着面,像是老朋友一样,说着话:"其实我觉得他挺好的,真的不错,人品好,学习好。

"不过印象中你好像从没谈过恋爱,难道是像我一样?"

她知道了他那个已经不算是秘密的秘密,两个人话说得更加开了,也没什么顾及。

杨夕月知道他说的是什么意思,她摇了摇头。

火锅店不算安静,屏风另一边那桌的人在说话,声音有些大,隐隐约约能传到他们这边。两个人除了吃饭,其他的交流并不多。

他像是想说什么,犹豫了很久,也没开口。直到吃到最后,他放下手中的筷子,漫不经心地调整了一下坐姿,看向坐在对面的她:"其实我曾经问过她,那次篮球赛,为什么要给我送水?"

他突然的一句话,完全将她搞蒙了。

他什么意思?

不过下一句话,她便明白了过来,他说——

"如果问我是什么时候喜欢上她的,大概就是那次,她顶着大太阳,给我送水的时候吧。

"那个时候我就觉得,竟然会有人当着这么多人的面给我送水。

"毕竟高中那种环境,是吧。"

似乎是想到了什么,他轻笑一声:"有的时候喜欢就是这么莫名其妙,也没想到,一喜欢,就喜欢了这么多年。"

如果他不说,她大概永远都不会知道,他是为什么会喜欢上那个人的。喜欢上一个人的原因,有太多种了,或许只是因为那小小的一瓶水,就足以让少年心动。

这一心动啊，就是这么多年。

往事历历在目，陈淮予轻笑一声，似是自嘲一般。

"她那个人啊，对于自己不喜欢的人是真的绝情，也是真的不留余地。

"不喜欢就是不喜欢，拒绝我的时候，特别干脆。

"她说那天的那瓶水是你让她送的。"

他看着她，眼神一如既往，不带任何感情色彩，唯独有的，大概只是那么一点点儿的好奇？隐约还带着一些打探般的意味。

可能是吧。

她只看出了这些。

她低下头，看着面前的鸳鸯锅，番茄锅的位置被转到了她这边。

看，他一直都是这样，细节又体贴。

可是，那又能怎么样呢？

他不喜欢她。

"那个时候啊……"杨夕月佯装镇定，装作回忆一般，缓缓开口，"好像那个时候我看我们班拿过去的水快喝完了，毕竟你们是给咱们班比赛，我手中正好有一瓶没喝过的，就让她给你们送过去了。篮球场上人太多，我又不想要让别人围观。"

她用的是"你们"这个词，而并非是"你"。

完全打断了他更进一步的猜想。

"哎，说真的。"她难得地表情认真起来，看着他，"如果啊，我是说如果，如果那天给你送水的人是我，你是不是就不会喜欢上她，反而喜欢上我？"

她语气轻松，就好像是说着玩一样。

"我也不知道。"他说。

隐秘的不甘心越来越浓重，他的每一句话都重重地砸在她的心上，心像碎了一般疼痛，杨夕月强忍着不适，扬起嘴角。

"刚刚我进来的时候，老板问我是不是你的女朋友。

"哎，说真的，要是我向你表白，你会不会答应？"

像是破罐子破摔似的，她这样问出口。

陈淮予似乎没有想到杨夕月会这样问，第一次遇见这样的问题，他微微顿了顿，片刻才缓缓开口："我们不是朋友吗？"

杨夕月隐藏在桌下的手早就紧紧地攥在了一起，像是用尽了全身的力气，指甲深深陷进肉里，力气大到骨节都泛了白。

她微微垂眸，不敢看他："是啊，就是有些好奇。"

"杨夕月。"他突然严肃且认真地喊了她的名字。

"嗯？"她抬眸看他。

她看见了他的眼睛，却看不出任何的情绪，依旧平平淡淡，不起任何的波澜。他面对着她的时候，从始至终，一直如此。

他说："如果心里能同时装下两个人，那也不能称之为真正的喜欢了。"

听见他的话，杨夕月紧握着的手突然松开了，手心通红，她轻轻叹了一口气："我知道。"

他低头笑了笑，没有说话。

"我只是开玩笑的哦，你不是我喜欢的类型。"她强调道，是说给他听的，也是说给自己听的。

"你才不是我喜欢的类型。"她重复。

"那你喜欢什么样子的？"他似乎是有些好奇，毕竟一直没见她交男朋友。

他问了，她便回答了："善良，乐于助人，学习好，有恒心有毅力，最重要的是要专一。"

他听见这样的回答，有些想笑，这种敷衍的回答，他还是第一次听到:"你这也太笼统了,具体一点儿,长什么样的?"

两个人面对面坐着,她倚靠在沙发上,看着对面的他,沉默片刻,顿了顿。

"不告诉你。"

她笑了笑。

"我要自己找到他,或者等着他来找我。

"你给我找没用,那不是我想要的。"

"行,你自己找。"突然被她的固执和坚持给逗笑了,陈淮予说,"到时候找到了可以领过来给我看看,给你把把关。"

"好。"

后来便是长久的沉默,火锅里的汤已经烧得快要干了。服务生想要给加些汤,被他制止了。两个人已经吃得差不多了,可以结束了。

分开的时候,是杨夕月先离开的,之前很多时候,都是她看着他离开的背影,但是这一次,她不想再这样了。

后来过了很长时间,她依旧记得当时的场景,两人之间有一段漫长的沉默,不知道究竟过了多久,她突然笑了。

她其实想要和他说很多,她想要告诉他,她初中就喜欢他了。

告诉他在高中文理分班的时候,选择文科是因为他。

告诉他这些年来,她看得最多的,就是他的背影。

告诉他其实他帮过她很多次,那次黑板是他帮她擦的。

告诉他那款他常用的洗衣液,她找了好久才找到,而且一直在用。

告诉他那次运动会,那个加油稿是她写给他的。

告诉他其实他的联系方式,是她费尽心思才得到的。

告诉他那根狗尾巴草是她放在他桌子上的。

告诉他狗尾巴草的含义是暗恋。

告诉他自己曾经偷偷跟随过他，和他买过同一个复习资料。

告诉他自己曾经为他写了一封情书。

告诉他那瓶水其实是她想要送给他的。

告诉他自己写过无数遍他的名字。

告诉他自己那么努力学习，就只是想要和他考上同一个城市。

告诉他自己其实不喜欢吃辣。

告诉他自己其实不喜欢喝汽水。

告诉他自己真的喜欢了他好久好久了。

但是她没有。

是否告诉他自己喜欢他，已经没有什么必要了，抑或说没有什么意义了。她所有的喜欢，都表现在每次看着他的眼神中。

她已经对他说过无数次喜欢了。

嘴巴不说出来，是因为明知不可能，说出来只会徒增他的烦恼，眼睛说出来，就已经足够了。

即使是试探，他的态度，也已经很明显了。

人生永远不可能会重来，这个她是知道的。

所以，无论午夜梦回多少次，在心中建设过多少次，如果那天是她给他送的水，那会是什么结果？

可无论如何，结果是不会变的。

他不喜欢她。

这是事实。

不喜欢的人无论重来多少次，都不会喜欢。

是永远也改变不了的事实。

那天她不知道是怎么回到宿舍的，隐约只是记得，出租车上司机师傅放着的歌曲——

> 他不爱我,
> 说话的时候不认真,
> 沉默的时候又太用心。
> 我知道他不爱我,
> 他的眼神说出他的心。

回到宿舍,关上门的那一瞬间,所有的情绪就好像控制不住了似的,全部涌了出来。

杨夕月靠在门上,双手完全失去了力气,手中拎着的包滑落下去。包落在地上,金属包链和地面碰撞,哗啦作响。

她双手捂着脸,身体贴着门,缓缓地蹲下去。

像是快要死了,身体所有的机能都失去了反应,连呼吸都变得困难。

其实还不如不告诉她,她以为自己能够释怀的,但是现在她知道了原因,突然觉得上天给她开了一个很大的玩笑。

原来一切故事的开始,只是因为那么一瓶简单的水。

如果当年那瓶水是她送给陈淮予的,那么陈淮予喜欢的人,会不会是她?

这个时候的杨夕月其实并没有预料到,这个问题在后来太长的时间里,一直困扰着她。成为她夜深人静,梦中惊醒之后辗转难眠的原因,就像是一个梦魇,永远折磨着她,摆脱不掉。

杨夕月一直想要的,是专一的、深情的、非黑即白的感情。

她是一个对待感情太过于执着的人。

她知道陈淮予不喜欢她。

所以她永远都不会告诉陈淮予,她喜欢他,喜欢了太多年了。

一个人的痛苦，好过两个人的困扰。

失去最爱的人是什么感觉，大概就是，笑着笑着就哭了。

林珊第一次见到这样的杨夕月，她慌了神，拉着她的胳膊问她怎么了？自从认识杨夕月，就没有见到她掉过眼泪。一向无比坚强的女孩子，现在却蹲在地上泣不成声。

杨夕月一边哭一边笑，嘴里咕哝着："为什么……"她抓住林珊的胳膊，"为什么，我真的好喜欢他，好喜欢他。

"我真的喜欢他。

"我好后悔啊！

"为什么？

"我该怎么办？

"怎么办啊……"

那天，杨夕月抓着林珊的胳膊哭了很久很久，终于停下来的时候，她喊了林珊的名字。

"珊珊。"

"嗯？"

"你有剪刀吗？"

林珊不知道杨夕月要做什么，给她拿了过来，犹豫着递给她。

没有想到的是，杨夕月拿起剪刀，抓住自己的一把头发。

她的眼神中完全没有焦距，呆愣般直接剪了下来，非常干脆。咔嚓一声，长发被剪断，掉落在地上。

吓得林珊急忙夺过她手中的剪刀，生怕她做出什么事情，朝她大吼："你干什么啊！"

杨夕月伸手摸了一下自己的碎发，眼泪一滴接着一滴，控制不住地落了下来。

林珊慌张地抱住她，不知道发生了什么，为什么她会这样做，只是安慰似的,轻轻拍着她的后背。

"好了好了,没事了,不哭。我们不哭……"

第二天,林珊便陪着杨夕月去了学校的理发店,将被她剪坏的头发修剪成了齐肩短发。长度和高中时候,她留的那头短发一样。

剪完后,走出理发店,杨夕月突然感觉一阵轻松。头发短了,她留了很多年的头发,原来几剪刀就能剪掉。

想到有句话说:剪掉头发,从头再来。

希望真的,她还能有从头再来的机会。

这几年她过得太累了,做了太多的事情,幻想过无数次他们会不会有一个好的结局,但是世界上哪有那么多的得偿所愿,他不喜欢你就是不喜欢你,没有原因。

要接受你喜欢的人不喜欢你。

这个名为暗恋的赌,是她输了,输得彻底。

就这样吧,她认输了。

那年寒假,很漫长,像是看不到尽头。

往年假期杨夕月都会和张涵一起出去玩,这次却一直待在家里,偶尔陪着张涵或者是刘静雨逛逛街,剩下的时间都是自己一个人,对于其他的事情也提不起兴趣,整个人都很沉闷。

刘静雨自从和庞翰文提了分手,气到直接将电话卡从手机上取了下来。这个只存着他一人号码的专属电话卡,被她扔进抽屉里,没再拿出来。

那次她实在没忍住,将电话卡重新安装了上去,刚刚开机,便"嘀嘀嘀"不停地响起。

是迟到了很久的短信,庞翰文发的。

庞翰文:不分手。

庞翰文：绝对不可能。

庞翰文：我不会分手的。

庞翰文：我错了，宝贝。

庞翰文：宝贝你看见我发的消息了吗？

庞翰文：我看天气预报你那边要降温了，记得多穿衣服，不要总是爱美，天气冷还穿裙子。

庞翰文：今天训练科目我是第一名，成绩是最好的。

庞翰文：今天我们这边下雪了，站岗刚回来，身上落了好厚的一层雪。

庞翰文：元旦和战友一起包了饺子，饺子馅是我做的。人生第一次包饺子，感觉还可以，等回去给你包。

庞翰文：发消息你也不回，宝贝，看见后给我回个消息。

庞翰文：最近不能常看手机了，可能会有几天不能给你发消息。

庞翰文：今天训练擦伤了手，不过一点儿也不疼。

庞翰文：好久没和你说话了。

庞翰文：今天班长退伍了，说要回家结婚。

庞翰文：宝贝，等我退伍回去，我们就结婚。

庞翰文：想你了宝贝。

刘静雨其实在看见他发的第一条消息时，就已经原谅他了。

其实说到底他什么都没有做错，只是她自己长时间见不到他，有的时候甚至联系不上人，她的情绪有些崩溃了。再加上他那段时间特别冷漠，对她不耐烦，所以她提了分手。

她怎么会想要和他分开呢，他们是要永远在一起的。

这年冬天过得也特别没有年味儿。家里三口人，简单做了点儿年夜饭，也没有什么过多的交流，连春晚也没看，吃完饭各自做自己的事情，就像是很多个普通的日子一样。

像往年一样，杨夕月简单地和几个好友相互道了新年快乐，她还是习惯时不时看一下手机，心中总归有那么一丁点儿的期待。

在稍晚一点儿的时候，她收到了陈淮予的消息，还是和之前一样：新年快乐。

这次的杨夕月和第一次收到他新年快乐的时候已经完全不一样了。那个时候即使后来知道了他的消息是群发的，依旧很开心，最起码他还记得她的存在。

但是这次看见这四个字，她竟然会想，他在这个时候给沈佳发的，会是什么呢？也是简单的四个字吗？她不清楚，只有一点可以肯定的是，他发给喜欢的人，绝对不是群发。

喜欢的人和不喜欢的人，区别是很明显的。

她拿着手机，站在床边看了好久，最后笑了笑，还是忍不住回复了他：新年快乐。

爱对人，真的是一件很重要的事情。

有的时候杨夕月甚至会产生一种不正常的想法。沈佳不喜欢他，是他的报应吗？是他不喜欢自己的报应吗？

可是，他又有什么错呢？

只不过他和她都喜欢上了一个不喜欢自己的人罢了。

她的青春故事里有他，但是他的青春故事里却没有她。

2021年春天，大三下学期。

时间过得很快，眼看着大学已经过了四分之三的时间。在不久的以后，他们也会像学长学姐一样，离开学校，奔向各自的前途。

在一个活动中，杨夕月再次遇见了齐文路。

很巧，想要遇见的人遇不见，不想见的人，偏偏就遇见了。

他像是完全没有被上次她的拒绝影响到，看见她的时候，依旧笑着朝她走过来，和她打招呼。

他穿着一身正装，简单的黑白西装穿在他的身上，很稳重，但又丝毫没有感到过分正式。他没有打领带，领口微微敞着，露出了白皙的脖颈。

黑色的头发不长也不短，脸上架着一副眼镜，他应该是不近视的，大概是参加活动的需要。

他朝着她笑的时候，镜片下面的眼睛微微眯起，很好看。

倒是她有一些别扭，毕竟站在面前的是自己拒绝过的男孩子，总不可能当作什么事情都没有发生过。

虽说往事如风，但也不是那么快就能忘记的。

活动结束之后，齐文路主动邀请她一起吃饭。他很热情，也很有礼貌，让人难以拒绝。

她没有拒绝，也找不到什么拒绝的理由了，再推托下去，就显得她太拘谨了。

齐文路选了一家港式餐厅，点的菜全都是清淡的口味。

他已经脱下了外套，白衬衣袖口的扣子被解开，向上挽了几道，露出劲瘦的小臂。他没有动筷子，而是微微抬头看着坐在对面的她，看向她的眼神还是一如既往的温柔礼貌："我觉得你应该会喜欢这家餐厅。"

杨夕月有些不解，疑惑地看向他。

他看见她投来疑惑的眼神，缓缓开口解释："之前我们一起吃过几次饭，每一次你都吃得不是很多，即使是吃，也是挑着那些清淡口的东西吃，你应该是比较喜欢清淡的食物。"

他说话的语速并不是很快，像是轻声诉说似的娓娓道来。

他说得完全没错。

这件事情她从来都没有和别人说过，了解她的饮食习惯的，除了家里的人，也就只有张涵。她在学校的时候和别人吃饭，大多不会提出自己的意见。

重口味的食物她并不是不能吃，只是不大喜欢，家里吃饭清淡，她也跟着养成了清淡的习惯。后来喜欢陈淮予，总是模仿着他吃饭的习惯，不知不觉中，自己好像也可以接受那些重口的食物。

他喜欢吃辣，她也学着去吃辣，后来自己也喜欢上了吃辣。虽然吃辣总是会胃疼，但是还是忍不住，想到他，想到他的各种习惯，都会不自觉去模仿。

杨夕月的沉默，在齐文路看来，就已经是默认了。

喜欢的女孩子还没有听到自己的表白，总是有些不甘心的，总觉得自己还有机会，便将她约了出来。即使明知道她不会答应，还是想要向她诉说一下自己的心意。

"月亮。"

他突然喊她的小名，她没反应过来，吓了一跳。

他没想到她会有这么大的反应，笑了笑："别担心，我不是要说什么，之前听何川这样喊你，我也这样喊了，可以吗？"

"可以的。"她点了点头。

他想说些什么，但又不知道应该怎么说，无奈地叹了一口气。在自己喜欢的女孩子面前，他总是畏畏缩缩，小心翼翼。

"其实第一次从何川的口中听到你的名字，我没怎么记住，那个时候我一心都扑在学习上。

"后来见过你几次，也不知道是什么时候心动的，就是莫名其妙地，喜欢上了。

"我这个人嘴笨，也不会说什么很好听的话。

"我知道你的意思，今天我和你说喜欢，只是不想自己遗憾，你也不需要有什么负担。

"去年那件事情是我做事太唐突了,我要向你道歉。

"追一个女孩子不应该这么草率,是我的问题。"

"不——"杨夕月连忙开口。

他完全没有什么问题,他很好,她也没有生气,是她自己的问题。

话还没来得及说完,就被对面的齐文路给打断了,他说话很温柔,带着些许安抚的意思:"我一直觉得女孩子就应该昂首挺胸,大步向前,不要为了感情的事情滞留不前。

"我喜欢的女孩子,我不希望她被感情困扰。"

他说话的时候,眼睛看着她在笑,他的笑容里面包含了太多的东西。

安慰,鼓励,欣赏,喜欢。

这些她都能在他的眼中看到。

可是他的下一句话,却让她瞬间慌了神。

"喜欢一个人的眼神,是隐藏不住的。"

他每次看向她的时候,都能够看见,她看向别人的眼神。

杨夕月突然有些心慌,就好像自己的秘密被别人窥探了一般,手足无措,她完全没有想到会被齐文路发现。

不需要他明确说出来,她已经足够清楚。

那么,别的人会不会也像他一样看出来了?

他没有再说什么,相反则是说了一句毫不相关的话——

"月亮不知道她的恬静皎洁,甚至不知道自己是月亮。"

在一个不喜欢你的人眼里,你不存在任何的样子,你可以是任何样子,对他来说并不是那么重要。只有在一个喜欢你的人眼里,看见的才是你最好的样子。

但是杨夕月做不到退而求其次。这对齐文路是不公平的,对于她自己也是不负责任的。

有段时间听歌,有句歌词是这样唱的——

你问我为什么顽固而专一,
天下太大总有人比你更合适,
其实我觉得这样不值,
可没选择方式,
你一出场别人都显得不过如此。

纵使不值得,但是我知道,那段喜欢你的日子,是我最美好的青春,而你,是我枯燥单调青春里,唯一的亮色。

陈淮予,即使结局不好,我也不后悔认识你。

后来杨夕月见过陈淮予一次。

四月底,杨夕月参加一个考试,考点设置在江大,她跟着同样参加考试的同伴一起来到江大。

江大的占地面积很大,他们参加考试的地点在江大艺术学院的教学楼里。

来之前她看过江大的地图,艺术学院和法学院之间的距离很远,如果不出什么意外,应该不会遇见他。

从踏进江大的门口开始,杨夕月心中就一直安静不下来,怕遇见他,但是又想要遇见他。可是见面之后,又不知道应该说什么。她想,她估计会说不出话来吧。

考试结束,拿到手机,杨夕月看见了同伴给她发的消息,说遇见了朋友,不等她,先走了。顺便还告诉她,外面下雨了。

这场大雨突如其来。

透过大门的玻璃看向外面,整个空间好像被巨大的雨幕笼罩着。尽管大厅声音嘈杂,外面的雨声依旧清晰可闻。

杨夕月没有伞,哪里都去不了,只能随着人群,在大厅里躲雨。

大厅里面那为数不多的椅子早就已经让人坐满了,她找了一个人少的角落,时不时低头看一眼时间,再看向外面的雨,等待着雨停。

就在她看完时间,抬头看向室外的时候,发现了站在不远处的陈淮予。

本来在发现他的时候,她想着马上低下头,当作没有看见他的样子,现在的她,好像只要和他说一句话,都会哭出来。看见他,就会想到自己那无疾而终的暗恋。

本来已经准备逃避的她,突然看见他朝着自己走了过来。

她太熟悉他了,她了解他的一切。她根本不用猜,就知道他一定是朝着自己走过来的。即使只是匆匆一瞥,她也能捕捉到他看向自己的眼神。

在她发现他的同时,他也发现了她。

她根本就无处可逃。

就好像是太多的东西,都并不是她所能选择的,那些硬生生地、残忍地展现在她面前的现实,都是为了证明一件事,他不会喜欢她。

他穿着一件黑色的薄外套,部分衣料颜色深深浅浅,微微有些被淋湿了的感觉。他朝着她走过来的时候,还是和之前看向她的表情一样,没有丝毫的改变。

依旧没有任何的感情。

你看,他能用那么多年的时间来喜欢一个人,他并非无情。只是他的有情,用在了另一个人的身上,即使那个人并不喜欢他。他像她喜欢着他一样,喜欢着另一个人。

但是,他们两个人之间唯一的区别就是,他勇敢地说出来了,不后悔，没有遗憾，他可以接受不能和喜欢的人做朋友这个结果。但是她不可以，她不想要最后，他们连朋友都做不成。

在靠近你和远离你这两个选项中，我选择了靠近你，以朋友的身份。

"杨夕月。"他在她的面前站定，两个人隔着一米的距离，他看着她，喊着她的名字。

"你也在这儿？"她勉强地扯了扯嘴角，扬起了一丝笑容，幸好现在她戴着口罩，所以他看不见她口罩下面的表情，低落，狰狞，不堪。

"我经过这边，下雨了，来这里躲雨。"他看了一眼大厅摆放的牌子和公告，立马就明白了她来这里的原因，"来考试？"

"嗯。"

看见他头发上沾着水珠，想来应该是在外面淋到了雨，杨夕月从随身携带的包里面拿出一包纸巾，清淡的浅绿色包装。她准备递过去的动作顿了顿，突然想起了高中时，他们在路上遇见，她看见了他额头上的汗水，跑去小卖部买了一包纸巾。

一模一样，她当年买的那包纸巾，也和现在这个一模一样。

当年她没有送出去的纸巾，现在送出去了，但是，心境却完全不一样了。

杨夕月将手中的纸巾递给他："你淋湿了，擦擦吧，要不然感冒了。"

他接过："谢谢。"

陈淮予简单地擦了下脸侧的雨水，看了她一眼，她正侧头看着外面的雨。

"剪头发了？"他注意到了她的齐肩短发。

"嗯。"

杨夕月微微抬头看他，即使从他的脸上看不出任何其他表情，但是在这一刻，她突然觉得痛快。多少年了，她因为他的一句话，留了多少年的长头发了。她的发质并不好,头发留到一定的长度,发尾总是会分叉,但是每每到了必须要剪掉一段的时候,却总是舍不得,即使是只剪掉一点儿,也会心疼。

她是一个嫌麻烦的人,却一直留着长发,只是因为他喜欢长头发的女生。

后来知道了此长发非彼长发的时候,她剪掉了头发。

她突然喊他的名字:"陈淮予。"

他看向她:"嗯?"

她问:"我短头发好看吗?"

他没有什么犹豫,回答:"好看。"

看,他并不是因为她留了长头发而喜欢她,也不会因为她剪了短头发而讨厌她,她的所有行为,都不会引起他任何的情绪反应,因为她不是他在意的人,所以,她无论是什么样子的,都与他无关。

她笑了笑:"有件事我很好奇。"

"什么?"

"就是我们高中的时候明明不熟,为什么后来那次在地铁口,你主动和我打招呼?"她缓缓抬眸看他。

"是……"

"因为她吗?"

他笑了笑,没说话。

一直以来,她摸不清他在想什么,她也没有上帝视角,看不见他发生的事情。只能从别人的口中,得知那么一星半点儿的,他喜欢另一个女孩子的事情。

他不说话,她也没有再问。

不知不觉中,雨停了,她准备离开这里。

可是刚刚走了几步,她便回了头。

219

"陈淮予——"

她看向他,看着这个她喜欢了这么多年的男孩子,突然笑了。

"我们,算是朋友吗?"

他回答:"是。"

她得到了意料之中的答案,笑了笑,转过身不去看他,背对着他,朝着他挥了挥手:"走了。"

杨夕月大步向前,没有回头。

她陪着他走了一路,名为青春的路。

可是现在,他们好像必须分开走了。

杨夕月还记得,那是一个周四的晚上,宿舍里面关了灯,她突然收到了张涵的消息。

很简单的三个字:分手了。

她看着张涵发的这三个字好久,她明白张涵是什么意思,这次是真的分手了,不是开玩笑,不会还有再和好的可能,而是决绝地分手了。

如果只是普通闹脾气,张涵绝对不会发这样的话。

之前她发消息和自己吐槽的时候,总是会直接甩上一个聊天截图,然后便是一连几条的消息,吐槽着林一帆的行为。虽然很生气、难过,但是话语间完全没有分手的意思。

但是这次却没有,只有简单的三个字。

有的时候,只需要三个字。

此时此刻,杨夕月不知道自己应该如何回应,说什么都不合适,只是淡淡地问:你还好吗?

现在的她只是关心张涵是不是很伤心和难过,是不是在哭。她们两个人,一个在江城,一个在北城,发生了什么事情,都没有办法第一时间陪在对方的身边。

张涵回复：我挺好的，没事。

还没来得及给张涵回消息，便接到了她的电话。

电话那边很安静，完全听不到任何抽泣的声音，只有淡淡的呼吸声，以及手机里面传来的微弱的电流声。

"喂？"

"月亮。"

"我在。"

"我能去找你吗？"

"好。"

张涵到了江城之后，在财大附近订了酒店。

她到江城北站的时候，杨夕月去接的她。在出站口看见张涵，背着一个托特包，简简单单。突然想起来之前两个人经常利用假期的时间出去玩，有的时候去地方比较远，张涵总是会带一个很大的行李箱，装满了各种东西。

但是后来，在和林一帆谈恋爱的那段时间，她经常一个人坐车去北京找他，路途奔波，行李一再精简，最后就只剩下了一个包。

在酒店，两个人点了外卖，和酒。

张涵那天喝得不算是很多，没有醉，在酒精的作用下，她哭了。

两个人坐在地上，杨夕月听着张涵说话。

"我不知道应该怎么办了，这些年，我太累了，渐渐地，我好像感觉，我们越走越远了，或许，我们从来都没有在一条路上，我们好像走散了。"

高中的时候，最先喜欢上的是张涵，主动表白的也是张涵。高考报志愿，张涵想要和林一帆考上一个学校，但最后还是没能如愿。因为异地恋，张涵经常奔波在北城去北京的路上，每次都是她主动去找他。

一个人主动太多了，得不到回应，也是会累的。

林一帆喜欢张涵吗？

这个问题，张涵确定他对于她的喜欢，是真的。

但是喜欢又能有什么用呢？

他能做的，也就只是这样了。

他喜欢她，却从来不会为了她妥协，没有人能成为他前进路上的绊脚石，包括张涵。

他想要做什么，从来都是以自我为中心，不会考虑她的感受。

他说要出国留学就出国留学，等到这个消息被张涵知道了的时候，他会安慰她，并且给她建议，让她也出国留学，这样就可以避免异国恋的问题。

但是对于张涵来说，她从来都没有出国的打算，现在没有，以后也不会有。

她的家人、朋友都在国内，她不可能为了他抛弃国内的一切跟他出国。这些年来，在他的身边，她已经渐渐失去自我了，她不能允许自己彻底失去自我。

她不会陪着他出国，但是也不会提分手。

异国恋也没有关系，异地恋这几年都过来了，她是可以坚持的。

那次去北京找他，她想要告诉他，自己愿意等他。

但是她看见他和几个同样申请出国留学的同学聊天，她听见了他们的聊天内容。

她躲在屏风后面，背对着他们坐着，听着他向他的同学和朋友说着自己的人生规划，这个时候她突然发现，他的人生规划里面，从来就没有她。

从一开始，到现在。

一直没有。

这段她一直以为是双向奔赴的爱情,最后成为一个笑话。在这段长跑中,她一直在追着他的脚步走,尽管跟不上他,但是她还是用尽了全身的力气,拼命地追赶。

但是后来才发现,她早就已经被他落下了。

他根本就没有回头等她。

突然停下来的她,已经看不见前面的他了。

张涵说着说着,几乎是泣不成声,哽咽着声音,一句话一句话地说。

"明明我们之前还好好的,他很爱我,我也很爱他。

"你知道的,我是真的想要和他永远在一起。

"但是为什么这么难啊?

"我努力过了,真的很努力很努力。

"但是还是没有办法。

"他说再继续下去,就是浪费时间,已经没有任何意义了。

"可是我已经为他浪费了很长的时间了,这些年,我真的一心只为了他。

"他说没意义。"

他一句没意义,残忍地否定了这些年来她所有的付出。

好像终于有了一个单独的空间,有了一个可以倾诉的人,张涵放声痛哭,所有的委屈和不甘全部在此刻释放了出来。

明明是看着张涵在哭,可当看见张涵眼角不停流下的眼泪,不自觉地,杨夕月也跟着哭了出来。

我们都是那么单纯地,想要一段真挚的感情。

这个世界上的路有那么多条,最终我们还是没能和喜欢的人走到一条路上。

凌晨两点,两个人没有睡觉,张涵突然说想要去看日出。

四月的凌晨,温度并不高,两个人没有厚外套,打了个车来到海边,在海风的吹拂下浑身起鸡皮疙瘩。幸好不算是太难熬,她们坐在沙滩上,有一句没一句地聊着天,渐渐忘记了寒冷。

张涵将头轻轻靠在杨夕月肩膀上:"月亮。"

"嗯?"

"我觉得什么都没意义了。"

杨夕月没有看身边的张涵,目光放在无边无际的大海上,深色的海水,翻滚的海浪。

"涵涵,你是幸运的,相比我。

"最起码,你们相爱过。

"你知道吗?如果只是他不喜欢我,我也是能接受的,但是,他有喜欢的人。"

"喜欢的人?"张涵问。

"嗯,高中的时候坐在我前面的一个女孩子,头发很长,很好看。他暗恋那个女孩子,就像我暗恋他一样。"

张涵:"长头发也是为了他留的?"

"嗯,他说他喜欢长头发的女孩子,我就留长了。"

"不喜欢你是他的损失。"

"我也是这样认为。"

天渐渐亮了,海的尽头,海天相接的地方,突然冒出了一点儿红光,朦朦胧胧,然后那光圈越来越大,从海平面露出头来。

日出的光刹那间穿破云层,倾泻而出。

张涵激动地站起来:"月亮!日出!"她喊着杨夕月,拿起手机来拍照片。

天空尽头的那道红光越来越刺眼,杨夕月突然有些愣住了,猛地从沙滩上站起来,站起来的动作有些突然,眼前一黑,不过很快便恢复过来。

她站在张涵的身边，看着海边的日出。

周身仿佛是被光包裹住了，她眼眶突然一热。

2021年夏天，家里搬了新的房子，距离原来的小区不远，小区门口就有公交站点，交通很方便，坐公交车的时候终于不需要跑到旁边社区医院的站点了。

不是43路，是51路。

51路公交车的路线和43路完全不一样，两条路线没有任何相交的站点。

她想，她大概再也不会坐43路公交车了。

如果再坐，也不会遇见陈淮予了。

后来杨夕月去过一次七中，七中的小卖部被拆了，学校的管理变得越来越严格。

一旁的小超市扩大了规模，原来只有一层的超市，现在变成了两层，一层是卖各种零食，二层是卖文具和书籍。二楼的小说的种类，也越来越多了。之前只卖杂志，如果要买整本的实体书，需要提前和老板打招呼，老板在网上购买。

时隔几年再次来到这里，高高的一层书架上放着各种各样的小说。小说售罄的速度很快，每周都需要进新货。

张涵对她说，人没有必要对一段注定没有结果的喜欢表现得难舍难分。没有什么是永恒的，也不是什么东西或者人是你坚持就能得到的，我们不可能什么事情都如愿以偿。

公交车不会永远只坐43路，小卖部不会永远都在，超市里也不会永远只卖一种类型的书，一切都是会变的，无论是人还是事情，我们能够做的，只有接受。

那段时间杨夕月经常吃不下饭，完全没有胃口，经常走神，喊她的时候她也没有反应，身体状况越来越差，失眠，多梦。没过多久，她整个人就瘦了一圈儿。

明明之前还好好的，在学校里面，各种事情占据着她大部分的生活，现在一放假，没有事情做的时候，又无法控制地想起他，想起那段无疾而终的暗恋。每天晚上她都会被噩梦折磨，经常在夜深人静的时候想起他，想起那瓶水，给自己假设出无数的可能。

那段独角戏似的感情好像完全摧毁了她，让她一败涂地，倒在地上，怎么都爬不起来。

后来她去医院做了检查，也看过了心理医生，所幸问题不是很大，只是思虑过重，精神上有些紧张，导致身体出现了一些无法避免的问题。医生给开了些药，拿回去按照医嘱按时服用，并且定期到医院来复查。

杨夕月很努力地想要走出来，不，是她必须努力走出来，重新组合成一个新的自己。所以，她很听医生的话，乖乖吃药，去医院复查。

所有能做的，她都做了。

那段时间，恰好家里的长辈也生病了，她需要经常往返于医院，以至于她一闻到医院里消毒水的味道就想吐。

杨夕月觉得，自己将之后十年的医院都去了，现在对医院熟悉到甚至闭着眼都能找到相应的科室位置。

2021年秋天。

杨夕月放弃了考研，准备找一份工作实习。

明明江城可以找到很好的工作，但是杨夕月还是坚持去了北城，去了一个完全陌生的城市。离开江城，只是想让自己暂时距离他远一点儿,她想要趁着这一段时间,安静下来。

北城那边消息回复很快,让她尽快入职。

她简单收拾了一下行李,拖着一个不大的行李箱,坐上了去往北城的车。

车上人并不是很多,杨夕月坐在靠窗的位置,戴着蓝牙耳机,只戴着右边的耳朵。耳机里面播放着《晴天》,自从那次和他一起坐车回海城,在车上听过这首歌之后,每次坐车,她都会听这一首歌,再也没有换过别的歌曲。

这些年来,她的暗恋什么也没有得到,没有成真,也永远不会成真。这是她的选择,她选择做一个说不出喜欢的哑巴。

他于她,像是战场上回不来的战士,深海中的沉船,断了线追不回来的风筝,像是手中流走的沙,再抓一把,也不会是同样的。

错过的已经错过了,不会重来。

不过她依旧想要感谢他,感谢他出现在她的青春里。她的青春很普通,是他,在她普通的青春里,留下了浓墨重彩的一笔。

回头看看之前的日子,还是感激,感激他出现在她的青春里。

杨夕月在实习的公司附近租了个屋子,房间不大,一室一厅,麻雀虽小但五脏俱全,在她的收拾下,勉强有了点儿生活的样子。

张涵学医也很忙,两个人偶尔见一次面,在一起吃个饭。在陌生的北城,有自己的好朋友陪伴,杨夕月也不觉得困难和孤单。

实习工作内容并不是很难,但是初入社会,很多东西都不懂,只能一边学习,一边完成工作任务,有的时候偶尔会加下班。

自从和网站签约之后,杨夕月也一直没有断了写小说。虽然没有太多人看,评价也褒贬不一,但无论怎么样,她还是坚持下来了。

工作忙碌，再加上每天晚上都要写小说，杨夕月的压力很大，有的时候晚上会失眠，睡不着觉。夜深人静唯一能做的事情，就是看她和他的聊天记录。

甚至有的时候一句话，他都能看好久。

从有他的联系方式到现在，他们两个人的聊天记录，随便一翻便能翻到底。聊天内容单调，客气，偶尔语气轻松一点儿，也不过是以朋友的身份。更何况自从那次他约她见面后，两人就再也没有在微信上聊过天。

而且，好像自从上次去江大考试见过一次之后，两个人就再也没有见过面。

你看，我不主动，你不主动，我们两个人就像是陌生人一样，永远不会有交集。

除了看聊天记录，杨夕月最喜欢的，还是看朋友圈，看林同的，看何川的。因为，他在这两个人的朋友圈里，是出场率是最高的，无论是以文字，还是图片的形式。

有的时候她会和齐文路聊聊天，不过大多还是他主动，和他的聊天还蛮愉快的，两个人之间并没有因为那次见面说的话产生什么改变，依旧像是朋友一般。

实习结束回了海城之后，杨夕月又生病了。这次和上次不一样，她身体里长了一个肿块。好在发现及时，在检查出来之后，很快便入院做了手术。

刚刚做完手术的那两天，刀口特别疼，虽然是微创手术，但是麻药劲儿过去了之后，还是很疼。

医生说术后疼痛是很正常的，第一天给开了止痛药，但是这种东西吃多了不好，就没有再开给她，全靠她自己忍着。

杨夕月晚上整夜睡不着觉，睡不着觉的时候，就忍不住眼泪，或许是因为刀口处那密密麻麻的疼痛感，或许是什么别的原因，她蜷缩在病床上，无声落泪。

头几天熬过去了，便好了一些。母亲工作单位忙，只请了几天假，将已经自己可以照顾自己的杨夕月一个人扔在了医院里。

她经常在深夜的时候到病房的走廊里走一走，转一转，看着走廊上方悬挂着的 LED 显示钟，看着那红色的阿拉伯数字不停地变动，看着时间流逝。

只是个小手术，杨夕月恢复得很好，很快便出了院。术后几次到医院复查，也是自己一个人，有的时候去的时间早了，就坐在医院外面，在急诊大门口的长椅上等着医生上班，看着人来人往，看着救护车一辆接着一辆。

她突然对生命有了不一样的认识，觉得有句话说得真好：珍惜生命，热爱生活。

后来在何川的朋友圈里面见过他，听何川说他要准备考研。她觉得这是意料之中的事情，毕竟他的专业，继续深造才是最好的选择。他们宿舍都是同一个专业的，所有的舍友都选择了考研，她经常看见何川发他们宿舍一起去图书馆学习的照片。

听说齐文路一边准备着考研，一边还有出国留学的打算。

所有的人都在继续规划和准备着自己未来的生活和人生，只有杨夕月一个人，走在海城的街头，漫无目的，看人来人往，不知道自己应该做什么。

她没有选择考研，当初考上江城财经大学，专业是被调剂的，后来也没有转专业。跨专业考研对于杨夕月来说实在是太难了，想考的专业和所学的财经类专业相差甚远。再加上身体不是很好，她便放弃了。

后来想想,如果自己能回到十八岁,她一定会勇敢地做自己想做的,无论是事情,还是人。

第十章
再见,陈淮予

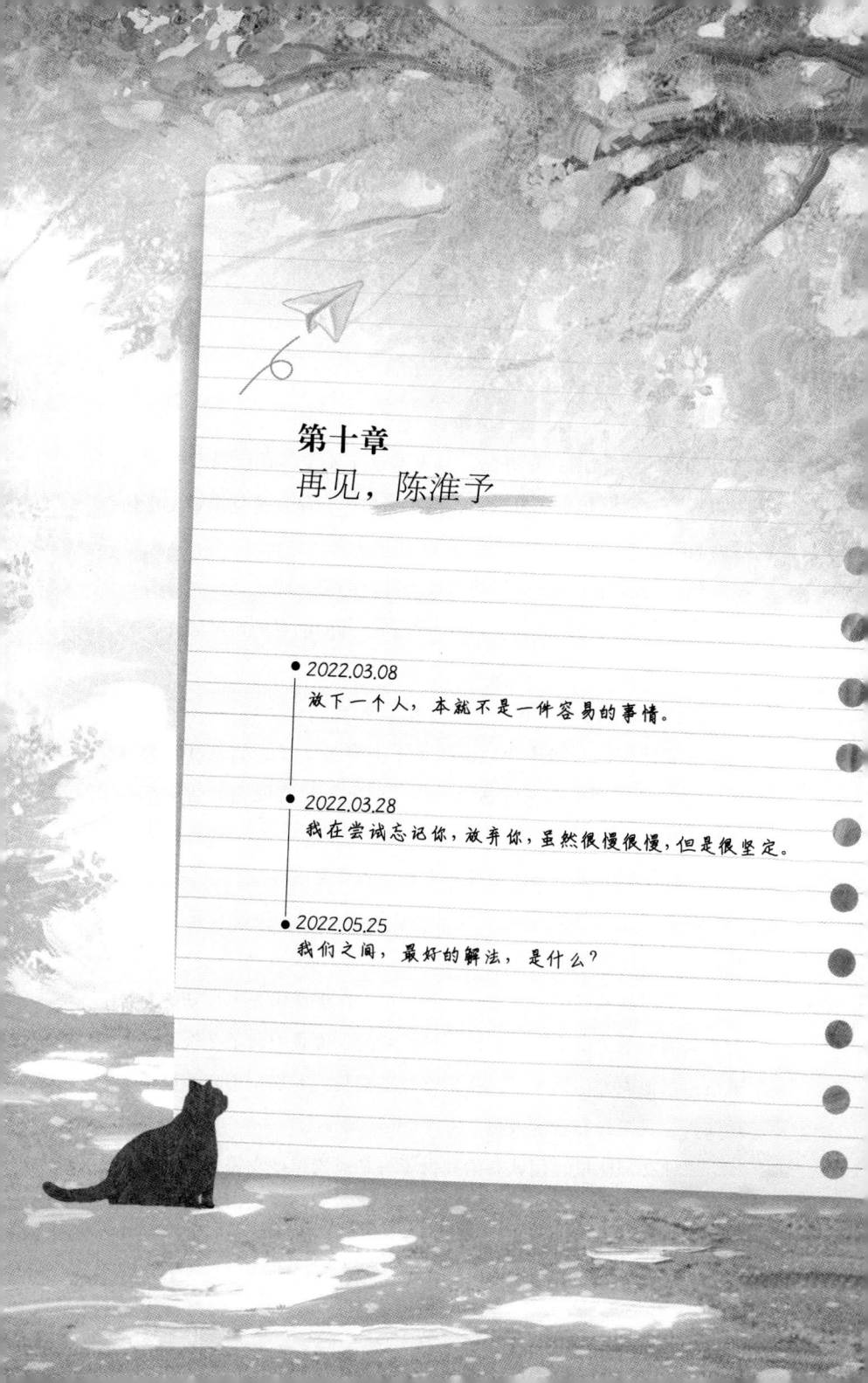

- 2022.03.08
  放下一个人,本就不是一件容易的事情。

- 2022.03.28
  我在尝试忘记你,放弃你,虽然很慢很慢,但是很坚定。

- 2022.05.25
  我们之间,最好的解法,是什么?

可是你没有

2022年，新的一年开始，杨夕月剪了头发，比之前的齐肩短发更短了。这些年来头发留长，然后又剪短，她还是觉得短发更加适合自己。

最后的最后，她还是没能变成他喜欢的那个样子。

这年天气最冷的时候，杨夕月收到了林同消息的连番轰炸，表达的意思就只有一个：庞翰文出事了。

这件事情几乎打了所有人一个措手不及。

刘静雨前段时间还和她说联系不上庞翰文了，他说过两天休假，到时要一直和她视频聊天，将之前那些没有说完的话全都补回来。

但是等到了那天，她却没有收到他的视频。

她只当是部队里临时有什么事情取消休假，他没来得及告诉她，毕竟这样的事情经常发生。

那个时候她们两个人坐在咖啡厅里，沐浴在阳光中，刘静雨穿着新买的衣服，双手托着下巴，笑眯眯的，像是想起了什么开心的事情："他说等他回来了，我们就去见家长，我们结婚，他说他在攒钱，给我买最好看的戒指。

"他在部队里，用铁环给我做了一个戒指，他觉得太丑了，配不上我，就不准备送给我了，说等给我买更好的大钻戒。

"我说我想看,他还不肯。"

杨夕月还清晰地记得刘静雨说这些话时候的表情,是向往,是幸福,是开心。杨夕月看着她的笑容,羡慕极了。

但是没有想到的是,庞翰文真的出事了。

他牺牲了。

杨夕月看到这个消息的时候,一时间没有反应过来。

一个大活人,之前还好好的,怎么说牺牲就牺牲了?

后来她看见了新闻的报道。

> 北部战区陆军某边防旅战士庞翰文,在休假中偶遇歹徒持刀抢劫,为保护人民生命财产安全,第一时间与歹徒搏斗,身中三刀,命中要害,抢救无效后不幸牺牲,年仅二十二岁,追记一等功。

庞翰文还没来得及过自己的二十三岁生日,没来得及和心爱的女孩见一面,生命永远定格在了二十二岁的年纪。

这个消息传来之后,部队第一时间派人将庞翰文的父母接到部队,领儿子回家。

庞翰文是独生子,庞父庞母将自己唯一的儿子好好地送去部队历练。接回来的,却是一盒骨灰。他们甚至连儿子的最后一面都没有见到。

他们不知道自己的儿子是胖了还是瘦了,是不是比上次视频见面的时候黑了,手上的伤有没有恢复。

这些他们都不知道,唯一能拿回来的,就只有儿子的骨灰、一枚一等功的军功章,以及一个信封。

信是给刘静雨的。

收到这个消息的时候,刘静雨晕了过去,再次醒来的时候,她还以为是自己的幻觉,是自己听错了,但是所有的人都告诉她,庞翰文牺牲了,永远都不可能再回来了。

可是那个他们口中已经牺牲的人,前不久还说要回来娶她,给她买戒指,怎么人说没就没了呢。她还要做他的新娘呢,他们是要结婚的。

直到她收到了庞翰文留给她的那封信。

打开信封,里面只有两样东西,一张照片和一枚铁指环。

照片是他们刚在一起时,第一次约会时拍的照片。那个时候两个人才刚刚谈恋爱,还不好意思,连牵个手都会脸红。

那枚铁指环是她的尺寸,不大也不小,正合适。戒指内侧的边缘上歪歪扭扭地刻着两个大写的英文字母:LP。

"LP"是刘静雨和庞翰文名字拼音首字母的大写,还有一个意思,是"老婆"。

那段时间杨夕月怕刘静雨想不开,几乎寸步不离地陪着她,但她却总是笑着对杨夕月说:我没事,别担心。

她是不是真的没事,杨夕月心里很清楚。

那个时候各家媒体纷纷报道,有的甚至跑到了庞翰文父母家里,失去唯一儿子的痛苦已经无以复加,根本就招架不住记者一遍遍的询问和打扰。庞父庞母没有办法,只能躲到了乡下老家。

刘静雨一直都说自己很好,完全不需要人陪,杨夕月拗不过她。在她打开门准备离开的那一刻,刘静雨突然喊住了她:"月亮。"

"嗯?"她转头。

刘静雨面色苍白,那一双清亮的眼,此时此刻早就已经失去了所有的色彩,眼中一片灰暗。她朝着杨夕月笑了笑:"谢谢你。"

杨夕月走出刘静雨家,一直到走出小区,总觉得哪里不对劲儿,但是又找不到缘由。她回头看了一眼五楼的位置，没怎么在意，觉得应该不会有什么事情，坐上公交车准备回家。

但是等到公交车开到七中附近的时候，她突然像是想起了什么似的，回想起刘静雨看着她的眼神，总觉得不放心，有一种不好的预感。

在下一个站点下了车，她准备回去再看看。她还是怕刘静雨自己一个人在家里出什么事情。

当天，刘静雨被发现于家中自杀。她关了所有的门窗，躺在床上，身上穿着白色的裙子，手中戴着那枚庞翰文亲自做的戒指……

彼此深爱的两个人，是不甘心被对方所落下的。

幸好及时发现，送医院抢救，人被救了回来。

杨夕月再次看见刘静雨，是刘静雨出院，她在医院门口接刘静雨。

她整个人瘦了一圈，再次见到杨夕月，她还是朝着杨夕月笑。

恍惚间好像回到了那年，高一开学军训时，刘静雨拍了拍她，递给她纸巾的时候，也是笑着的，但是那个时候，少女的眼神中有光，现在却什么也没有。

刘静雨没有告诉任何人，在被抢救的时候，她见到了庞翰文，他一身军装，像是西北戈壁滩上的小白杨，坚韧挺拔。他站在不远处，她想要靠近，但是被他喊住了，他骂了她，骂她不珍惜自己的生命，要她赶快滚回去，不准去找他。他告诉她要是爱他的话，就好好活着，连带着他那一份。

后来，刘静雨再也没有寻死，而是平静地接受了庞翰文已经离开的事实。

她有朋友，有父母，她不能这么自私。

他让她好好活着。

初春，杨夕月生日，她和张涵找了一家火锅店，简单地吃了个饭，只买了一个很小的生日蛋糕，两个人一人一半，几口就吃完了。

张涵给杨夕月唱了《生日快乐歌》，还在朋友圈发了一张她的照片，祝她生日快乐。

除了张涵，记得她生日的，还有刘静雨和林同，刘静雨给她发了生日祝福，林同则是大张旗鼓地发了条朋友圈：祝我的朋友杨夕月生日快乐！

或许是因为他的朋友圈，她收到了陈淮予的消息：生日快乐。

这是他为数不多的，主动给她发的消息。后来想想，如果不是因为林同的朋友圈，他大概不会知道她的生日是什么时候吧，也不会记得要祝她生日快乐。

她笑了笑，回复：谢谢。

除了陈淮予，还有何川，他应该是从陈淮予那边得知的。

在吃完饭回家的路上，杨夕月接到了一个电话，说她有一个同城派送的单子。

她并没有买东西，再三确认了名字和电话，确定是她的。

谁会给她买东西？

直到在小区门口，杨夕月看见了派送员手中的那束花，是一束白色洋桔梗。

花里夹着一张卡片，卡片上面简单的四个字：生日快乐。

落款是齐文路的名字。

她在海城，他在江城。

他给她买了一束花，一束她喜欢的花。

杨夕月签收之后，回家拍了一张照片发给了他，礼貌道谢：谢谢。

他回复的速度很快,就好像是在等着她似的:听陈哥说你今天生日,打听到了你的地址,记得你喜欢洋桔梗,希望你喜欢。

她回复:谢谢,我很喜欢。

杨夕月其实已经忘记了,有没有和他说过她喜欢白色洋桔梗,但是他却记得。

自从和林一帆分手后,张涵就爱上了喝酒,时常买各种各样的酒,找杨夕月陪她一起喝。

张涵的酒量其实还没有杨夕月好,但无论喝醉多少次,她还是喜欢。

都说借酒消愁,但是这对于张涵来说,似乎没有任何的作用。

那次张涵拎着一袋子的零食和酒来找杨夕月。杨家换了房子,杨夕月的房间比之前大了些,床头放了个两人的沙发,还算是宽敞。

两个人喝着酒,聊着天。

张涵喝了一口酒,突然说了一句话:"哎,月亮,你放下了吗?"

她心情不好的时候总是喜欢戳杨夕月的痛点,现在也不例外。而每每这个时候,杨夕月都会反击回去,两个人互戳痛点,然后抱着哭。

"那你呢?"

杨夕月反问。

"你放下了吗?"

张涵喝了一口闷酒,像是被噎住了似的,并没有回答杨夕月的话。

看着窗外的月亮,杨夕月笑了笑,缓缓地开口:"我不能骗你,没有办法,我还是很喜欢他。"

在夏末初秋离开江城到现在,杨夕月遇见过像陈淮予那样的男孩子，每每那个时候，总是会下意识地看一眼。

但是谁都不能和他比。

他那个人，看着沉默寡言，不怎么说话，其实心思深得很，身上总是带着一股不服输的劲儿，眼神轻轻一瞥就能引起她的注意。同样，他也很深情，喜欢一个人，一喜欢就是好多年。

在她那短暂的青春里，他是独家的记忆。

其实后来发现他也有很多的缺点，小毛病、坏习惯也多，他并不是一个完美的人，但是这些都不妨碍她喜欢他。

一直喜欢。

张涵明显料到了杨夕月的答案，喜欢了那么多年的人，哪能说放下就放下。

张涵侧头看她，微微靠着沙发，笑了笑："月亮。"

"嗯？"她侧头看向张涵，两个人对视。

"如果忘不掉，那么就把他写出来，将那些放不下的感情转移到故事里，或许写完了，就放下了。"

酒喝得有些多了，头有些晕，但意识还算是清醒，杨夕月微微仰头靠在沙发上，头顶的灯光有些刺眼，晃得她睁不开眼。

她眼中泛起了一些泪花，突然又笑了。

她将手中的酒瓶放下，伸手拍着胸口，像是保证一般："好，那我就给他写一本小说！"

张涵被她的反应给吓到了，看了她一眼，笑骂道："神经病。"

杨夕月控诉道："哎，刚刚不是你说让我写的？"

张涵拍了一下杨夕月的肩膀："没让你这么激动。"说着她从沙发上直起身子，"说真的，如果你真的要写，文章一开始必须写上我说的这句话，我感觉我说得可真好。"

杨夕月笑着问："哪里好。"

张涵思索了几秒钟,"啧"了一声:"反正就是哪里都好。而且上面必须标注:张涵说。"

"好。"

窗外月光皎洁温柔,房间里开着灯,杨夕月和张涵半躺在沙发上,一会儿拍打着对方的肩膀笑,一会儿抱头痛哭。

夜深人静,杨夕月难以入眠,辗转反侧。

她突然想起张涵说的那句话——

"如果忘不掉,那么就把他写出来,将那些放不下的感情转移到故事里,或许写完了,就放下了。"

杨夕月本来只是想要写一个简单的暗恋故事,但是不知道怎么回事,脑海中的男主角总是浮现出陈淮予的样子。

她想,那么,就写一个关于他和她的故事吧。

一天深夜,杨夕月决定开始连载这个故事,她手里没有任何的大纲,也没有多少存稿,只是靠着回忆,按照简单的时间线来写。

时间很长,但是故事却很短。

关于她和他的故事,实在是不知道应该怎么写,因为他们两个人之间的交集,真的不算是太多。

故事也并没有像大多的暗恋故事一样,最后暗恋成真。所以从一开始,便注定了是以悲剧结尾。

夜深了,四周寂静,窗外路灯已经灭了,到处漆黑一片,屋子里面只有一个并不是很亮的台灯,映着电脑的光。

杨夕月在脑海中回忆他——

他的名字叫陈淮予。

耳东陈,淮水的淮,给予的予。

黑色短发,眼睛内双。

喜欢穿运动装和休闲装，喜欢黑色，偶尔穿白色。

喜欢打篮球，喜欢喝汽水，喜欢吃辣，会弹钢琴。

喜欢听周杰伦的歌，耳机总是戴一只耳朵。

生日在冬天，喜欢春天。

他自信，努力，温柔又淡漠，冷静又深情。

年少时暗恋的女孩叫沈佳。

暗恋他的女孩叫杨夕月。

想起他来，她依旧会难受到喘不上气。

自己喜欢的人喜欢自己的朋友，是一种什么感觉？

十几二十岁的年纪，最喜欢看青春电影，读青春小说，喜欢把自己当作故事中的女主角，想象着自己和男主角在一起的样子。

那个时候的杨夕月，在她的脑海中，千百万帧电影的男主角，一直都是陈淮予。

她宁愿少年给她建立一个乌托邦，这样她就可以藏在里面，做着美梦，自欺欺人，永远都不出来。可是他没有，他用一种于她来说最残忍的方式，让她放手。

张涵有的时候实在是看不下去，让她去告诉他，说清楚。把这些年藏在心里想说的，都说出来，就算没有办法做朋友了，那也是解脱。

应该要给这个故事一个结局了，无疾而终算怎么回事。

但是她没有，她做不到。

张涵骂她，说这都是她自找的，她承认，她也接受这个结果。

如果告诉他自己多年的喜欢，他或许会出于内疚，出于他对她的亏欠，他或许会因为想要还债，和她在一起吗？

后来想一想，如果两人真的在一起了，会是什么样呢？

大概最终的结局会是一对怨侣吧。

最先控制不住歇斯底里的，一定会是她。

早已清楚他这些年来对另一个人最深沉的爱意，清楚他也像她一样，一直喜欢着一个人，爱而不得。

这种清楚，就像是一根永远也拔不掉的刺，早就已经深深扎根在心脏最深处。经常疼痛，时而失控。

他们两个人之间的关系早就已经有了一条永远都无法弥补的裂痕。或许他看不见，但是她却看得清清楚楚。这样在一起反而成了一种痛苦。大概只有老死不相往来，才是最好的结局。

她是一个极度缺乏安全感的人，对于感情，既有向往，又有担忧。

没有什么感情是能够一直不变的，就像是堆积的积木，不可能永远不倒，越往上越岌岌可危。而于他们来说，那一块能让他们感情崩塌的积木，就在他们堆起的最下面一层。

从根本上，他们就是不可能的。

勉强在一起的，本就不长久。

和他说清楚，无非就是两种结局：连朋友都做不成，抑或是他因为愧疚和她在一起。

杨夕月不接受这两种结果中的任何一种。

所以她选择了闭上嘴。

在杨夕月写的那个关于陈淮予的故事中，她不直接称呼他的名字，而是用几个数字来代表他。

文中的"他"经常用"5260"来代替。

因为"5260"是"我暗恋你"的意思。

因为想要写关于他的故事，所以她经常回忆高中的往事，有的时候需要倾诉，她就经常和张涵说关于陈淮予的事情，张涵大部分的时间都是不想听的,有的时候烦躁了,会戳她的痛点,骂她:你真可怜。

但是杨夕月觉得陈淮予才是最可怜的。

她没有得到,他也没有得到。

扯平了。

不是所有关于青春的故事,都是惊艳绝伦,多的是默默无闻。

她并不是一个非常受欢迎的女孩子,身边的朋友也很少,情绪时常低落,是一个彻头彻尾的悲观主义者。

喜欢上陈淮予,是她整个青春里,做的最勇敢的事情。

无疾而终又怎么样,她的喜欢,存在过,就已经足够了。

写起陈淮予,是一件蛮辛苦的事情。

除了文章一开始,杨夕月写了那一句张涵强烈要求她写上去的话,就再也写不下去。

停了很久很久,她也不知道应该怎么去下笔,不知道应该怎么去写他。

应该从哪里开始写起呢?

初中的时候他不认识她,那么,就从高中开始写起吧,毕竟在他的眼里,他是高中的时候才认识她的。

杨夕月自从开始写这个故事,将那些年的时光重新回忆了一遍,然后开始整夜整夜地失眠。靠着回忆来写他,实在是太痛苦了。

很多人的故事都可以写成厚厚的一本书,但是他和她的故事,好像只有几页,还没等翻页,就草草结束了。

如果初中时候那种朦胧的喜欢也算上的话,杨夕月喜欢陈淮予十年了。

从 2012 年到 2022 年。

10 年。

120个月。

3600天。

86400个小时。

5184000分钟。

311040000秒。

陈淮予，在我喜欢你的第十年，我为你写了一本小说。

以此来纪念以我为视角的那段青春。

大学即将毕业，短暂的四年时光很快就要过去了。

杨夕月回了江城，回学校处理毕业的事情。

还记得第一次踏上江城这片土地的时候，她心中是对于未来无限的向往和憧憬，高兴自己和他考到了同一个城市，希望自己有一天能在江城遇见他，希望有一天，她能站在他的身边。

如果人生能重来，能再给她一次机会，在究竟报不报江城的大学时，她或许不会那么干脆和坚定。如果她没有和他考到同一个城市，那么他们之间可能就不会产生这些交集，他们之间的关系就会一直停留在高中同学上面，而不是所谓的朋友。

那么后来等她知道他喜欢的人是沈佳的时候，也不会太难过。

那次杨夕月从学校菜鸟驿站拿了快递，回宿舍的路上路过操场。

有几个女生挽着手从她的身边经过，手中拿着冰激凌，说说笑笑，时不时地看几眼篮球场上打篮球的男生。

她突然想起刚刚上大学的时候，对待什么都很新鲜，也会像她们一样，在一个不热的天气买冰激凌吃。

说到冰激凌，她也跑到操场旁边的店里买了一根。

只是吃了一口，冻得舌头都麻了。

杨夕月后知后觉，原来自己已经二十多岁了，已经不是刚刚入学时候的年纪了。

回到宿舍和舍友说起来这件事，林珊不服气，嚷嚷着："我们也不老啊，现在的我还能面不改色连吃三根冰激凌。"

代真毫不客气地回怼："得了吧你，你也不怕吃多了拉肚子。"

杨夕月坐在椅子上，一边拆着快递，一边听着她们说话，突然笑了。

二十多岁又怎么样，我们还是那个时候的我们。

有一次杨夕月接到了刘静雨的视频电话。

很久没有收到刘静雨的消息了，突然接到她的电话，杨夕月有些激动。

视频里面是一间很简陋的屋子，墙壁是灰白色的，上面有一块一块的斑驳。整间屋子里没有什么家具，只有个简单的木床、木桌子和一个简陋的衣柜。屋子很小，东西也不多，却被她收拾得很整齐干净。

"月亮！"视频中，刘静雨朝着摄像头招手，和杨夕月打招呼。

"你已经到了？"本以为她还要等一段时间再过去，没有想到这么快。

刘静雨在大学毕业前报名参加了西部计划，志愿方向是庞翰文待过的地区。她想去他待过的地方感受一下他口中的淳朴民风，她想去看看能让他拼了命保护的，是一个什么地方，是什么样的人。

"对啊，我到了！"

刘静雨将手机转了转位置，正对着自己的脸，让杨夕月看得更加清楚。

"这边的学生都很热情，学校里面的老师人很好，也很照顾我。

"我在这里很好。"

"你自己注意安全。"虽然听她这么说,但杨夕月还是放心不下。

"我知道,我们一起来的还有别的小伙伴。"

"那就好。"有同伴的话,才让杨夕月稍稍放下了心。

想到了一件事情,刘静雨眼睛亮了亮:"我给你寄了照片和明信片,昨天寄的,应该得需要一点儿时间才能到,你记得签收。"

"好。"

这年,好像所有人都有了新的目标和方向,有了自己要继续走下去的路。

张涵继续上学,实习,医院学校两头跑,有的时候忙到连饭都来不及吃,因为熬夜和作息不规律,头发大把大把地掉,每天靠着咖啡吊着。

林一帆已经收到了美国那边学校的 offer(录取通知书),准备到美国深造。

两个人没有和好,已经确定了要分开,那么便永远都不要回头才好。

人生那么长,我们都要奔向各自的前途。

刘静雨参加了西部计划,去西北地区支教,去了庞翰文之前待过的城市,好像只有这一种办法,才能让她安静下来去做一件事。

庞翰文是大家眼中的英雄,获得了被众人所称赞的一等功,几辈子都换不来的荣誉。但是渐渐地,众人好像都将他遗忘了。原来随着时间过去,英雄也会被人遗忘。

林同依旧万花丛中过,片叶不沾身。他交了个女朋友,是同样在美国留学的中国女孩子,不过只谈了一个月不到就分手了。现在身边也依旧是美女环绕,不愁找不到对象。他在美国那边的学业即将完成,并不打算在国外多待,等他回国,他家里会给他安排一个合适的工作。

沈佳和她的男朋友和好了。杨夕月已经很久没有和她联系了,听说她和她的男朋友一起申请了英国一所学校,不出意外的话,他们应该很快会一起到英国读书。

代真是学生会的成员,几乎每年都会获得奖学金,在老师那边也很受欢迎,再加上学习成绩优异,顺利保研,在本校继续读研究生。

林珊还没有毕业就和一家银行签约,毕业之后进银行工作。她并不是很喜欢这个工作,也曾在宿舍里面吐槽过。但是现在这个时候,工作本就不好找,既然得到了工作机会,就不能轻易放弃。

刘梦琪和她的男朋友依旧如胶似漆,恩恩爱爱。两个人准备在毕业之后先订婚,家里找关系安排了工作,边工作边继续准备结婚的事情。

何川的考研成绩并不是很理想,他平时整天无所事事,对待学业也并不是很认真,成绩不理想也在意料之中,他不打算继续再读了。

周硕考研成绩很好,无论是初试还是复试,被上海的学校录取已经是板上钉钉的事情。

齐文路没有在国内继续考研,他已经收到了澳洲一所学校的offer,等所有的手续都办好了,很快便会过去。

陈淮予的考研也很顺利,他一直以来都是很聪明的一个人,而且他本身就很努力,只要是他想做的事情,都会成功的。当然,除了感情。

至于杨夕月,她没找工作,也没有继续深造,而是在写他。

她好像被困在了一个地方,挣脱不出去。她想着,等她把这个故事写完，她就要去做自己应该做的事情了，而不是一直被困在原地，无论做什么都会想起他，放不下他。

每一个人都在奔向不同的人生，每一个人也都会有不同的未来。

那天杨夕月收到了快递的短信，想来应该是刘静雨寄给她的明信片和照片来了。

她一边在路上走着，一边拆开快递，在操场附近的一张长椅上坐下，看刘静雨寄来的东西。

照片是她和支教小学的学生的合照，刘静雨被学生簇拥在中间，穿着简单的短袖、牛仔裤，头发扎成一个低马尾。她一只手搂着一个学生，笑得很开心，能看得出来，是发自内心的开心。自从庞翰文走之后，她还是第一次看见刘静雨这样的笑容。

明信片上面的图片是支教当地一个旅游景点，蓝天白云，那边的天比海城的蓝，湛蓝的天空上飘着几朵白云。

背面写着刘静雨给她的留言。

To：月亮。

一开始来到这里的时候，我是不适应的，但是我第一次感受到原来还有如此热情淳朴的人，他们很善良。我明白了，他为什么宁愿失去自己的生命，也要保护这里的人民。我想留在这里，教他们读书，我想，这是一件很有意义的事情。

人这一生很多事情注定是无解的，我们需要做的，并不是想尽办法解出答案，而是适应。人生并不是只有一种答案，有的时候，没有答案，就是最好的解法。

我的朋友，祝你快乐。

From：刘静雨

看完之后，杨夕月将明信片收了起来。这个时候正好收到了来自齐文路的消息：在学校吗，能不能见一面？我在你们学校门口。

不知道他有什么事情要找她，但她还是应下了：好。

刚刚走到学校门口，杨夕月就看见了站在不远处的齐文路，他还是一如既往的温柔和煦，像一股微风，永远温柔，做事有分寸，不会让她尴尬。

他穿着一件白色的衬衣，黑色的休闲裤，头发梳得整齐，手中捧着一束花。

杨夕月走近才发现，是一束水仙百合。

"送给你。"

见杨夕月没接，他也没在意，而是笑了笑，缓缓地开口："我收到了澳洲那边的offer，很快便要去那边读书了。

"这几天这边学校的事情办好了，我就要离开江城了，这次离开，应该有很长时间不会再回来了，下次再回来，也不知道是什么时候，所以今天想来见一见你。"

说着，齐文路看了眼手中的花："这是作为朋友，送给你的花。"

他再次将手中的花递到她的面前。

杨夕月笑了笑，接过了他递过来的花，觉得是自己的顾虑太多了，只是一束花而已。

"之前送给你洋桔梗，是因为有一次在地铁口见面的时候，看你盯着洋桔梗看，我问你是不是喜欢洋桔梗，你说喜欢。

"洋桔梗的花语是真诚不变的爱。

"这次送给你的是水仙百合。

"水仙百合的花语是期待再一次相逢。"

杨夕月看着手中的水仙百合，突然笑了。

她之前一直都不觉得，爱情有先来后到，现在却发现，爱情有的时候，是真的有先来后到的区别的。她想，如果她没有遇到陈淮予，先遇到的是齐文路，那么她一定会喜欢上他的，他真的是一个很好的人。他追起人来，不会有女孩子会拒绝。

只可惜，她先遇到的，是陈淮予。

后来的那段时间，杨夕月连陈淮予的脸都有些记不清了，却经常在午夜梦回，看见他的背影。即使隔着很远，也能一眼就认出他。

大概是看着他背影的次数，远远多于直视他正脸的次数。

在人山人海的广场上，在人来人往的车站里，在人潮涌动的街头，只要看见他的背影，就能够一眼认出来。

他好像站在雾中，她看不清，也抓不住。

这些年过去，他们两个人认识的时间看似很长，但是实际上，他们相处的时间却少之又少。

张涵曾经问过杨夕月，问她为什么不接受齐文路，毕竟能遇见一个真心喜欢自己的男孩子，实在是太难得了，如果错过了，可能就真的遇不到了。

杨夕月并没有回答张涵的问题，事情没有发生在自己的身上，没有人可以感同身受。

齐文路很好，却不是她喜欢的。如果只是因为齐文路喜欢她，她就要和他在一起，这于齐文路来说，是不公平的，就像是她喜欢陈淮予一样。

我们都固执又骄傲，不妥协，不低头。

所以，我们才会伤痕累累，落败而归。

在某种意义上，我们遇到的都是不对的人，但又恰恰是对的人。

即使不能在一起，之间隔着千山万水，但是他依旧见证了你的成长，见证了你的整个青春。

并不是所有的我喜欢你都能说出口，也并不是所有的我喜欢你都能听到我也是。没有什么是绝对的，我们要接受事与愿违。

杨夕月并不是一个善于言辞的人，和别人说一句话都要琢磨很久。

她有段时间压力很大，不知道应该怎么办，不知道自己做什么才是对的，对于自己说过的话，做过的事情，一次又一次地后悔。

那些压力她独自承受着，经常整夜整夜睡不着觉。

哭过，笑过，怨过，后悔过，回忆就好像是黑白电影，不断在脑海中重映，一遍又一遍。

什么往事如风，过去的事情都过去了。在杨夕月这里，这些话都是开玩笑。千百倍的痛苦，比被针扎一万次都难受。

张涵用学习和工作来转移注意力，刘静雨跑到偏远地区支教来麻痹自己，而她靠着回忆生活，无法摆脱那"一瓶水"的梦魇。

她们都放下了吗？

没有。

那些说放下了的，都是自欺欺人的自我感动。

时间飞逝，他们即将分别，从此一南一北，很快他便会去北京继续读书，而她会回到海城生活。

他们是两条平行的路，一直在并肩行走，偶尔她会落后于他一小段距离，不过她很快便会追赶上他。

但是他们走的，本身就是两条完全不一样的路。这条路，终于有一天，不再平行了，一个往北，一个往南，他们两个人，终于要各走各的路了。

那段时间，她很喜欢篮球击打地面的声音，喜欢球鞋与地板摩擦的声音，喜欢比赛场上哨声响起的声音，喜欢关于他的所有声音。以至于杨夕月除了写小说，剩下的时间都是在看篮球比赛。

恍惚间好像回到了高中，体育课的时候站在篮球场的角落看他打篮球。

她以为自己会忘了他，但是每次经过七中门口，看见七中校园，总是会不自觉地想起很多画面，想起她跟在他身后的场景。

喜欢了十年的人，一辈子都会记得。

对他的心动发生在任何的时候。

在那个春天，他跑完一千五百米，在众人的簇拥下走出操场，微微朝着观众台上的同学举手示意，引起一片尖叫声。

在那个夏天，他结束体育课，一身的汗，拿起放在桌子上的矿泉水，单手拧开瓶盖，微微仰头，坐在后面的她可以清楚地看见他上下滚动的喉结。

在那个秋天，公交车上的偶遇，他认出她，准确无误地喊出她的名字，他逆着光，她看见了他的样子，她喜欢的样子。

在那个冬天，广场烟花秀，在江边的摩天轮下，她隔着仙女棒看他，他的头顶上空炸开烟花。

杨夕月报复性地待在家里，躲在自己的房间里，看了好多好多的青春电影。

青春，好像总是遗憾多于圆满。深夜只有那屏幕上的光闪烁，她跟着哭，跟着笑。眼睛都哭肿了也没关系，反正不会有人看见。她哭的，她笑的，全都是别人的爱情。

后来有一部电影在电影院重映，正好那个时候张涵回了海城，两个人买了票，跑到电影院去。即使之前看过，张涵还是哭得稀里哗啦，但是这次杨夕月却没有哭，没有原因，大概是已经哭不出来了。

陈淮予，你看，我现在哭都哭不出来了。

那天久违地，她刷到了他发的朋友圈。

她还以为自己看错了，出现了幻觉。但是那熟悉的头像和名字，她这辈子都不可能会认错。

他发的是一个视频，视频里是一条很长很长的街道，街道两边栽种着两排高高的树。树很高，但是枝叶并不繁茂，路边有几个行人，路上偶尔有车经过，突然起了一阵风，吹起了一地的黄沙。

配文：起风了。

底下是很多人的评论。

林同问他在哪里。

他回答在北京。

林同问他北京的空气是不是不如海城清新。

他回答不如海城。

杨夕月将这段不到二十秒的视频翻来覆去看了好多遍，像是在寻找着什么。想要点赞，却硬生生忍住了。

她坐在书桌前，打开抽屉，拿出放在抽屉里的盒子，里面装着一封信、一张一寸照片，还有一张毕业照。她将那封没有送出去的信拿了出来，打开看了又看。

杨夕月将放在手边的日记本打开，翻到了新的一页，在这张空白的纸上写下他的名字"陈淮予"。

一个字一个字，一笔一画，每一笔都极其认真。像是那年教室里，在他的作文纸上写上他的名字那样。

没有写时间，一页空白的纸，上面就写了"陈淮予"这三个字。

这本日记，她从高中写到大学毕业，断断续续，写了七年。

她的日记中，从来都没有过他的名字，一个"他"字贯穿了整整七年。只是在最后,最后一次日记,她补上了他的名字。

陈淮予,她青春故事的男主角。

她突然想起给他写的那个故事,那个几乎是以她自己一个人视角的故事。

她想起文中的她给他写的一句话——

> 我的世界下了一场雨,
> 你来了,
> 天便晴了。
> 后来你走了,
> 从此我的世界,
> 只剩阴天。

海城的海还是一如既往的蓝,海边除了风声,就是海浪的声音。

杨夕月一个人来到海边,看着无边无际的大海,左边的耳朵上戴着一只蓝牙耳机。

耳机里面放着歌——

> 从前从前有个人爱你很久,
> 但偏偏风渐渐将距离吹得好远。

想起2015年那场演唱会上,看着台上唱着歌的人,挥动着荧光棒,她发誓,要做最勇敢、最自由的女孩子。

她坐在沙滩上,听着歌,看着海。

她忍不住点开朋友圈,再次点开他发的视频,在视频被点开的那一刻,耳机里面的音乐消失,取而代之的是视频中呼呼的风声以及路上汽车经过的声音。

看了好久好久,最后她还是给他点了赞。

视频停了,耳机里面又重新响起了音乐。

杨夕月抬头看向远处的大海。

她从随身携带的包里面拿出那封信,拆开信封,将那封送不出去的信看了又看。从这封不长的信里,看见的是当年少女无尽的悸动和欣喜。

突然一阵风吹过,手没拿稳,信从手中飘了出去,落到了前面浅浅的海水中。

杨夕月猛地站起身子,走过去想要捡起来,却被回潮的海水携带着往海里飘。幸好她及时将它拿了起来,走到岸边,小心翼翼地拿着,缓缓地展开,上面的字迹已经有些模糊了,但还是能看清楚。

信不长,几句话,足以道尽少女全部的心思。可这封信永远也送不出去,他永远都不会看见,也不会知道,在那个狭小阴暗的角落里,少女的心思悄悄开出了花,又悄悄枯萎。

陈淮予,真可惜,你不知道我的喜欢。

十年的青春,走到了这里,她已经尽力了。回首往事,没有恨,也没有怨,有些后悔和惋惜,但已知时光不可倒流,唯有接受和释怀。

回头看看,十年的春夏秋冬,她好像一直停留在原地,此刻,也应该往前走了。

陈淮予,我们的人生短暂交错,经历潮起潮落,最后归于平静。

对于陈淮予,如果此时此刻必须对他说一句话,杨夕月想来想去,还是和四年前写在同学录上的一样:前程似锦,后会有期。

希望我的少年,我故事的男主角,往后的人生,一路平坦,顺顺利利。遇见一个喜欢你,你也很喜欢的女孩子,你们好好在一起,一定要幸福。

希望我们下次见面的时候,是在你喜欢的春天,那一定要是一个春暖花开的日子,枯木逢春,生机勃勃,你站在枝叶繁茂的树荫下,逆着光,朝着我笑,喊我的名字。

陈淮予,等到海城的春天,起了黄沙的时候,我就释怀了。

可是,你知道吗,海城的春天,永远都不会起黄沙,起黄沙的,是北京的春天。

海边突然起了一阵风,那封已经模糊了的信,从手中吹落,在空中摇摇晃晃,最后落在海水中,慢慢地,被海水卷走。

越来越远,越来越远。

字迹越来越模糊,最后只能隐约看见信纸上那模糊的一行字——

　　我喜欢你,
　　杨夕月喜欢陈淮予。

是那句她没能说出口的喜欢。

- 正文完 -

番外一
夏天的蝉和记忆中的男孩

可是你没有

第一次见到陈淮予是什么时候?
是一个夏天。
像是五月天歌里唱的那样——

> 七岁的那一年,
> 抓住那只蝉,
> 以为能抓住夏天。
> 十七岁的那年,
> 吻过他的脸,
> 就以为和他能永远。

那个时候的杨夕月并不知道,在后来漫长的年岁里,她没吻过他的脸,他们也没有永远。

后来想想,如果能够预知未来,提前知道结果,那么她还会不会用十年的时间,来喜欢一个注定不会喜欢自己的人?

可是没有如果。

记得那是初中的时候,杨夕月已经忘记了是哪月哪日、星期几,甚至忘记了那天发生了什么大事,自己为什么会出现在篮球场边。只是记得那天的天气很好,阳光明媚,微风吹拂,天空晴朗无云。

她在那天遇见了他。

那天她经过学校篮球场。

远远地就听见了篮球击打地面的声音，嘭嘭嘭，一下又一下，像是她心跳的声音，有规律地响起。

杨夕月被篮球场传来的声音吸引住了，下意识朝着那边看去。

隔着一段距离，远远望过去，是一个男生在打篮球。

迎着光，在光线的作用下，她其实根本就看不清楚他的样子，只能看见一个模糊的影子，他穿着一身黑白的篮球服，手中拿着一个红色的篮球，左右手交替着运球。

不知道为什么，她的脚步越来越慢，眼神也不自觉注视着篮球场，一直没有挪开。

突然一道声音传来——

"陈淮予！"

打篮球的男生停下动作，回头看过去。

这一天，杨夕月记住了这个名字。

陈淮予。

没有谁会想到，她只是看见了他的影子，听见了他的名字，竟然莫名其妙地心动了。

以至于在后来的很多个日子里，每每听见打篮球发出的声音，她就会想起那个模糊的身影，想起那个名字。

第二次见到他，是在学校的表彰大会上。

那天是一个阴天，乌云遮蔽着天空，没有太阳，没有风。

有几名学生代表学校参加数学竞赛，获得了很好的名次，为学校争了光，学校要为他们颁发奖品和奖章。

那天是周一，正好是升旗仪式，于是便和表彰大会一起举办。

操场上都是人，学生以班级为单位依次排着队。

校长穿着一身黑色的西装，特别正式，站在演讲台旁边，一只手拿着话筒，另一只手拿着一张发言稿。长篇大论，像是有说不完的话，一句接着一句，不知道什么时候才能结束。

杨夕月和张涵两个人站在班级队伍中间的位置。前一天晚上她疯狂补作业到很晚，大早上的就被叫出来集合听校长讲话，无精打采地低着头，半眯着眼，耳边是校长的说话声，通过话筒传出来，响彻在操场的每一个角落。

大多数人都是一只耳朵进，一只耳朵出，根本就不在意校长说了些什么。

身后的张涵伸手戳了戳杨夕月的后背，小声喊着她的名字："月亮，月亮——"

杨夕月很自然地将手伸过去，手掌张开，准备接着张涵的东西。

张涵熟练地往杨夕月的手心里放了一块大白兔奶糖。

杨夕月拿到糖之后收回手，小心地将糖纸撕开，将糖快速放进嘴里，将糖纸塞进裤子口袋里。

她嘴里嚼着糖，视线落在地面上，微微低着头。

后来获奖代表上台发言，杨夕月依旧没抬头。

直到听到了台上那人的自我介绍——

"各位老师、同学，大家好，我是初二（1）班的陈淮予。"

声音清澈，那淡淡的声音，传到杨夕月的耳朵里。

已经被尘封的记忆此时此刻渐渐复苏过来。

杨夕月缓缓地抬头，看见了站在台上的男孩。

那是她第一次看清他的样子。

像是想要再看得仔细一点儿，她抬手推了推鼻梁上的眼镜。

这天没有刺眼的阳光，没有遥远的距离，没有躲闪的眼神，她看见了一身校服的他，规规矩矩地站在台上，校服拉链拉到顶，脚上是一双纯白色的球鞋，笔直地站着，手里拿着一张发言稿。

在那段青春里，她并不是没有见到过长相更加出色的男孩。尤其是张涵追星，经常会买一些明星的周边和杂志，给她"安利"自己喜欢的明星。

但是陈淮予不一样，他是她没有见过样子，只是在操场上看见他的背影，就莫名其妙喜欢上的人。

后来从各种各样的人口中听说过关于陈淮予的事情，不过也只是一星半点儿。听说他学习很好，数学经常考满分，他和他的朋友经常在课间到篮球场上打球。

陈淮予。

耳东陈，淮水的淮，给予的予。

他在一班，她在五班。他的教室在走廊左边的尽头，她的教室在走廊右边的尽头。教室窗户正对着学校的小篮球场，杨夕月经常在课间的时候趴在窗边朝着操场那边看，偶尔会看见他和他的朋友在场上打篮球。

那个篮球场，平时除了上体育课，几乎没有人，大概就只有他和他的朋友，偶尔会出现在那里。

那个时候杨夕月看不懂篮球，不懂什么规则，只是觉得他打篮球很厉害，投篮的动作很帅。

一次学校大扫除，杨夕月和张涵负责清扫班级的地面卫生。

她去储物间拿扫帚，刚走出储物间，迎面便看见了拿着拖把走过来的他，身边跟着几个朋友，说说笑笑，打闹着从她的身边经过。

那是她距离他最近的一次。

张涵站在班级门口，看着不远处站在原地的杨夕月，朝她挥着手,大声喊着她的名字:"月亮!"

声音很大,很响亮,引得走廊里面的人都朝着杨夕月看过去。

当然,也包括他。

他的眼神轻飘飘地从她的身上扫过,又很快离开,没有停留。

杨夕月站在他的身后,看着他逐渐走远。

长长的走廊,两边都是墙壁,尽头是一扇窗,夕阳透过窗玻璃照进来,洒了一地的光,整个走廊都金灿灿的。

那个时候年纪小,她不懂什么是喜欢,也不懂应该怎么去喜欢。只是记得,那个男孩,是她那段懵懂青春里,想起来便会开心,时时刻刻都想见到的那个人。

番外二
她青春的见证者

大学毕业之后,杨夕月回到了海城。

她先在家里待了一段时间,后来在市中心的金融大厦找了一个专业对口的工作。

一家不大的公司,业务稍微有些繁忙,工作氛围还算不错,同事也比较友善。

每天上班下班,日复一日。她经常加班,工作压力很大。身边没有朋友,只有自己一个人。

张涵还在继续读书,每天往医院跑,看见了很多的生离死别悲欢离合,渐渐变得麻木。

刘静雨在西北,在庞翰文守护过的地方,生活很开心,很充实。

几个大学的舍友,也都有了自己的生活和工作。大家偶尔联系,山高水远,不常见面。

林同自从回国之后,没有在家里安排的公司工作,彻底放飞自我,整天开着车到处跑。听说他最近想要开一家台球俱乐部,正在选地段搞装修,一直在忙这件事情。

陈淮予在北京,秋天的时候继续读研究生。

偶尔能看见齐文路发朋友圈,在江城的时候没见他发几条,到了澳洲之后,他发朋友圈的频率都变高了。他看过几场澳大利亚NBL联赛,杨夕月并不知道他支持哪一队。

那段时间海城一连下了好几天大雨,降雨量很大,海城的排水系统不算是很好,长年失修,从而导致部分路段积水严重,出行困难。

那是一个周日,杨夕月躺在家里看手机。窗外下着雨,雨水啪啪啪地拍打着窗户,声音很响。

这场雨从早上就开始下,一直到下午都没有停下来,甚至还有愈演愈烈的架势。

她看见了林同发的朋友圈,两张照片。

一张是和陈淮予的合照,两人坐在一家便利店门口,林同将手搭在陈淮予的肩膀上,看着镜头龇牙咧嘴地笑,身边的陈淮予扭着头不看镜头,所以只拍到了他的侧脸。

他好像瘦了,头发也更短了。

他俩身上都被雨淋湿,肩膀处湿了一大片,头发也湿了,发丝还滴着水。

另一张是林同前段时间刚刚提的车,一辆红色的跑车,颜色特别扎眼,还没开多长的时间,就被泡了水。

两人坐在路边,车停在水中。

朋友圈没发多久,就有不少人点赞、评论。

△哟呵,淋雨了?

△怎么过得这么狼狈?过来我这儿,我们一起浪!

△逆子!这么好的车就这么糟蹋!

△车不错。

△什么时候换的车?

△心疼车。

△在哪条路?

△机场路吧,看着应该是。

△那边被淹了吗?

△这么大雨还出门。

△你自己倒霉,让我们陈哥也跟着你倒霉。

△你这是去接我们陈哥了?

△陈哥好像是今天回海城。

△有时间一起聚一聚。

林同简单挑了几个人回复。

陈淮予这几天从北京回海城待一段时间,下午的飞机到海城,天下着雨,飞机晚点儿了半个多小时。

林同开着他的新车去接陈淮予。

本来他想着开这辆拉风的车有面子,给陈淮予长长脸,却没想到突然大雨倾盆,机场路本来路段就不好,下雨的时候容易积水。两人就这样被困在雨里了。

周日杨夕月一般都在家里休息,但因为林同发的这个朋友圈,弄得她心神不宁,明明知道他们不会出什么事,却还是担心。

不到一个小时,在朋友圈里看见了林同报平安,他俩已经顺利回家了,这下杨夕月悬着的心才慢慢放了下来。

后来经常在朋友圈里看见林同和陈淮予两个人出去玩。

林同是一个特别喜欢分享生活的人。在室内篮球馆打篮球,在台球厅打台球,开着跑车沿着海岸线驰骋,在酒吧喝酒,聚餐……

他把自己的生活完全展现在朋友圈里,通过他的朋友圈能直接围观他的生活。

在这些朋友圈里,陈淮予的出镜率最高。

杨夕月在金融大厦的工作不是很顺心,压力很大,有些力不从心,也提不起什么兴趣,她总觉得自己好像并不适合做这一行。之前报志愿，江城财大是距离江城大学最近的一所学校，她头脑一热就报了这所学校，后来被调剂到了一个她不感兴趣的专业。

一个不喜欢的专业，硬生生学了四年。虽说成绩还算是不错，但是对于不喜欢的事情，实在是无法勉强自己。

那天午休，杨夕月点了一份外卖，明明是自己最喜欢吃的，却觉得索然无味。她站在楼上往下看，市中心的街道，旁边是商场，车流拥挤，人来人往。

她突然明白，为什么对于不是自己最喜欢的会产生这样的情绪，就像是为什么不能退而求其次，二者其实是同样的道理。退而求其次的选择，最后一定会随着时间的流逝，变得越来越不耐烦，越来越挑剔，而那件自己最喜欢做的事，抑或是最喜欢的人，却深深印在了心上，是白月光，也是朱砂痣。

后来杨夕月向公司提出了辞职。

辞职的时候正好张涵回海城，大概能待半个月的时间。特别远的地方出不去，两人索性把海城玩了个遍。

那天两人坐在咖啡店里，张涵说起林一帆。

林一帆几乎不发朋友圈，偶尔发个微博，出国之后就一直在用INS。那天张涵鬼使神差般地翻到了他的INS，看见了他发的和朋友一起聚餐的照片，他新交了很多的朋友，也有很多的人评论。张涵庆幸自己的英文水平还可以，看懂了那些评论。没有了她的林一帆，依旧过得风生水起，甚至是更加自在了。

说起林一帆的时候，张涵是笑着的，她真心为林一帆感到高兴，他过上了他喜欢的生活，所有的事情都在按照他的计划按部就班地进行。他以后也会找到一个女孩，他们相爱，然后彼此陪伴。

她真心祝福他，祝福他往后的人生，一帆风顺，越来越好。

八月底的时候，杨夕月通过林同得知陈淮予马上就要去北京了，买的应该是海城北站的高铁票。

林同一向是个大喇叭，藏不住什么事，陈淮予又是林同最好的朋友，所以关于陈淮予的事情，从他那里几乎都能知道。

那天是8月28日。

早上的时候下了点儿小雨，淅淅沥沥，没过多久，乌云很快便随风飘走了，露出了太阳。

海城北站是建在海城市中心的一个车站，坐落于海边。远看是一个巨大的拱形建筑，设计理念是"城市之门"，立面造型寓意是"面向世界，面向未来"。

穿过车站广场，走过一段楼梯，坐着扶梯上去，冷风迎面而来，风里夹杂着大海的咸腥味，一直向前走，可以看见不远处一望无际的大海。

杨夕月坐在车站广场的长椅上，看着面前的建筑。

不知道怎么回事，她像是不受控制般的，就走到了这里，却没有勇气进去。

车站人流进进出出，她并没有看见陈淮予，也没有看见来送陈淮予的林同。

一直坐到车站旁边的商场开门，杨夕月穿过马路，去商场随便吃了点儿饭，经过一家服装店，买了一条好看的裙子，拎着购物袋出来的时候，正好在商场一楼碰见了从外面走进来的林同。

"月亮！"

杨夕月顺着声音回头，看见了朝着她走过来的人。

林同似乎没有想到会在这里见到她。

"你来逛街？"林同看见了杨夕月手中的购物袋。

"嗯。"

"真巧,好长时间没见你了。"林同说着伸手朝着车站的位置指了指,"我刚刚送陈哥去坐车,他今天回北京。"

"是挺巧的。"杨夕月低下头来,笑了笑。

"如果早点儿看见你,你也能去送送他。"林同没想到杨夕月也在这附近。

"他走了?"

"走了,走了大概有十来分钟了吧。"林同抬手看了一眼手表上的时间,"你吃饭了吗?我请你吃饭。"

"我吃过了。"

沉默片刻,杨夕月朝着林同笑了笑。

"我还有事,就先走了。"

"行,哪天你有空,我请你吃饭。"

"好。"

走出商场,杨夕月侧头看向旁边的车站。

她其实,只是想送一送他,正式和他说一句再见。

毕竟,以后可能永远不会见面了。

明明就隔着一条路的距离,但是杨夕月却感觉像是隔着整个青春。

他早就已经走远了,但是她还是站在原地。

如果她的眼睛是一个相机,那么这个相机里,定格了太多太多他的照片。

黑白篮球服,操场上打篮球的他。

白衣黑裤,公交车上偶然遇见的他。

黑衣黑裤,站起来回答问题的他。

一身运动装,操场上长跑的他。

长袖运动外套，图书馆里买书的他。

灰卫衣运动裤，热水房门口聊天的他。

黑色羽绒服，大雪中打闹的他。

一身校服，高中毕业合照里的他。

黑色的护腕，地铁口重逢的他。

篮球队队服，比赛场上的他。

短袖短裤，烧烤摊抽烟的他。

短袖卫裤，学校门口打电话的他。

衬衣黑裤，游戏厅抓娃娃的他。

沉默的他，难过的他，高兴的他，心情低落的他，平淡的他，努力的他。

都说情人眼里出西施，在杨夕月的眼里，他一直都是很好很好的人。

那个如太阳一般耀眼的男孩，是她整个青春的见证者。

同时，她也想要祝福他，祝福他学业顺利，万事顺遂。

番外三
给月亮的两封邮件

可是你没有

临近中秋,张涵即将返回北城,和杨夕月一起吃了个晚饭。吃饭的间隙张涵收到了一封导师的邮件,她一边打开看,一边向杨夕月吐槽着导师的严格,一丁点儿的小错误都会在微信上对她说教半天,不依不饶。

张涵回复完导师的邮件之后,抬头看向对面的杨夕月:"月亮,我记得你之前有一个网易邮箱,好像你很久都不用了。"

"嗯,我现在用别的邮箱了。"

傍晚,吃完饭回家,杨夕月想到张涵说的邮箱,凭着记忆输入账号和密码,打开了那个自己常年不使用的网易邮箱,突然发现自己收到了两封邮件。

两封邮件发送的时间很相近,都是前段时间。让人看着难免会怀疑,怀疑这两个人是不是约好了一起发。

如果自己不打开这个邮箱,大概永远都不会看见。

同时她也无比庆幸,庆幸自己看见了这两封邮件。

杨夕月首先点开了第一封邮件,是齐文路发来的。

你好,月亮:

　　见字如面,展信舒颜。

　　现在是澳洲的深夜。今晚的月亮特别圆,特别亮。透过窗户看见天上皎洁的月亮，想起你来。突然有很多话想要问你，也有很多话想要和你说。也不知道你是否有时间，是否愿意听我啰唆，所以就给你写了一封邮件。

幸运的话，这封邮件能被你看见，看不见也没关系，就当作是我自己一个人的碎碎念了。

自从那次江城一别，我们就再也没有见面。后来你回了海城，我去了澳洲。不知道你过得好不好，是否找到了喜欢的工作，是否每天开心。

到了澳洲之后我租到了一个合适的房子，地段和价格都很合适。学校环境也很好，交到了几个志同道合的朋友。可是你知道的，我这个人不容易很快和陌生人打成一片，但是也还好，他们很热情，我们偶尔约着一起去聚餐，一起打球。澳洲的生活节奏比较慢，过得还算是舒适。

我这个人太固执，考研的时候心中就只有一所心仪的学校，考不上绝对不考虑其他的，绝对不妥协，后来索性出国读书。可是到了国外才发现，还是国内的生活更加适合我。在澳洲的学业我会尽快完成，尽快回到我想念的家乡，尽快见到想见的人。

身处异国他乡的我经常会想起往事，想起在江城读大学的时候。

还记得第一次见到你，是在那次江大获得篮球联赛冠军的时候，你跟着篮球队一起去吃饭，那个时候你一直跟在老陈的身边，大概没有在意到一旁的我。第二次见到你是在商场，偶遇你和你舍友，后来我们一起吃饭，老陈在游戏厅给你抓了一个娃娃。那时看你一个人站在娃娃机旁边，我也想过去帮你抓，但是好像你见到老陈会比较开心。

后来很久没见你，直到那次辩论赛，看见你在后台整理名单，我给你送了一瓶水，然后我从那天开始决定追你。其实我并不会追女孩子，所以后来发现喜欢上你的时候，才会那样手足无措。

加到你的微信，每天想着给你发消息，纠结发什么才不会让你反感。那次在地铁口遇见，看见你一直盯着洋桔梗看，你说你喜欢洋桔梗。后来将喜欢你的事情告诉其他人，不知道怎么约你，冲动之下让老何和老陈帮忙。其实心里很清楚你会拒绝，但我还是那样做了。

你可能不知道，你喜欢一个人的眼神，是那样的直白，完全不会掩饰。或许是我喜欢你，一直看着你，所以你的眼神落在哪里，我都能看见。那次约你吃饭，故意试探你，不是我会做什么，我能做什么呢？我什么也做不了。我只是想告诉你，你很好，那个人看不见月亮的皎洁，总有别人会看见。后来旁敲侧击知道了你的生日，给你送了一束白色洋桔梗，白色洋桔梗的花语是真诚的感情，不变的爱。最后一次见面，送给你一束水仙百合，水仙百合的花语是期待再一次相逢。

我不知道你什么时候才能不喜欢他，什么时候才能做到真正的放弃，做到真正的释怀。我不劝你什么，也没资格说其他的话。因为我也不能做到不喜欢你，做到放弃。

我经常会震惊，或者是难以置信，一见钟情这种事情竟然会发生在我的身上。从小到大，我从来没有这么喜欢过一个女孩子。在她出现的那一秒，感觉这辈子就非她不可了。

我一直觉得，我喜欢的女孩子，是世界上最好的女孩子。她善良，温柔，坚韧，努力。她不应为了一段从未开始的感情耗费如此之大的精力和心力，她应该开心，自由，做自己喜欢做的事情,不应该被困在一件注定没有结果的事情里。

天空广阔,你的世界还很大,人生也很长。

希望在往后的日子里,你会遇到一个你喜欢的人,你们一定要是相爱的,一定要相爱才行。因为只有这样,我才会心甘情愿地放弃。如果遇不到,那么请你等等我,给我一点儿时间。等我回去,一定认真追你。那个时候,希望你能给我一个追求你的机会。

人的一生,不仅仅只有一个夏天,还有无数个漫长的夏天。

齐文路

杨夕月想不到齐文路会给她发这封邮件。有的时候她偶尔会想,这个世界上怎么会有像齐文路这样好的人呢?之前有过很多个时候,她也曾动摇过,心想要不要接受齐文路的追求,他太好了,好像没有让人不接受他的理由。

之前读王尔德,他有这么一句话:"爱不是市场上的交易,不是小贩的磅秤可以称量的,如同精神的快乐,爱的快乐是感受到爱本身的生命流动。"

杨夕月想,她大概还需要一段时间的过渡,然后再来开始一段感情。不知道究竟需要多长的时间,但是她一直在努力,努力让这段时间变短。

第二封邮件,是陈淮予发来的。

看见他的名字,杨夕月握在鼠标上的手微微颤抖。

难以置信。

从来没有想过陈淮予会给她发邮件。即使那次他说他们两个人是朋友,但是她心里清楚,她和他的那些朋友,是不一样的。

杨夕月点开邮件。

你好,杨夕月:

展信佳。

当你看见这封邮件的时候,希望你不要太惊讶。我犹豫了很久,还是决定和你说些什么。

其实说起来,我们挺有缘分的,那次在地铁口遇见你,我真的挺惊讶的,竟然能在一个完全陌生的城市遇见高中同班同学,还是相邻的两所大学。你知道的,毕竟当初我们班里面的同学在高考之后都各奔东西,天南海北,在同一个城市的概率太小了,在相邻的两所大学的概率更小。

后来几次偶遇,我觉得我们确实是很有缘分。我心想你一个小姑娘独自在江城,有什么事情我应该帮助,毕竟我们是高中同班同学,比较熟悉。

后来一起吃饭,送你回学校,一起庆祝元旦,一起坐车回海城,我觉得我们成了很投缘的朋友。我们兴趣相同,都喜欢篮球,都喜欢吃辣,都喜欢汽水,我们有很多的共同话题,和你做朋友,是一件很愉快的事情。

我其实并不是一个很粗心的人,生活中的很多细枝末节,我都能感受到,也都能发现。其实,我很早之前就知道那瓶水的真正主人是谁,但是我觉得那只是一瓶水而已,不需要为了那瓶简单的水做那么多的解释,也并没有必要。

后来我也曾无数次问过自己,我真的会因为一瓶水就喜欢上一个人吗?会因为那瓶水主人的转变而改变什么吗?如果当初不是沈佳送的水而是你,结果会不会不一样?如果,如果……可是没有如果。所以无论那瓶水是谁送的，结果都不会改变。我们也无法改变。

很多事情我们都没有开口，可彼此心里都很清楚。那次约你到火锅店，其实是有些醉翁之意不在酒的意思，表面上是关于老齐的事情和你道歉，其实更多的是想要试探。只是没有想到你这么谨慎，但是在我们两人的对话中，答案已经很明显了。你我都很清楚。所以在你多次询问我们是不是朋友的时候，我会承认我们是朋友。

朋友，也只能是这样了。

你记不记得，我和你说过，如果一个人的心里能同时装下两个人，那也不能称之为真正的喜欢了。大学那几年的相处中，我不否认，曾经有那么几个瞬间，是对你有过好感的，但是那并不是男女之间的好感，而是朋友之间的好感。这完全是两码事。

人生就是在一直不停地选择和取舍，最后总要做出一个决定，然后才能继续往下走。

人生太长了，我们才二十多岁的年纪，还有大好的时间和精力，不应该就这样被困在一段感情里。我没有，希望你也是。

那次我回北京，后来听林同说他在海城北站旁边的商场里遇见了你。我想我应该和你说清楚，所以选择了邮件的方式。

最后，希望你能找到一个真心喜欢你的人。永远开心快乐，事事顺心，事事如意。

陈淮予

杨夕月将这两封邮件反反复复看了好几遍。

她突然想起来，和陈淮予相处的过程中，那些点点滴滴，那些被她忽略的，他的眼神。

她太喜欢他，喜欢到有些自卑和懦弱，以至于不敢和他对视，不敢看他的眼睛。殊不知，在那些她不敢直视的眼神中，他已经透露出太多的东西。

那些早就应该被她知晓的东西。

说来也可笑，唯一知道她喜欢陈淮予的两个人，是齐文路和张涵，前者远走他乡，永远都不会说出这个秘密，后者作为她最好的朋友，自然也不会说。

本以为这个秘密不会再有其他的人知道，就此被掩埋，被忘记。但是没有想到的是，陈淮予早就知道了。

陈淮予，齐文路，当然，也包括她自己，他们三个人有一个共同的特点：喜欢上一个人的时候，就永远不会看其他人一眼，不会接受其他的任何人，永远不会退而求其次。

那些难以释怀的往事，那些难以说出口的喜欢，好像在看见陈淮予这封邮件的时候，全都想开了，全都放下了，像天空中悬浮着的云，风一吹，便走了。

十年，往事如黑白电影一般在眼前重现，一幕一幕，一帧一帧。

杨夕月突然有些想哭，但是好像完全哭不出来了。哭什么呢？哭自己浪费的这些年青春？哭那个爱而不得的人？

她看向窗外。抬头，看见天空中飞机穿过云层，逐渐远去。低头，看见楼下路灯明亮，草丛里传来阵阵虫鸣声。隐约间好像看见了两个穿着校服的高中生，男生走在前面，女生跟在他的后面，微风拂过衣角，吹乱了整个青春。

谢谢你，让这个故事有了一个完整的结局。

永远感谢你。
那个如太阳一般耀眼的男孩,我青春故事的男主角:
陈淮予。

后记

可是你没有

  一开始有写这个故事的想法，是在 2022 年年初，我坐高铁从外地回家，在车站打了个车，路上经过一所高中。

  那个时候刚好赶上高中生放学。

  一群学生从学校门口出来。冬天，他们在校服外面套着羽绒服，外套半敞着，露出了里面的校服。

  就很巧，我在人群中一眼就看见了一个男孩，高高瘦瘦，头发很整齐，穿着件黑色的羽绒服外套，背着个黑色的书包。后来想想，其实最吸引我的，是跟在他身后的那个女孩。个子不高，齐肩短发，她跟在他的身后，隔着不远不近的距离。

  车开得很快，我只看了几眼，就已经离学校门口越来越远。

  那个时候的我因为很多事情，压力还挺大的，晚上经常失眠睡不着觉，翻来覆去，最后决定写一个关于暗恋的故事。

  其实关于暗恋的故事大多都千篇一律，唯有不同的，大概就是结果了，得偿所愿，或者是爱而不得。

  故事的最开始，我想写一个普通女孩的暗恋故事。她很普通，不是特别漂亮，学习成绩也并不是名列前茅，性格不是很开朗，不爱出风头，有些胆小，安安静静，沉默寡言，像是高中时期每一个班级里，都会有的那个普通到没有人注意到的女孩。

  一个这样的女孩会喜欢上一个什么样的男孩呢？

我写陈淮予成绩优异,人缘好,长相受欢迎,打得一手好篮球,他是像太阳一般耀眼的人。

所以月亮喜欢他,所以月亮为了能和他考到同一个城市,努力学习,她做了一切她能做的。

我写过几个悲剧,但是我并不是一个喜欢悲剧的人。

在连载期间我也曾动摇过,想改一下故事的走向,改成双向奔赴的圆满结局。

但是我翻遍了我写过的所有文字,翻遍了所有的蛛丝马迹,都找不到一丁点儿陈淮予喜欢杨夕月的证据。

有人问如果杨夕月告诉陈淮予那瓶水是她送的,告诉陈淮予她长达十年的喜欢,结果会不会不一样。

我很负责地回答:不会的。

他们两个人都是非常执着的人,都是挑剔的,都很固执也不会轻易妥协。他不会因为愧疚和她在一起,她也不会因为他的退而求其次而妥协。

他们都是很聪明的人,有些话不需要说出来,就已经足够明白对方的意思了。

那根针扎在心里,时不时会隐隐作痛,但是如果硬生生拔出来,则会大出血。

所以我给了他们两个人一个,对彼此都好的结局。

写这个故事期间,我从头至尾都是痛苦压抑的,在某一天晚上,我决定迅速完结,于是熬了几天夜,将它写完。

敲完最后一个字的时候,像是放下了所有的压力。

总觉得故事还没有结束,但是,我已经不知道应该如何写下去了。

有人问我这个故事有没有原型。

其实故事中的一些细节，是真实发生过的，但是故事的灵感来源于生活，却不完全是生活。

现实中的我和月亮有些不一样，我比她更沉默，更懦弱，更胆小，也没有她漂亮。我升高三那年学了一个暑假的数学，成绩还是没有任何起色，我也没有和喜欢的人考到同一个城市，从此没有再见，也没有再听见关于他的任何消息。

对于这个故事，我觉得也没有必要在意是否有原型，这并不重要。

偷偷跟在他身后，买同款洗衣液，为他充黄钻，在人群中喊他的名字，给他写信，为他写加油稿，这些很多人都做过，暗恋过的人也都可以感同身受。

杨夕月可以是任何人，是你，是我，是她。

这个故事，或许就发生在我们的身边，随时随地，发生在你我她的身上。

故事结束了吗？没有，因为人生还在继续。

有很多读者看了这个故事，找到我，和我分享她的暗恋故事。我看了之后有心酸，有难过，有感动，也有遗憾。

人生中很多事情都不可能事事如愿，我们都要接受事与愿违。人生还很长，总有一天，我们会找到一个对的人，不过在那之前，我们需要耐心等待，好好努力，让自己变得更加优秀，更加自信。

人生路漫漫，漫长的路上需要一个太阳。不必依附着别人的光，我们自己也可以成为自己的太阳。

爱你的人，总会到来。

沈逢春